OS DOZE TRABALHOS DE HÉRCULES

VOLUME II

MONTEIRO LOBATO
OS DOZE TRABALHOS DE HÉRCULES
VOLUME II

—

ILUSTRAÇÕES CRIS EICH

Contendo as seguintes aventuras: O touro de Creta, os cavalos de Diomedes, O cinto de Hipólita, Os bois de Gerião, O pomo das Hespérides, Hércules e Cérbero.

GLOBINHO

© Editora Globo, 2017
© Monteiro Lobato, 2007

Nenhuma parte desta edição pode ser utilizada ou estocada em sistema de banco de dados ou processo similar, em qualquer forma ou meio, seja eletrônico, de fotocópia, gravação etc. sem a permissão dos detentores dos copyrights.

Editora responsável: Camila Werner
Editor assistente: Lucas de Sena Lima
Assistente editorial: Milena Martins
Capa, projeto gráfico e diagramação: Fernanda Ficher
Revisão: Huendel Viana

Texto fixado conforme as regras do Acordo Ortográfico da Língua Portuguesa (Decreto Legislativo nº 54, de 1995).

A edição deste livro teve como base a publicação das Obras Completas de Monteiro Lobato da Editora Brasiliense de 1947.

CIP-BRASIL. CATALOGAÇÃO NA PUBLICAÇÃO
SINDICATO NACIONAL DOS EDITORES DE LIVROS, RJ

L778d

Lobato, Monteiro, 1882-1948
Os doze trabalhos de Hércules : volume 2 / Monteiro Lobato; ilustração Cris Eich. - 2. ed. - São Paulo : Globinho, 2017.
il.

Sequência de: Os doze trabalhos de Hércules : volume 1
ISBN: 978-85-250-6396-0

1. Literatura infantojuvenil brasileira. I. Eich, Cris. II. Título.

17-38879

CDD: 028.5
CDU: 087.5

2ª edição, 2018 – 2ª reimpressão, 2020

Editora Globo S.A.
Rua Marquês de Pombal, 25
20230-240 — Rio de Janeiro — RJ
www.globolivros.com.br

SUMÁRIO

O Touro de Creta 8

Os cavalos de Diomedes 56

O Cinto de Hipólita 108

Os bois de Gerião 158

O Pomo das Hespérides 212

Hércules e Cérbero 262

sobre o nosso autor 311

sobre a nossa ilustradora 319

7

O TOURO
DE CRETA

O caso do Touro de Creta foi consequência da briga entre um deus e um rei. Mas antes de o abordarmos, temos de ver para quem é a cartinha que o Visconde está escrevendo. Hércules havia pingado o ponto no seu Sexto Trabalho e dera ordem de levantar acampamento. Enquanto Meioameio e Pedrinho cuidavam disso, Emília remexia em sua canastrinha e o Visconde "elaborava" uma carta.

— Para quem está escrevendo, Visconde? — perguntou a ex-boneca sem interromper a arrumação de seus guardados.

— Para Dona Benta — respondeu o sabuguinho.

Emília continuou a lidar com os seus "bilongues" ainda por uns vinte minutos — e o Visconde sempre trabalhando lá com a carta. De repente Emília desconfiou:

— Que cartinha tão comprida é essa, Visconde? — e

correu para ver. O Visconde tapou-a com a cartola. Emília deu um peteleco na cartola e agarrou a carta. Não era para Dona Benta, não. Era para a Clímene...

— Ah, malandro!... Escrevendo cartinha de amor, hein? — e pôs-se a ler enquanto o Visconde apanhava a cartola e a limpava com o cotovelo, muito vexado e desapontado.

Emília leu:

Idolatrada criança!
É com o coração despedaçado de mágoas que tomo da pena para traçar estas linhas. Tua imagem não me sai da imaginação. Em tudo te vejo, Climeninha. Olho para os olhos de Hércules e o que vejo são os teus olhos, Climeninha. Olho para aquelas florestas e o que vejo são os teus cabelos, Climeninha. Minha vida virou uma tristeza. Não acho graça em nada — nem na Emília...

Nesse ponto Emília interrompeu a leitura e encarou-o com olhinhos duros.

— Nem em mim, hein? Julga que ando fazendo graças para os estafermos acharem?... — e botou-lhe a língua. Depois continuou a ler:

Hércules não para, coitado. Tem agora de ir a Creta atrás dum touro hidrófobo. Hidrófobo quer dizer louco, isto é, louco propriamente não porque hidro *você bem sabe que é "água" no lindo idioma grego; e* phobos *é também outra linda palavra grega com significação de "horror". Hidrófobo:*

que tem horror à água. Mas lá no nosso mundo o povo ignorante chama "louco" ao que é "hidrófobo".

Emília interrompeu a leitura para observar que nas cartas de amor o galã não deve dar lições de língua.

— Pedantismo deste tamanho nunca vi, Senhor Visconde. A Clímene é o que lá no mundo moderno chamamos uma "burrinha do campo". Bonita, sim, de rosto, mas crassa na ignorância... Crassa, crassa... Que é crasso, Visconde? Minervino disse ontem que Hércules é de uma "ignorância crassa".

O Visconde explicou que a palavra "crasso" vem do latim *crassus* — espesso, grosso, pesado. Ignorância crassa quer dizer ignorância grossa, cascuda. Emília continuou:

— Pois a Clímene é assim: um mimo de nariz, mas crassa lá por dentro — e o Senhor Visconde com essas hidrofobias!... Nem quero ler o resto — tome a carta. E ponha um P.S. meu, assim: "Emília manda dizer que entrou por uma porta e saiu por outra". Só isso.

— Por quê? — indagou o Visconde, desnorteado. — Que quer dizer com isso?

— Nada.

— Então por que me manda escrever?

— Para equilibrar, Visconde. Conheço aquela menina. Juro que ela vai pular por cima de todas as suas hidrofobias e gostar do meu P.S. Para uma boba daquelas a gente só deve escrever bobagens. Outra coisa: como vai mandar essa carta?

— Pelo pirlimpimpim. Esfrego uma isca de pó no nariz dela e...

Emília arregalou os olhos, como fulminada por súbita ideia. Ficou uns instantes assim. Depois berrou, no maior entusiasmo:

— Que maravilha!... Parece incrível que eu já não houvesse tido essa ideia. *Assim como o pirlimpimpim transporta gente, também poderá transportar coisas.* É só esfregar uma isca de pó no nariz das coisas!...

E a cabeça de Emília começou a ferver com as novas possibilidades do transporte pirlimpimpinesco que ela via diante de si. Até o pomo... Até a pena de bronze... Sim... podia "expedi-los" para o sítio de Dona Benta por meio do pirlimpimpim e desse modo cessavam as suas preocupações ali na Grécia.

— Visconde, Visconde! — gritou ela agarrando o sabuguinho e abraçando-o. — Sabe que inventou, sem querer, uma das maiores invenções modernas? Mande a carta da Clímene já, e mande dentro uma pitadinha do pó para a resposta, com explicação sobre o modo de usar... E se nós recebermos a resposta da Clímene, então fica provado que o Visconde de Sabugosa é o maior inventor de todos os tempos...

O Visconde ainda não havia terminado a carta à Clímene, mas teve de mandá-la assim mesmo, incompleta e sem jeito, tamanha era a ânsia de Emília em verificar a realidade da grande invenção.

Hércules lá de longe gritou:

— Estamos na hora. Toca a partir!

Mas Emília discordou.

— Não, não, herói!... Impossível partirmos hoje. Estou empenhada numa experiência formidável. Corra aqui.

Hércules aproximou-se de Emília.

— Que há?

— Há isto — e Emília explicou-lhe a ideia do Visconde, de remeter uma carta para Estinfale pelo processo do pirlimpimpim.

Hércules não entendeu.

— Como?

Emília explicou:

— O pirlimpimpim age pelo nariz. A gente aspira o pó e pronto. O Visconde teve a ideia de esfregar uma isca de pirlimpimpim no nariz da carta. Se produzir efeito, se a carta fizer *fiun* e sumir no espaço e chegar direitinho ao endereço, então, então, então... — e Emília nem pôde concluir, de tão comovida que estava.

— Então, quê? — indagou Hércules, com toda a sua burrice de herói nacional.

Emília encarou-o com ar de dó.

— Que crasso você é, Lelé!... Pois não percebe que se isso acontecer estará descoberto um meio maravilhoso para o transporte das coisas? Se a carta for direitinho e chegar às mãos da Clímene, e se a resposta de Clímene também nos vier direitinho... — e Emília nem pôde concluir. Pôs-se a chorar. Choro de emoção. Choro de Madame Curie quando viu brilhar no escuro a primeira partícula de rádio.

Hércules continuava com o seu ar pasmado. Emília danou.

— Pois não vê, homem de Deus, que se o pirlimpimpim levar uma carta pode levar tudo mais, até um elefante?

Hércules arregalou os olhos. Estava começando a compreender. Depois, aplicando o caso ao seu caso, disse:

— Sim... É mesmo!... Podemos até trazer o Touro de Creta com uma boa pitada de pó!...

— Pois está claro! Podemos trazer o touro, podemos trazer até a ilha de Creta inteira, com o labirinto e tudo. E isso será a maior das revoluções de todos os tempos! Só sinto uma coisa: que a ideia tenha sido do Visconde e não minha. Eu é que merecia ter tido essa ideia...

Pedrinho aproximou-se, e ao saber da grande ideia também vibrou.

— Meu Deus! — disse ele. — Se a coisa der certo, o mundo fica sendo nosso, Emília! Não haverá o que não possamos fazer.

Meioameio, que estivera cuidando dos preparativos da viagem, aproximou-se e disse ao herói:

— Pronto. Já arrumei tudo. Podemos partir.

— A viagem está adiada — respondeu Hércules. — Temos de aguardar a experiência do Visconde.

O sabuguinho tirou da cintura o canudo de pó e derramou na palma da mão uma isca. Depois, com muitas cautelas, esfregou o pirlimpimpim no nariz da cartinha, já galantemente sobrescritada:

Excelentíssima Senhorita Clímene, gentil pastorinha residente em ESTINFALE *(na Arcádia)*

Assim que a carta sentiu no nariz a ação do pó, espirrou o *fiunnn* e desapareceu.

Todos bateram palmas, inclusive o herói. A coisa ia indo otimamente. Restava apenas que viesse a resposta — e com que ânsia esperaram a resposta da Clímene! Pedrinho duvidou.

— Não vem resposta nenhuma — disse ele. — Clímene não sabe escrever — ela mesma me disse. São ignorantíssimos aqueles pastores da Arcádia.

— Mas tem uma amiguinha que sabe — gritou Emília —; a Cloé, filha do chefe dos pastores.

TUDO DEU CERTO!

O resto do dia foi passando na maior inquietação. Emília não tirava os olhos do céu, na esperança de ver uma cartinha cair de súbito ali no acampamento. E havia apostas. — "Aposto que ela vai cair aqui", dizia um. "E eu aposto que ela não cai, fica pairando no ar como folha seca ao vento", dizia outro. A ânsia era geral, e talvez mais em Hércules do que nos outros. Estava pensando no touro. Euristeu queria o touro vivo. Ora, era muito longe a tal Creta, separada do continente pelo mar, de modo que o problema de trazer um touro de Creta até Micenas, e ainda mais um touro louco, ocupava-lhe todos os pensamentos. Se a invençãozinha do Visconde resolvesse o problema, seria ouro sobre azul... Hércules chegou até a perder a fome. Quando à tarde o centaurinho assou os três carneiros do costume, o herói só comeu dois. Pela primeira vez sobrava comida.

O carro de Apolo ia descambando no horizonte quando a resposta de Clímene chegou. Chegou como uma folha seca que o vento traz. Chegou, deu várias voltas no ar e foi cair bem junto aos pés do Visconde. Todos se precipitaram. Quem a agarrou foi Emília. Coitadinha!... Estava tão trêmula de emoção que nem pôde abrir a carta.

— Abra, Pedrinho.

Pedrinho abriu. Devia ser a letra da Cloé.

Amiguinho Visconde:
Chegou sua carta! Como fiquei contente... Cloé a leu para mim. Sinto muito suas aflições. Cloé diz que a história da "hidrofobia" está certa. Aqui tudo na mesma. As aves do lago não voltaram. O assunto de todos ainda é o mesmo: as aves de penas de bronze. Cloé vai me ajudar a fazer como você diz: esfregar o pozinho no nariz desta resposta. Não contei a ninguém este caso — só a Cloé. De medo que me tomem como feiticeira. Adeus. Muitas lembranças ao Senhor Pedrinho e ao Senhor Hércules. Tenho saudades das galopadas que dei no lombo de Meioameio.
Sua criada
obrigada
Clímene

Que delírio!... Emília pulava, dançava, dizia palavras sem sentido. O Visconde beijava a cartinha e apertava-a de encontro ao coração. Pedrinho sonhava mil sonhos cada qual mais louco, e Hércules sorria: estava resolvido o problema do transporte do touro louco de Creta até Micenas! Só Meioameio não deu demonstrações de entusiasmo. Sua inteligência não alcançava as tremendas consequências que da invenção do Visconde poderiam advir para o mundo.

Hércules, já de coração sossegado, foi comer o último carneiro, completando assim a ração normal de três. Em seguida deu ordem de partida. A viagem a Creta era longa. Não convinha perderem mais tempo.

Emília propôs que em vez de partirem "a pé", como das outras vezes, partissem "a pó".

— Sim, todos aspiramos uma pitada de pirlimpimpim e num *fiunnn* estamos em Creta.

Hércules tonteou com a ideia. Mas seria o pó suficientemente forte para levá-lo a ele, que pesava dez arrobas? Pedrinho contou que até Tia Nastácia já tinha ido à Lua "a pó". Disse que para o pirlimpimpim um peso como do herói "era canja". Mesmo assim Hércules estava irresoluto. Quem o forçou a decidir-se foi a Emília.

— Nada mais fácil do que experimentar, Lelé. Se o pó não puder com você, nós vamos "a pó" e você vai "a pé". Experimentemos.

Hércules concordou.

Pedrinho tirou da cintura o seu canudo e pôs-se a calcular as doses e a distribuir as pitadas. Para Hércules deu quatro. Depois ensinou-lhe como fazer.

— Todos temos de aspirar o pirlimpimpim ao mesmo tempo, quando eu cantar TRÊS. Vem o *fiunnn* e pronto.

— E se vocês forem e eu ficar? — ainda objetou o herói.

— Nesse caso, voltaremos e seguiremos todos a pé.

Hércules aceitou essa solução. Pedrinho disse:

— Pois então aprontem-se que vou cantar os números — e começou: — Um... dois... e três!

Na voz de três, todos aspiraram o pó e o *fiunnn* soou violento.

O primeiro a acordar em Creta foi Pedrinho. Abriu os olhos, tonto. Viu todos ali juntos, mas ainda desacordados. O segundo que abriu os olhos foi o Visconde. Os outros continuavam em "estado de choque", como dizia o sabugo.

— Será que dei pó demais? — refletiu Pedrinho e foi sacudir Emília. A ex-boneca arregalou os olhos, tontinha, tontinha. Depois Meioameio despertou. Só faltava Hércules.

O tremendo herói estava aplastado no chão, como morto. Os picapauzinhos o rodearam. Deram-lhe tapas no peito. De um rio perto trouxe Meioameio água nas mãos e jogou-lhe na cara. Emília espetou-o em vários pontos com um espinho. Nada. Nada de Hércules acordar!

— Será que lhe dei dose forte demais? — murmurou Pedrinho já meio inquieto. — Hércules nunca aspirou esse pó. Quem sabe lhe fez mal ao coração e está morto?

O Visconde encostou o ouvido ao peito de Hércules para auscultá-lo. Sentiu o bater do coração.

— Vivinho está — gritou o sabugo —, mas o seu estado de choque é dos tremendos. Tudo com Hércules é enorme — o seu apetite, a sua força física, os seus sonos... Temos de esperar.

E esperaram. Mais de duas horas passaram ali ao lado do herói, à espera de que ele voltasse a si — e nada de Hércules voltar a si. A situação ia se tornando séria. Pedrinho arrependeu-se do que tinha feito. E se Hércules morresse? Nêmesis era capaz de vir justar contas com eles...

Vendo as coisas nesse pé, Emília tomou uma resolução extrema. Ajoelhou-se, de mãos postas, e pediu com todo o fervor:

— Palas, deusa linda, valei-nos nesta aflição! Mandai-nos socorro pelo vosso diligente mensageiro Minervino!

O milagre operou-se: Minervino não tardou a aparecer! E apareceu já ciente de tudo e com o remédio na mão. Curvando-se sobre o herói adormecido, derramou-lhe na boca entreaberta várias gotas de filtro mágico. Foi a conta. O herói abriu um olho. Depois abriu o outro. Depois suspirou e por fim sentou-se.

— Onde estou eu? — foram suas primeiras palavras.

— Talvez na ilha de Creta — respondeu Pedrinho. Certeza não tenho. Não há por aqui letreiros.

Minervino confirmou a suposição. Estavam realmente na ilha de Creta. E enquanto Hércules voltava totalmente a si, contou que lá do Olimpo a deusa Palas havia acompanhado tudo com o maior interesse, e vendo Hércules por tanto tempo sem sentidos, lhe tinha dado ordem de vir socorrê-lo.

— Estes atletas — disse Minervino — têm em geral o coração hipertrofiado, de modo que drogas que para uma criatura do comum não fazem mal, para eles são muitas vezes venenos. Vocês agiram com grande imprudência. Desse modo ainda acabam liquidando com o grande herói nacional da Grécia...

— Gotas do quê, essas que lhe pingou na boca? De elixir paregórico? — quis saber o Visconde.

— Os deuses do Olimpo não revelam aos mortais o segredo de seus filtros. Palas Atena deu-me este frasco sem dizer o que continha.

Emília tirou-lhe da mão o frasco para ver se trazia rótulo. Depois cheirou. Ficou na mesma. Os filtros de Palas eram realmente impenetráveis para as criaturas humanas.

Hércules já estava completamente restabelecido, e ao saber do longo desmaio e da intervenção da deusa alegrou-se. Evidentemente, Hera tentara destruí-lo, mas fora obstada pela sua protetora — e erguendo os olhos para o céu, agradeceu com um olhar a preciosa intervenção de Palas.

Depois:

— Com que então é isto aqui a ilha de Creta?

— Sim. Estamos em Creta — respondeu Minervino.

— E o touro?

— Ainda não mugiu — disse Emília —, mas não tarda. Sinto uma aura de loucura no ar.

Nem bem falou, e um mugido horrendo se fez ouvir ao longe. Hércules pôs-se em pé, já de clava em punho. Seus olhos chamejaram. Seus músculos se retesaram.

Mas Pedrinho advertiu-o de que tinha de levar o touro vivo. Nada, pois, de clavas nem flechas.

— Sim — disse Hércules, recordando-se. — Euristeu exige que lhe leve o touro vivo...

Puseram-se a planejar a captura do touro. Pedrinho foi de opinião que o melhor meio era laçá-lo, como lá no mundo moderno fazem os vaqueiros do sertão. Hércules não tinha prática de laço. Teve de receber lições do menino.

— Mas antes de mais nada — disse — precisamos trançar um laço — e explicou como se fazem os laços. Toma-se um couro de boi e com uma faca bem afiada vai-se cortando nele um tento sem fim...

— Que quer dizer tento sem fim? — indagou Hércules.

— Tento sem fim é uma tira que a gente corta em forma de espiral, como quando descascamos laranja. Fica uma tira compridíssima. E precisamos de quatro couros para obter quatro tentos do mesmo tamanho. Depois é só trançá-los.

— Trançar de três eu sei — gritou Emília. — De quatro, não.

Pedrinho sabia trançar de quatro, e se Meioameio lhe obtivesse quatro couros de boi ele se encarregaria de tudo: de cortar os tentos e trançá-los.

O touro mugiu outra vez ao longe. Hércules, nervoso, apertou novamente o punho da clava.

Pedrinho pediu a Meioameio que saísse de galope e só voltasse com quatro couros de boi; e explicou:

— Couros crus. Curtidos não servem. E couros sem buracos de berne.

Minervino ignorava o que era berne, porque na Grécia não havia semelhante praga — e ficaram a conversar sobre bernes e carrapatos enquanto o centaurinho partia a galope por aqueles campos afora.

A ilha de Creta era "bovinífera", como disse o Visconde, isto é, abundante em bois. Tudo ali era boi. O Minotauro era um boi-homem ou um homem-boi. E para Emília até o rei Minos tinha jeito de ser um verdadeiro "boi real".

A PEGA DO TOURO

Minervino contou a história desse rei.

— Era filho de Europa — disse ele — e sobrinho de Cadmo...

— O que inventou o alfabeto?

— Sim. Cadmo goza a fama de ter sido o criador do alfabeto. Ele e Europa eram filhos de Agenor, um rei da Fenícia. Certo dia em que a linda Europa passeava com suas amigas pelas praias da Fenícia, eis que de súbito aparece um touro de maravilhosa beleza que vinha raptá-la. E de fato a raptou. Esse touro era o próprio Zeus metamorfoseado em touro.

Emília cochichou para Hércules que "metamorfose" era o mesmo que "virar" e citou um caso:

— Eu, por exemplo, me metamorfoseei, da boneca de pano que era na gentinha que sou.

Minervino prosseguiu:

— O belo touro arrebata Europa lá na Fenícia e foge com ela para aqui. O rei Minos não passa do produto desse rapto. Minos, Minos!... Um grande rei. É o legislador da ilha, foi quem a livrou dos piratas saqueadores e foi o aprisionador do Minotauro. Quando esse monstro surgiu e pôs-se a devastar a ilha, Minos incumbiu Dédalo da construção do famoso labirinto — e prendeu o Minotauro lá dentro.

Minervino ia contar mais coisas de Minos, quando Meioameio apareceu com os quatro couros encomendados. Jogou-os ao chão perto de Pedrinho.

— Pronto!

Pedrinho examinou-os e achou-os ótimos. "Nem um buraquinho de berne. Vão dar uns tentos ótimos. E faca? Sem faca bem afiada, nem Hércules desdobra um couro em tentos."

— Preciso de uma faca! — berrou o menino, e todos ficaram a olhar uns para os outros. Quem salvou a situação foi a Emília.

— Faca não tenho em minha canastra, mas tenho aquela perna de tesoura que dei para o Senhor La Fontaine e ele felizmente não aceitou. Bem amoladinha, substitui qualquer faca. Veja minha perna de tesoura aí na canastra, Visconde!

Pedrinho, que era mestre em amolar, descobriu por ali uma laje bem lisa, na qual deixou a perna de tesoura afiada como navalha.

Hércules olhava, olhava. A diligência daquele menino o enchia de satisfação.

Depois começou Pedrinho a "desdobrar os couros em tentos". Suou, coitado, e teve de ser ajudado por Meioameio. Horas depois estavam prontos quatro tentos compridíssimos. Restava trançá-los — e Pedrinho "trançou de quatro" à vista de todos, para que todos aprendessem.

Hércules olhava, olhava.

Meioameio vinha revelando muita habilidade. Aprendia com rapidez incrível e desse modo confirmava aquelas ideias de Hércules sobre a educação. O dia inteiro passaram naquilo e também metade do dia seguinte. E afinal ficou pronto o laço, um formidável laço, porque Pedrinho cortara os tentos com um centímetro de largura.

— Experimente, Hércules. Veja se isto aguenta a pega de um touro.

Hércules experimentou e admirou-se da resistência daquela "corda de couro".

Estavam nisso quando sobreveio uma agitação. Gritaria ao longe. Passou um homem a correr. E depois mulheres e crianças, todas com ar espavorido.

Pedrinho correu a informar-se do que havia.

— O touro louco! O touro louco!... — era o que toda gente gritava, sem interromper a fuga. — O touro louco está devastando a nossa aldeia, destruindo nossas casas...

— Por que o não matam? — indagou Pedrinho.

— Impossível!... — respondeu um dos homens. — Esse touro parece um raio. Investe como um corisco.

— Sabe que Héracles está aqui e veio especialmente para livrar a ilha?

Na voz de Héracles, o homem parou e olhou para o menino, muito espantado. Não havia entre os helenos quem não conhecesse o grande herói — e se ele estava em Creta, razão já não havia para fugas. E o homem gritou para os outros, e num instante uma multidão inteira se reuniu em redor de Pedrinho.

— Diz este menino que Héracles está aqui, vindo para pegar o touro.

— Héracles? O filho de Zeus e Alcmena? Onde está ele?

Pedrinho levou aquela multidão à presença do herói, e todos se assombraram. As caras iluminaram-se como lampiões que se acendem. Héracles ali!... Estavam salvos!...

Pedrinho tomou a palavra e disse:

— Povos de Creta! As vossas desgraças chegaram ao fim. O grande Héracles veio do continente com fim expresso de agarrar vivo esse touro louco que assola estas paragens. Já trançamos o laço de couro cru com que iremos laçá-lo. Interrompei a vossa fuga. Amanhã estareis reconstruindo os vossos lares. Bem sabeis que Héracles é infalível. Quem destruiu o Leão da Nemeia? Ele. Quem matou a Hidra de Lerna? Ele. Quem caçou o Javali do Erimanto? Ele. Quem apanhou a Corça de Pés de Bronze? Ele. Quem limpou as cavalariças de Áugias? Ele. Quem afugentou do Estinfale aquelas aves antropófagas? Ele. Quem vai libertar a ilha de Creta das devastações do touro louco? Ele...

A multidão rompeu em aplausos delirantes. Salvos! Salvos, afinal!... Se Héracles estava ali, então nada mais tinham a temer... E as mulheres choravam e os homens dançavam num delírio de contentamento.

Súbito, no meio daquela festa, um mugido pavoroso. O monstro vinha vindo. Estabeleceu-se o pânico. As mulheres debandaram com as crianças e muitos homens fizeram o mesmo. Só os mais inteligentes ficaram ali junto de Héracles, pois mil vezes mais seguros na companhia do herói invencível do que bobamente a correrem pelos campos.

Emília trepou a uma árvore. Seus olhinhos telescópicos faziam dela a mais preciosa das espias. E lá de cima "irradiava" informações.

— Estou vendo só a poeira do touro, bem longe ainda, mas nesta direção. Sim... É ele mesmo... Começo a distinguir a ponta dos chifres e agora toda a cabeça... O resto do corpo some-se dentro da nuvem de pó... Vem vindo do nosso lado... Quando encontra uma casinha, investe contra ela e com uma chifrada manda-a para o beleléu...

Pedrinho já havia entregue a Hércules o laço e dava-lhe as últimas instruções sobre o melhor modo de manejar a laçada.

— Você dá várias voltas no ar, por cima da cabeça, e só arremessa quando o touro chegar a uns trinta passos de distância. A laçada tem que cair certinha sobre os chifres, isto é, tem que abarcar os chifres. E então você puxa com toda força — cerra a laçada. O resto — como ensinei: você dá uma volta do laço num tronco de árvore e segura firme a ponta — e vai puxando, vai puxando, até forçar o touro a encostar os chifres no tronco.

Pedrinho era mestre naquilo. Não faltava nunca aos rodeios anuais das fazendas vizinhas do sítio de Dona Benta e, escondido da vovó medrosa, aprendera a laçar garrotes já bem taludos e até potros de um ano. Hércules, porém, nunca havia laçado coisa nenhuma, de modo que se sentia bastante atrapalhado e com medo de falhar. Que fiasco, se ali diante daquele povo ele erra o golpe e o touro escapa!

Emília continuava a "espicar", e agora "espicava" como um *speaker* de rádio quando a bola vai se aproximando do gol.

— Vem vindo… Vejo-lhe o corpo inteiro… Que touro, meu Deus!… Bate longe o Beethoven do Coronel Teodorico… Tem pelo de zebu guzerate… Encontrou um cupim… O cupim voou pelos ares… Chegou!… É hora, Lelé!… Drible e jogue o laço.

Hércules já estava girando no ar a laçada, à espera de que Pedrinho desse o sinal. Pedrinho deu o sinal:

— Agora!…

Hércules arremessou o laço, mas errou… A laçada colheu o touro pelas ancas, indo pegar um toco de pau que havia por ali. Sobreveio o pânico. Toda aquela gente debandou. Uns treparam na árvore de Emília. Outros sumiram-se no galope. Hércules largou do laço e apanhou a clava. Ia receber o touro em luta peito a peito. Ia fazer asneira — estragar tudo. Pedrinho interveio a tempo.

— Não, Hércules! Nada de clavas. Eu laço esse bicho — e veloz como um raio tomou o laço, deu a laçada e pôs-se a girá-la no ar.

Na fúria em que vinha, o touro varou por ali sem alcançar o herói, que se desviara agilmente, como fazem os toureiros na arena. O touro enganado e mais furioso ainda fez meia--volta e investiu novamente, mas dessa vez o arremesso da laçada colheu-o pelos chifres. Estava seguro. Pedrinho jogou a ponta do laço para Hércules e voou para cima da árvore de Emília. Hércules deu uma volta no tronco e fez como Pedrinho lhe havia ensinado. Desviava-se das marradas do touro e ia estirando o laço, de modo que o touro fosse ficando cada vez mais peado, mais próximo do tronco. E assim, encurta que encurta, breve o touro se viu com a testa colada ao tronco, isto é, com o tronco entalado entre seus chifres.

— Hurra! Hurra!... — berrou Emília. — Viva Pedrinho! Viva Hércules!...

O touro bufava, babava, urrava, fazia os mais tremendos esforços para arrancar-se dali — inutilmente. O laço de quatro tentos que Pedrinho trançara era dos que touro nenhum rebenta, e estava aguentando firme. O touro, afinal, exausto do esforço, aquietou-se.

— Já não tuge nem muge — berrou Emília. — Hurra! Hurra!...

Os cretenses que haviam fugido começaram a voltar, e logo ali em torno da árvore grande multidão se formou.

Uns queriam linchar o touro. Outros diziam-lhe os mais feios nomes. Hércules interpôs-se.

— Não. Respeitemos o vencido. Tenho ordens para levá-lo a Micenas.

Uma dificuldade surgiu. Os que estavam empencados na árvore tinham medo de descer com aquele touro lá embaixo. Mas Emília deu o exemplo: atirou-se para os braços de Hércules. Os outros fizeram o mesmo. A alegria era imensa. Todos falavam. Cada qual dizia uma asneira maior.

Hércules devia estar vexado, porque afinal de contas o herói da festa fora Pedrinho, não ele. Mas seu coração era generoso demais para dar abrigo a sentimentos inferiores. Em vez de sentir ciúmes, pegou o pequeno nos braços e disse:

— Eu queria ter um filho como você, Pedrinho! — e beijou-o.

Emília não se conteve: chorou de emoção; e até o Visconde, que era milho fervido, enxugou sua lagrimazinha…

O RASTREAMENTO

Depois que o povo se dispersou, Hércules disse:
— Muito bem. A primeira parte deste trabalho está concluída. Temos agora de cuidar do estômago e descansar. Amanhã partiremos para Micenas.

Meioameio saiu no galope do costume para prear os três carneiros, enquanto Emília ficou de cochichos com Minervino. Pedia-lhe qualquer coisa. Que coisa? O frasquinho vazio do filtro de Palas. Para quê? Para enchê-lo com a baba do touro louco. Seu museu lá no sítio ia enriquecer-se tremendamente com as maravilhas que lhe estavam a render os trabalhos de Hércules.

Depois do jantar Pedrinho lembrou que o touro também tinha estômago. Era preciso alimentá-lo — e Meioameio foi arrancar uma grande braçada de capim, que jogou ao pé da árvore. Hércules deu uma folgazinha no laço para que o touro vencido pudesse comer.

Que noite foi aquela, passada sob as estrelas da ilha do rei Minos, empanturrados de carneiro assado e glória! Não houve sonhos. Só sono e dos mais pesados. Sono tão pesado que ninguém percebeu nada do que se passou.

— Passou-se então qualquer coisa durante a noite?
— Sim. Quando lá no Olimpo a implacável Juno viu que o Touro de Creta estava vencido e Hércules continuava incólume, a cólera lhe estufou o papo. E chamando um ratinho mandou-o que corresse até lá, roesse o laço e soltasse o touro. O ratinho obedeceu, de modo que pela manhã, quando Hércules acordou...

— Que é do touro?

Não havia touro nenhum no palanque…

Foi o maior desapontamento jamais ocorrido na Grécia. A vingativa Juno vencera. Todo o esforço do herói e de Pedrinho estava perdido. Tinham de capturar o monstro novamente.

Mas para onde se dirigira o touro? Pedrinho sabia "rastrear", isto é, seguir o rastro dos animais. Aprendera essa arte sutil com um velho campeiro do Coronel Teodorico. Rastrear em chão de terra desnuda é fácil, porque os rastros ficam impressos na lama ou pó — mas ali, naqueles campos revestidos de capim-mimoso? Só mesmo um mestre rastreador — e Pedrinho de novo assombrou o herói com a sua habilidade. Pelo acamado do capim e outros sinais que só os rastreadores percebem, pôde ir acompanhando o rumo levado pelo touro em fuga.

Trabalho de paciência e demorado, mas feliz. Pedrinho seguia na frente, rastreando, e os outros atrás. E assim foram indo, indo…

Súbito, um encontro imprevisto: Teseu, o grande herói! O encontro de Teseu e Hércules lembrou a Pedrinho o encontro do explorador Stanley com o Doutor Livingstone, lá no centro da África.

— Teseu da Ática? — disse Hércules estendendo a mão para Teseu.

— Héracles da Hélade? — disse Teseu, apertando a mão de Hércules.

Os dois heróis abraçaram-se e puseram-se a conversar. Hércules contou que viera à ilha por causa do famoso touro louco, e Teseu contou que estava ali para dar cabo do Minotauro.

— Do Minotauro? — exclamou Pedrinho com espanto. — Pois esse monstro ainda vive?

— Sim — respondeu o herói da Ática —, e aqui estou para libertar esta ilha de tão horrendo monstro. Não tem conta o número de vítimas que já fez. O rei Minos houve por bem encarregar-me da missão. Mas quem é este menino, Héracles?

Hércules fez as apresentações e contou da maravilhosa ação do seu "oficial de gabinete" Pedro Encerrabodes de Oliveira na captura do Touro de Creta, o qual, infelizmente, graças ao camundongo de Hera, tinha conseguido libertar-se e fugir. Depois apresentou Emília de Rabicó, e o Visconde de Sabugosa, o seu "escudeiro".

Teseu achou graça.

— E aquele centaurinho que lá vem com carneiros ao ombro?

Hércules contou toda a história da captura do jovem centauro e dos maravilhosos progressos que vinha fazendo.

Teseu estava simplesmente tonto com aquelas novidades; chegou a abrir a boca ao saber da aventura dos picapauzinhos com o Minotauro.

— Com que então viram vocês o Minotauro? Conseguiram entrar no labirinto e sair?

— Sim — respondeu Emília — e desfiou toda a história, contou o truque dos carretéis de linha que usou, isto é, que foi desenrolando à medida que entrava, de modo a poderem guiar-se na saída.

Teseu não sabia nada de carretéis. Emília correu à sua famosa canastra e trouxe um.

— É isto. Linha número 50, J. P. Coat. Muito boa para pregar botões. Mede duzentas jardas, ou cento e trinta e oito metros na medida decimal que usamos no mundo moderno. Tenho três carretéis. Posso ceder um...

Teseu aceitou.

Que dia aquele! Os picapauzinhos não cessavam de admirar o herói da Ática. Embora não tivesse a imponência de Hércules, Teseu revelava maior beleza. E que inteligência!...

Minervino desfiou-lhe a história, enquanto os dois heróis devoravam os carneiros.

— Ah, meus amiguinhos, vocês tiveram hoje a honra de travar conhecimento com o herói que quase eclipsou a glória de Héracles. Sua origem é real, pois é filho de Egeu, rei de Mégara. Foi Teseu quem conquistou a Ática — e como prêmio teve a cidade de Atenas, a glória da Hélade. Suas aventuras heroicas quase que se equiparam às de Héracles. A primeira foi a luta contra Corineto, que matava os viajantes a golpes de clava. Corineto quer dizer "o que combate com clava". Teseu matou-o e apossou-se de sua terrível clava — nunca mais abandonando-a. A Ática era vítima de malfeitores famosos, como Esciron, que obrigava os viandantes a lavar-lhe os pés no alto dum penedo e depois os arrojava ao mar, onde eram comidos por uma tartaruga monstruosa; como Sínis, que atava os viandantes a uma árvore encurvada até o chão e depois, largando-a, os arremessava longe, despedaçando-os; como Procusto, que "ajustava" as vítimas ao tamanho do seu leito, ora cortando um pedaço das pernas, ora esticando-as com a maior violência; como Cércion, que obrigava todo mundo a lutar com ele e depois matava os vencidos. A todos Teseu destruiu, com aplicação das mesmas torturas que esses homens perversos tinham inventado.

— Que peste o tal Procusto! — observou Pedrinho. — Já ouvi referências ao "leito de Procusto", mas não sabia o que era.

— E que mais fez Teseu? — quis saber Emília.

Minervino continuou:

— Ah, não tem conta! São infinitas as proezas de Teseu, e sempre norteadas para o bem. Ele é o amigo das liberdades, o castigador dos tiranos e monstros. Foi quem deu cabo de Féa, a Javalina de Crómion, mãe daquele Javali do Erimanto, vencido por Héracles. E até sei de coisas que ainda não aconteceram, mas vão acontecer.

— Como sabe? — perguntou Emília.

— Porque frequento o Olimpo, e lá ouço o que os deuses conversam sobre as coisas do porvir. Este Touro de Creta, por exemplo. O que vai acontecer está escrito nas páginas do futuro.

— Está predeterminado — disse cientificamente o Visconde.

Minervino riu-se da "aranha de cartola" e continuou:

— Héracles levará vivo a Euristeu este Touro de Creta, mas Euristeu o soltará novamente. E o touro louco irá numa corrida furiosa até aos arredores de Maratona e assolará aquela região. O rei Egeu mandará contra ele o herói Androgeu, futuro vencedor de todos os concursos de várias panateneias — e esse herói sucumbirá na empresa. Teseu então atrever-se-á a ir atacar o touro, e o agarrará a unha, e o levará para Atenas, onde o passeará pela cidade; depois o sacrificará ao Apolo de Delfos. Mas isto ainda são coisas do futuro, como também a luta de Teseu contra as amazonas e tantas e tantas coisas mais. Agora veio ele a esta ilha para dar cabo do Minotauro.

— E vai vencer o Minotauro?

— Sim...

Terminada a refeição, os dois grandes heróis se despediram. Teseu lá se foi com o carretel de linha número 50 na mão — e Hércules e Pedrinho continuaram no rastreamento do touro.

Vários dias se passaram assim, sem que o menino perdesse a pista do Touro de Creta. E foram andando, andando até que deram com a entrada do famoso labirinto. O chão ali estava desnudo, de modo que os rastros do touro se misturavam com rastro de gente e outros animais. Pedrinho desnorteou. Não podia garantir que o touro houvesse entrado.

— Pode ser que sim, pode ser que não — disse ele para Hércules. — O melhor é entrarmos para investigar.

O herói vacilou. Entrar no labirinto era fácil, mas como sair? Aquele labirinto dava lá dentro mil voltas, e fora construído justamente para que quem entrasse não pudesse mais sair. Emília, porém, sossegou o herói.

— Não tenha medo, Lelé. Para nós esse labirinto é "canja". Já estivemos lá dentro, fomos até onde mora o Minotauro e depois saímos com a maior facilidade.

— Como?

— Por meio da linha dos meus carretéis. Tenho três na canastra.

— Mas não os deu ao herói da Ática?

— Dei um. Ainda restam dois. Dois bastam...

DÉDALO

A entrada no labirinto de Creta processou-se exatamente como da primeira vez, quando lá estiveram em procura de Tia Nastácia. Emília seguiu atrás de todos, desenrolando a linha. Por que atrás? Porque se seguisse na frente, os outros podiam embaraçar a linha nos pés e estava tudo perdido. Emília era muito previdente.

Foram entrando. Eram corredores e mais corredores, uma coisa sem fim. Em certo ponto a linha do segundo carretel acabou. E agora?

Pedrinho resolveu o caso. Fez fogo, obteve carvão e mandou que o Visconde viesse de carvãozinho em punho riscando o chão. Hércules não cessava de admirar aquele menino. Que engenho! Que habilidade para tudo! Tão simples a ideia do carvão...

Afinal chegaram ao fim, exatamente lá onde da outra vez os picapauzinhos haviam encontrado o Minotauro gordíssimo de tanto comer os bolos de Tia Nastácia. Mas, em vez de Minotauro o que viram lá foi um homem...

Hércules abordou-o.

— Quem és tu? Espero encontrar o Minotauro e dou com um homem...

— Sou Dédalo — respondeu o interpelado. — Tive um atrito com o rei Minos e fui encerrado aqui...

— Dédalo? — repetiu Hércules com ar de espanto. — Dédalo, o mesmo construtor deste labirinto?

— Exatamente. Estou preso na arapuca por mim próprio construída...

O espanto foi geral. Dédalo preso na armadilha que ele mesmo concebera! Que coisa prodigiosa!...

O Visconde lembrou o caso do Doutor Guillotin, aquele francês que inventou a guilhotina e afinal acabou guilhotinado; e também veio com o célebre caso do touro de bronze de Perilo. Esse Perilo meteu-se um dia a mau, e concebeu a ideia de um novo suplício: um touro de bronze oco. Punha-se lá dentro a vítima e acendia-se um grande fogo embaixo. Ao sentir-se queimado vivo, o supliciado rompia aos urros — e a assistência tinha a impressão de que era o touro que estava urrando.

— Que bisca! — exclamou Pedrinho. — Monstro mau assim nunca vi.

— Pois esse malvado recebeu o castigo que merecia — continuou o Visconde.

— Como?

— Perilo construiu o touro oco e muito lampeiramente foi oferecê-lo ao tirano Fálaris. O tal Fálaris, que era outra peste, exclamou: "Ótimo! Façamos a experiência", e mandou acender fogo debaixo do touro e meter lá dentro ao próprio Perilo.

— Bem feito! — berrou Emília. — Eu fazia exatissimamente a mesma coisa.

Dédalo suspirou.

— Pois foi o que a mim me aconteceu. Construí por ordem de Minos este labirinto e agora cá me vejo preso, também por ordem de Minos...

— Mas teve uma grande sorte — disse Pedrinho. — Vamos salvá-lo. Basta que nos acompanhe, que logo estará fora daqui.

Dédalo riu-se com grande tristeza.

— Impossível. Eu, que sou o construtor deste labirinto, sei que quem nele entra não sai mais...

— Bobagem, Dédalo. Aqui estamos nós que já estivemos cá e saímos. E agora entramos de novo e vamos de novo sair — e explicou o truque da linha inventado pela Emília.

Dédalo abriu a boca.

Depois pediram-lhe notícias do Minotauro.

— Já não existe. Esteve cá ontem um herói tremendo, que se atracou com o monstro e matou-o.

— Teseu!... — gritou Pedrinho. — E onde anda ele? Já saiu?...

— Ah, não! Nem sairá. Deve andar perdido aí por esses corredores sem fim.

— Pois havemos de salvá-lo também — disse Pedrinho. — E o Touro de Creta?

Dédalo não entendeu. Pedrinho explicou:

— O touro louco, sim. Nós o estamos perseguindo. Já o pegamos uma vez a laço e o amarramos a uma árvore. Mas Juno mandou de noite um ratinho roer o laço — e o boi fugiu. Estamos agora atrás dele. Viemos seguindo os rastros até à entrada do labirinto. Talvez haja penetrado aqui, não sei.

Dédalo foi de opinião que não havia entrado.

— Asseguro que não entrou. Depois da morte do Minotauro, o silêncio tem sido completo. Se houvesse entrado eu teria ouvido seus urros.

— E o cadáver do Minotauro? Onde está?

Dédalo levou-os ao ponto onde residira o Minotauro. — Ei-lo!...

 Sim. Lá estava o Minotauro estendido por terra, morto, mortíssimo.

 — De que modo conseguiu Teseu vencê-lo?

 — Em luta corpo a corpo. Atracou-se com ele e estrangulou-o. Que herói tremendo é Teseu!...

 Longamente estiveram ali a examinar o Minotauro morto.

 — Sim — observou Emília. — É o mesmo que vimos daquela vez, mas muito mais magro. Depois que raptamos Tia Nastácia, ficou sem quitutes...

 Hércules acertou com Pedrinho um plano para salvar Teseu, e não foi difícil encontrá-lo. Dédalo tinha na cabeça todo o plano daquela construção, de modo que fez várias deduções, como as do Sherlock Holmes, e depois de meia hora de pesquisa deu com o herói da Ática.

Que festa foi o encontro! O pobre Teseu já estava desanimado e exausto de tanto andar por aqueles malditos corredores despistantes, mas quanto mais andava, mais emaranhado ficava.

Tudo correu bem. Uma hora depois estavam todos fora do labirinto. Facílima fora a saída, graças ao risco de carvão do Visconde e ao fio de linha dos dois carretéis da Emília.

Ao ver-se de novo restituído à luz do dia, Teseu levantou os olhos para o céu e fez um agradecimento a Palas, a deusa de Atenas. Depois abraçou Hércules; também abraçou o Pedrinho e o Visconde e deu um beijo na Emília.

— Obrigado, amigos! Graças a vocês, acabo de ressuscitar. Sim, considero o meu caso um verdadeiro caso de ressurreição, pois já me considerava absolutamente morto...

— Por que não usou o carretel que eu dei, herói? — perguntou Emília.

— Usei-o, mas breve a linha se acabou. Duzentas jardas é pouco para este infernal labirinto.

Dédalo disse que só uma linha de oitocentos metros poderia ir da entrada até ao ponto-final. Com um carretel só, de modo nenhum Teseu poderia arranjar-se.

As despedidas de Teseu e Dédalo foram comoventes. Cada um seguiu num rumo. Depois que se afastaram, Hércules olhou para Pedrinho.

— E agora, oficial? Perdemos a pista do touro...

Pedrinho voltou a examinar o chão. Súbito, deu um grito.

— Achei de novo o rastro! Ele chegou até aqui, mas não entrou — e fez ver a Hércules o verdadeiro caminho tomado pelo touro.

— Pois continuemos a nossa perseguição — disse o herói.

O carro de Apolo já ia descambando e o estômago de Hércules já estava a reclamar carneiros. O centaurinho partiu no galope para a preia do costume, enquanto os outros se sentavam à margem dum riacho.

— Que dia cheio! — observou Pedrinho. — Quanta coisa!...

— E que lindo herói é Teseu! — disse Emília. — Que ar inteligente... Está me lembrando aquele atleta que Narizinho viu em Atenas e tanto a encantou.

Hércules não deixou de sentir uma ponta de ciúme diante daquele entusiasmo de Emília pela beleza do herói ático. Mas lá no íntimo deu-lhe razão. Os deuses fizeram-no, a ele, Hércules, musculoso demais, excessivo em tudo. Isso lhe assegurava a posição de Herói Nacional da Grécia — o maior de todos, o invencível. Mas privava-o da beleza sem par do herói de Atenas...

O HERÓI-MENINO

A perseguição ao touro louco consumiu mais dois dias. No terceiro, pela manhã, o encontro dum viandante veio confirmar as deduções de Pedrinho. Aquele homem ouvira um urro estranho em certa direção — e apontou:

— Lá naquele rumo. Suponho que se ocultou no capão de mato que se vê daqui.

Encaminharam-se todos para o bosque, Hércules à frente. Logo depois ouviram um urro.

— Ele! — exclamou Pedrinho. — Aquela voz é minha conhecida…

Hércules pediu o laço — mas que é do laço? O centaurinho esquecera-o na entrada do labirinto. Enquanto Meioa-meio ia no galope em busca do laço, Hércules, de clava em punho, foi avançando cautelosamente. Súbito, novo berro mais próximo — e o touro apareceu.

Apareceu na fímbria do bosque. O mesmo olhar chispante, os mesmos bufos. Escarvava o chão com fúria. Ao dar com o herói, urrou de novo e investiu em sua direção com ímpeto de bomba voadora. Hércules, de pé firme, esperou-o de clava erguida. Mas Pedrinho advertiu-o novamente:

— Nada de clava, Hércules! Não se esqueça de que tem de o pegar vivo.

O herói lembrou-se das ordens de Euristeu e largou a clava. Ia agarrar o touro à unha.

O touro aproximou-se com uma velocidade incrível e investiu. Hércules o esperou firme como um rochedo. Ah, que cena aquela!... Quando a marrada do touro colheu o herói pelo peito, um som balofo quebrou o silêncio reinante — *bâ!* Mas o touro havia encontrado um contendor digno de si. Sua marrada foi como um golpe de martelo-pilão de encontro a um bloco de aço inamolgável. O touro estacou. Os braços do herói o haviam cingido pelos chifres — e Pedrinho sentiu um frêmito de entusiasmo diante daquela verdadeira escultura viva: os dois gigantes imobilizados, como se subitamente transfeitos em pedra. Nenhum dos dois se movia uma linha. Imóveis, imobilíssimos, como que congelados...

Os picapauzinhos deliravam. Aquela cena valia todas. O tremendo esforço de Hércules neutralizava o tremendo esforço do touro. Nenhum dos dois podia mover-se, mudar de posição. E assim iriam ficar até ao regresso de Meioameio.

Um galope. Era Meioameio que vinha vindo. Ao ver de longe o herói atracado com o touro, seu galope redobrou.

— Pronto! — disse ao chegar, jogando o rolo do laço para Pedrinho.

O pequeno herói do Picapau Amarelo tomou-o, fez a laçada e correu para o touro. Mas como podia colher na laçada os chifres do touro, se os chifres do touro estavam colados aos flancos de Hércules? Emília gritou:

— Lace-o pelo pé!...

Era uma sugestão de bobinha. Uma laçada pelo pé escapa com o primeiro tranco de um boi. Pedrinho ia laçá-lo pelo pescoço. Isso era contra todas as regras dos rodeios, mas o único jeito naquele momento — e, desfazendo a laçada, lançou a argola por cima do cangote do touro. Restava agora alcançar a argola caída no chão do outro lado e refazer a laçada. Mas como puxar a argola caída do outro lado? Se houvesse por ali uma vara de gancho...

— O Visconde aqui! — berrou Pedrinho — e Emília empurrou em sua direção o sabuguinho. Pequeno como era, podia pegar a argola e trazê-la para o lado de cá, passando por baixo do pescoço do touro. O Visconde tremia. O touro podia esmagá-lo com uma patada. Não tinha coragem. Emília veio de lá e deu-lhe um tranco. O Visconde foi cair bem em cima da argola. Encheu-se de ânimo. Agarrou a argola e, passando por baixo da papada do touro, veio entregá-la a Pedrinho. Pedrinho enfiou a outra ponta do laço na argola e assim refez a laçada. Jogou então a ponta do laço para Meioameio e gritou:

— Corra e estique!...

Meioameio assim fez. Pegou na ponta do laço e disparou. A laçada foi se fechando. Fechou-se completamente. O monstro estava seguro pelo pescoço.

— Corra uma volta do laço nessa árvore aí! — gritou Pedrinho — e Meioameio correu uma volta do laço em torno ao tronco da árvore indicada. — Agora segure firme! — gritou Pedrinho. Meioameio segurou firme.

— Pronto, Hércules! Pode largar o touro.

Hércules desprendeu-se daqueles chifres e deu um grande salto de banda. O touro, liberto, urrou e investiu contra o herói. Hércules deu novo salto de banda — e assim várias vezes, enquanto Meioameio ia encurtando o laço. Momentos depois estava o touro novamente com a cabeça junto da árvore, como da primeira vez — mas o aperto da laçada em seu pescoço o ia estrangulando. Era preciso transferir a laçada do pescoço para os chifres. Como?

Pedrinho pensou depressa. O único jeito era fazer outra laçada na outra ponta do laço e passá-la pelos chifres do touro. E foi o que fez. Preso o touro ao tronco pela laçada dos chifres, e bem amarrado, podiam afrouxar a laçada que o prendia pelo pescoço. Meioameio executou habilmente a operação — e não sem tempo. O touro já estava de olhos esbugalhados e sem fôlego. Se demoram dois ou três minutos mais, adeus Touro de Creta!...

Pronto! Lá estava o tremendo animalão novamente seguro e bem seguro. Emília bateu palmas. Hércules sorria e o Visconde assoprava-se todo. Ainda não estava completamente refeito do ato de heroísmo que realizara sem querer.

Hércules abraçou Pedrinho. Pela segunda vez reconheceu que um garoto como ele era novidade na Grécia.

— Muitos heróis temos tido por aqui, oficial; mas herói-menino, o primeiro que apareceu na Hélade foi você.

Emília reclamou um bom abraço no Visconde.

— Ele também contribuiu muito, Lelé. Foi quem passou a argola do lado de lá para o de cá.

Hércules apertou a mão do sabuguinho, dizendo:

— Meu valente escudeiro!

Ótimo. Estava tudo ótimo. Restava apenas vigilarem de noite para prevenir novo roimento do laço pelo camundongo de Juno. Emília teve a ideia de botar um gato preso ao tronco, mas onde encontrar um gato naquele ermo? A ideia vencedora foi a do Visconde: esfregar o laço com suco de erva-de-rato, que é venenosíssima. E como ninguém soubesse que erva era aquela, o sabuguinho científico explicou:

— As chamadas ervas-de-rato são muitas, todas da família *Palicourea*. Há a *Palicourea strepens*, de flores amarelas em cacho; há a *Palicourea noxia,* que é rubiácea. Há a *Palicourea nicotiana etolia*, outra rubiácea classificada por Martius. E há a *Palicourea rigida*, também chamada "douradinha-do-campo"...

Emília quase deu nele.

— Estupor!... Em vez de tanta exibição de ciência, melhor que vá correndo ao bosque ver se encontra qualquer dessas *Palicoureas*...

O Visconde foi e encontrou um pezinho da *Palicourea officinalis,* tão boa como qualquer outra para envenenar os ratinhos de Juno. Amassou aquelas folhas entre duas pedras chatas, fez um mingau e deu-o a Pedrinho.

— Basta que esfregue isto no laço.

Foi o que Pedrinho fez — e na manhã seguinte puderam observar o maravilhoso efeito da receitinha do Visconde: lá estava ao pé do tronco o cadáver do camundongo de Juno...

Muito bem. A primeira parte daquele trabalho de Hércules fora feita. Restava a segunda, talvez a mais difícil: conduzir aquele touro até Micenas. A ilha de Creta erguia-se a uns cem quilômetros do continente.

Como atravessar esses cem quilômetros do Mediterrâneo com aquele touro no laço?

Puseram-se a estudar o problema. Emília pensou no pirlimpimpim. Com uma boa esfregadela do maravilhoso pó no focinho do touro, ia ele num só *fiunnn* para Micenas, mas para isso era necessário que Hércules também aspirasse o pó. E Palas se opunha. Palas havia terminantemente proibido ao herói recorrer novamente ao tal pó transportador, visto como o seu coração hipertrofiado poderia não resistir.

— E se fizéssemos Meioameio seguir "a pó" com o touro? — sugeriu Pedrinho.

Hércules opôs-se. Meioameio era ainda muito novo. Não aguentaria o touro lá na chegada. Ideia vem, ideia vai, ficou assentado o seguinte: Hércules atravessaria os cem quilômetros de mar a nado, puxando o touro, e eles iriam "a pó" esperá-lo numa praia do continente.

E assim foi feito. Logo depois do almoço, Pedrinho distribuiu as doses de pirlimpimpim, muito bem calculadas para um *fiunnn* até ao extremo do promontório de Maleia. Lá esperariam pelo herói com o boi — e seguiriam por terra para Micenas. O promontório de Maleia ficava na parte da Hélade chamada Lacônia; Micenas ficava na parte chamada Argólida.

Hércules desamarrou da árvore o touro e lá seguiu com ele rumo ao mar, enquanto os outros aspiravam as doses do pirlimpimpim. Instantes depois despertavam numa praia do promontório de Maleia.

— Onde estará Hércules neste momento? — refletiu Pedrinho, logo que se viu livre da tontura. — Muito longe do mar ainda... Que acha, Visconde ? Já terá Hércules chegado à praia?

— Oh, não! Pelos meus cálculos, ele tem de caminhar umas três horas.

— E quantas horas levará nadando?

O Visconde respondeu que um bom nadador pode vencer cem quilômetros em vinte horas — e pôs-se a discorrer sobre a natação. Em certo ponto Emília interrompeu-o.

— E aquela história de Leandro e Hero, que Dona Benta contou?

— Ah, isso foi muito triste — respondeu o sabuguinho. — Havia em Sestos uma sacerdotisa de Vênus de nome Hero, muito moça e linda. Sestos era uma cidadezinha situada na margem europeia do Helesponto, esse estreito que hoje se chama Dardanelos. Do outro lado do estreito ficava a cidade de Abidos, onde morava Leandro. Esse rapaz conheceu Hero numa festa de Vênus e apaixonou-se e todas as noites atravessava o Helesponto a nado para ver a namorada.

— Que largura tinha o estreito naquele ponto?

— Mil e quinhentos metros — disse o Visconde. — Todas as noites Hero acendia um fogo no alto dum morro para guiar Leandro. Mas lá em certa ocasião ele passou sete dias sem aparecer. Sete vezes a coitadinha acendeu o fogo e nada.

— Que houve?

— Houve que Leandro, numa das suas travessias, foi apanhado por um temporal e afogou-se. As ondas levaram o seu cadáver às praias de Sestos. Ao ter conhecimento disso a pobre Hero lançou-se ao mar e morreu também...

Emília engoliu um soluço.

O sabuguinho continuou. Contou que mais tarde o poeta inglês Byron, que andava pela Grécia, tentou e conseguiu repetir a façanha de Leandro. Atravessou o Helesponto a nado, exatamente no mesmo lugar.

— E não morreu afogado?

— Não. Foi morrer da febre apanhada em Missolonghi, uma cidade grega que ainda não existe mas vai existir.

A história de Hero e Leandro entristeceu os picapauzinhos e comoveu o jovem centauro.

— E se Hércules não aguenta e também morre, como Leandro? — lembrou Emília. — Estou com medo...

A LOUCURA DO REI

Mas tudo acabou bem. No dia seguinte, pela manhã, foram para cima duma grande pedra aguardar o aparecimento do herói. O mar manso estendia diante deles as suas águas azuis. Minutos depois Emília, que era a grande "enxergadeira", gritou:

— Estou vendo dois pontinhos lá longe... Dirigem-se para cá... Duas cabeças, uma de homem, outra de boi... São eles, sim...

E eram mesmo. Dali uma hora Hércules safou-se do mar, puxando o touro por um chifre.

Que festa foi a recepção do herói! Hércules chegou cansadíssimo, completamente exausto. Felizmente o touro estava mais cansado ainda, senão teria fugido pela segunda vez.

A viagem dali até Micenas correu cheia de peripécias e lances heroicos. O caminho que seguiram passava pela parte leste da Arcádia — e muito insistiu o Visconde para uma paradinha em Estinfale. Mas como essa urbe ficasse muito fora de mão, o Visconde, suspirando, teve de desistir da sua esperança de rever a pastorinha Clímene...

Afinal chegaram, e na forma do costume os picapauzinhos se dirigiram ao acampamento enquanto Hércules levava o touro para a cidade.

Que prazer encontrarem-se de novo naquele amável retiro, com o ribeirão a murmurejar como de costume e a floresta verdinha lá perto! O Templo de Avia não fora bulido por ninguém. Perfeito como o haviam deixado. Lá se erguiam as estacas com as esculturas comemorativas dos trabalhos de Hércules. Pedrinho fincou mais uma e pregou no topo a sétima escultura representando Hércules atracado com o touro.

Depois teve uma ideia:

— E se déssemos um pulo até a cidade?

Foram. Encontraram Micenas num grande tumulto por causa da chegada do herói. Todos já sabiam a história do Touro de Creta, e estavam correndo para a praça do mercado a fim de vê-lo. Hércules amarrara-o lá num palanque e fora apresentar-se ao rei.

— Pronto, majestade! — disse ele na sua voz mansa de herói bem-comportado diante da soberania. — Cumpri fielmente a missão que Vossa Majestade houve por bem confiar-me. O Touro de Creta está amarrado num esteio na praça do mercado.

Euristeu fechou a carranca. Que responder? Estava já cansado das vitórias do herói. Indubitavelmente Palas tinha mais força de que Juno. E Euristeu consultou com os olhos o ministro Eumolpo, sempre ali muito lambetamente ao pé do trono. Eumolpo, que já tinha na cabeça um novo trabalho destinado ao herói, cochichou três segundos com o soberano.

Euristeu desenfarruscou a cara e disse para Hércules:

— Muito bem. Agora o que tem a fazer é ir dar cabo dos cavalos de Diomedes.

Hércules não sabia que cavalos fossem aqueles. Eumolpo explicou:

— Diomedes é rei dos bistônios, na Trácia. Possui uns cavalos que só comem carne humana. Diomedes alimenta-os com os náufragos que as tempestades arrojam às costas do seu reino. Sua Majestade ordena que vás e liquides com esses cavalos antropófagos.

Hércules baixou a cabeça respeitosamente, murmurando:
— Assim, será feito, majestade!
Disse e saiu.

Euristeu ficou a conferenciar com Eumolpo. Estavam tramando qualquer coisa. Depois ordenou a um dos guardas:

— Vá à praça do mercado e solte o Touro de Creta.

O guarda abriu a boca e ousou dizer:

— E que será do povo lá reunido, majestade?

Euristeu fulminou-o com o olhar.

— Cumpra as minhas ordens e não discuta.

O guarda foi soltar o touro.

Enquanto isso os picapauzinhos chegavam à praça, onde o povo se comprimia para ver o monstro prisioneiro.

Os comentários ferviam.

— Que belo animal! — dizia um.

— Belo, sim, mas perigosíssimo. Olhe como baba de cólera e fumega. Parece até que espirra fogo...

— Tenho medo de Creta — dizia outro. — Já estive lá uma vez. Tudo são touros na ilha — e há aquele horrendo Minotauro preso no labirinto.

Pedrinho interveio:

— Houve o Minotauro. Já não existe.

— Como? Por quê? — e vários curiosos o rodearam.

— Sim — confirmou Pedrinho. — O grande herói Teseu da Ática lá esteve e estrangulou o monstro.

O espanto foi geral. Ninguém ainda sabia do grande acontecimento.

A roda de curiosos em torno dos picapauzinhos ia aumentando cada vez mais. O Visconde, sobretudo, provocava mil comentários. Uma aranha de cartola! E quando souberam que todos três haviam tomado parte na aventura do herói, o assombro não teve limites.

Nesse momento chegou o guarda do rei.

— Espalha! Espalha!... — gritou. — Vim com ordem de Sua Majestade para soltar este bicho.

Ninguém entendeu.

— Soltar o Touro de Creta? Soltar um monstro que já fez tantos estragos no mundo?...

— Sim, são ordens de Sua Majestade e as ordens de Sua Majestade não se discutem — respondeu o guarda, já com a mão no laço para desfazer o nó.

Quando o povo percebeu que o touro ia mesmo ser solto, ah, caiu num grande pânico. Foi uma gritaria geral e um corre-corre, como nunca se viu. Uns voavam por aquelas ruas como lebres. Outros embarafustavam-se pelas casas e trancavam as portas por dentro.

O guarda soltou o touro e, coitado, foi a sua primeira vítima. O touro o colheu nos chifres e arremessou a vinte metros de distância, todo arrebentado. E quantos não morreram naquele dia... O monstro estava com o ódio represo, de maneira que ao ver-se solto explodiu num horrendo acesso de furor. Cada arranco que dava era uma criatura que caía em pandarecos.

Pedrinho agarrou Emília e o Visconde pelas mãos e sumiu-se dali a toda — corria arrastando os coitadinhos. Minutos depois chegou ao ponto onde Meioameio os esperava. Jogou os dois sobre o lombo do jovem centauro, montou e disse:

— Fujamos no maior galope! O maldito Euristeu mandou soltar o touro.

Essas palavras valeram mais do que quanta espora há no mundo. Nunca Meioameio galopou com tamanha velocidade.

Chegados ao acampamento, uma ideia os assustou.

— E se o touro vem por aqui? E se nos reconhece e vinga-se? O melhor é treparmos àquela árvore — e Pedrinho apontou para a árvore mais alta. Todos subiram, menos Meioameio. Sua defesa era o galope.

— Não posso compreender a ideia do tal rei mandando soltar o touro — observou Pedrinho lá no galho. — Para mim ele é ainda mais demente que o touro.

— E Hércules que não vem? — impacientava-se Emília. — Será que vai atracar-se novamente com o touro lá na cidade?

— Acho que não — opinou o Visconde. — Agora me lembro do que disse Minervino. O touro vai para Maratona, onde será novamente capturado por Teseu. É o que está gravado nas páginas do livro do futuro.

Nesse momento — Lá vem Lelé!... — gritou Emília.

Sim, Hércules vinha vindo, de cabeça baixa, como absorto em apreensões. Chegou e riu-se de ver tantos "picapaus" na árvore.

— Desçam! — disse ele. — Nada há mais a recear. O touro já saiu da cidade e afundou por esses campos.

— Não virá deste lado?

— Não. Tomou outro rumo.

O alívio foi geral. Todos desceram.

— Qual a razão de haver Euristeu mandado soltar o touro? — perguntou Pedrinho.

— Não sei. Os desígnios de certos soberanos são inescrutáveis — foi a resposta de Hércules.

8
OS CAVALOS DE DIOMEDES

Pedrinho não estava entendendo a Hélade.

— Mas afinal de contas — disse ele —, isto aqui me parece mais uma salada de pequenos países do que um país só. Explique-me esta Hélade, Minervino.

O mensageiro de Palas explicou que o que chamavam Hélade não passava dum cacho de paisesinhos independentes, mas com a mesma língua e os mesmos deuses. Havia a Lacônia, a Messênia, a Argólida, a Fócida, a Tessália, a Magnésia...

— Chega! — berrou Emília. — Pare na Magnésia, se não é capaz de vir também o Bicarbonato...

— E é para um desses cocos do grande cacho helênico que vamos indo — continuou o mensageiro. — Vamos indo para a Trácia.

Sim, era para a Trácia que se iam encaminhando Hércules e seu bando, acompanhados do precioso Minervino. E

Hércules ia para a Trácia porque era lá que ficava o reino dos bistônios, então governado por um rei de nome Diomedes, dono dos tais cavalos que comiam gente. Pedrinho havia observado que no mundo moderno os equinos eram todos herbívoros; carnívoro não existia nenhum. Mas numa Grécia em que havia de tudo, nada mais natural que também houvesse cavalos antropófagos.

— Eles não haviam nascido antropófagos — explicou Minervino. — Mas como Diomedes, em vez de capim ou aveia, só lhes dava carne humana, foram mudando de gênio, tornando-se ferozes e por fim viraram uns horríveis monstros. Diomedes os alimenta com os náufragos que dão à praia — os náufragos estrangeiros; aos nacionais ele perdoa.

— Malvado! — exclamou Emília. — Por isso é que eu sou democrática. Isso de reis e tiranos é uma desgraça. Tratam os súditos do mesmo modo que os deuses do Olimpo tratam os homens.

Minervino aconselhou-a a não falar assim dos deuses, porque os deuses tudo viam e ouviam e eram muito vingativos. E a propósito contou uma conversa recentemente ouvida no Olimpo.

— Estava Hera falando em voz baixa com Zeus, o seu divino esposo. Dei um jeitinho e pude pescar um trecho...

Emília interrompeu-o:

— Mas então você mora no Olimpo, Minervino?

— Não; mas como estou trabalhando para a minha deusa Palas, volta e meia dou um pulo até lá para dar conta dos meus trabalhos e receber ordens. Foi numa dessas vezes que ouvi a tal conversa. Não sei se devo contar...

Minervino vacilava.

— Que diziam?

— Falavam justamente de você, Emília. Hera queixava-se a Zeus dum "pelotinho humano" que aparecera por aqui juntamente com uma "aranha de cartola" e um menino estrangeiro. O "pelotinho humano" — dizia ela — andava "interferindo" em muita coisa, e falava dos deuses com grande irreverência. Já por duas ou três vezes havia tratado a ela, a deusa suprema, de "peste" e "bisca". Ora, isso era inadmissível — e Hera pediu a Zeus que a fulminasse com seus raios. Zeus refranziu os sobrolhos e prometeu que sim. Mas logo depois que Hera se afastou, Palas, a quem informei de tudo, aproximou-se e disse: "Não dês atenção a Hera, Zeus. O tal 'pelotinho' está do meu lado e trabalhando muito bem na proteção de Héracles. Foi quem o salvou no caso do Javali do Erimanto. Hera enfureceu-se com isso e quer agora vingar- -se". Zeus conhece muito bem aqueles deuses e deusas; anda a par das intrigalhadas todas e vai "temperando" o Olimpo com grande habilidade. Foi assim que naquele dia prometeu a Hera *fulminar* Emília e depois prometeu a Palas *protegê-la*.

— Então ele é pau de dois bicos?

— Mais ou menos. Zeus é manhoso. Sabe agir politicamente — e vai temperando. Mas vocês tomem muito cuidado com a língua. O peixe morre pela boca e as criaturas humanas morrem pela língua.

Depois dessa prosa o assunto recaiu sobre Diomedes, o rei dos bistônios. Minervino contou que os cavalos desse rei não eram cavalos e sim éguas. Quatro éguas, de nome Podargo, Lampo, Janto e Deno. Tão ferozes ficaram que viviam presas em correntes.

— E é verdade que têm cascos de bronze? — perguntou Pedrinho, que ouvira alguém dizer isso.

— Sim, têm cascos de bronze, como a corça do monte Cirineu que Hércules capturou.

— Hércules, não; nós... — corrigiu o menino.

O herói seguia lá atrás, como de costume; estava mentalmente conversando consigo mesmo. E de tanto parafusar, sentiu uma perturbação como se fosse recair na loucura. E o que em seguida fez, se não era loucura era coisa muito parecida. Hércules entreparou e gritou para os outros:

— Alto! Antes de seguir para a terra dos bistônios quero chegar a Delfos para uma consulta ao oráculo.

— Sobre quê, Lelé? — perguntou familiarmente Emília, mas Hércules não respondeu. Isso deixou a todos numa grande incerteza. "Que será?" Pedrinho foi de opinião que "havia qualquer coisa". Talvez houvesse Hércules cometido algum crime e o roesse o remorso.

Pedrinho acertou. Num acesso de cólera em Micenas havia ele matado sem razão nenhuma um miceniano, e vinham daí os seus remorsos, aquele ar enfarruscado, aquele remoimento interior. E a súbita ideia que lhe veio de ir a Delfos também se ligava a esse fato. Hércules queria saber se o crime perpetrado fora uma ofensa a Apolo. Por que a Apolo? Porque a vítima estava sacrificando a Apolo no momento em que Hércules a abateu.

Depois de Micenas era Delfos a cidade grega mais conhecida dos picapauzinhos. Haviam estado lá durante a primeira vinda à Grécia em procura de Tia Nastácia; e fora graças à resposta do oráculo que descobriram a negra no labirinto. Estiveram depois segunda vez para a salvação do Visconde, como já foi contado num dos capítulos destas histórias. E para lá iam agora pela terceira vez... Para quê? Ignoravam. Hércules andava fechadíssimo em copas.

Para chegarem a Delfos, tinham de atravessar o istmo de Corinto e depois a Ática. Delfos ficava na Fócida. Tais viagens eram sempre a mesma coisa. Passavam por aldeias e pousavam em acampamentos improvisados, como aqueles de Micenas e Estinfale. Meioameio era o encarregado da mesa, e ora apresentava um boi assado, ora uns tantos carneiros.

Minervino já fazia parte do bando, embora com desaparecimentos súbitos quando voava para o Olimpo a fim de dar notícias ou receber ordens de sua deusa.

O Visconde andava mais "assentado". Aquela fúria de namoro e o entusiasmo pela vida de logo depois da fervura no caldeirão de Medeia iam passando. Ainda pensava em Clímene, mas só de longe em longe e cada vez com menos amor. Emília chegou a cochichar para Pedrinho: "Talvez nem seja preciso que Tia Nastácia conserte o Visconde. Ele está se consertando por si mesmo". E estava. O fogo de mocidade transmitido pelo caldeirão da feiticeira já era um fogo sem calor. O Visconde até parara de beber. Quando de passagem por uma aldeia lhe ofereciam vinho, ele recusava com toda a delicadeza.

Pedrinho, sempre apreensivo com o estranho estado d'alma de Hércules, volta e meia falava disso a Minervino.

— Hércules perdeu a expansibilidade. Não o vejo rir-se. Esquece de responder ao que perguntamos. Que será?... Tenho medo que lhe dê um novo acesso de loucura. Quem já ficou louco uma vez está sempre ameaçado de recaída, diz vovó.

E assim foi a viagem até Delfos, muito menos alegre e divertida do que as outras. Pairava sobre eles como que uma nuvem de tragédia.

EM DELFOS

Há sempre maior prazer em voltar a uma cidade do que em visitá-la pela primeira vez. Aquela terceira entrada em Delfos regalou Pedrinho e Emília como uma volta para casa. Iam reconhecendo inúmeras coisas e recordando passagens das vezes anteriores. E até certas caras reconheciam.

— Olhem aquele homem cabeludo que vimos da primeira vez! — observou Emília apontando para um tipo asiático. — Parecido com o Zé Canhambora...

Eles haviam instalado o acampamento numa várzea dos arredores e lá deixaram Meioameio. O centaurinho não gostava dos centros urbanos. Não entendia o pavor que a sua presença causava. Hércules, sem dizer palavra, havia seguido para a cidade. Os três picapauzinhos foram a pé logo depois.

Delfos era uma cidade diferente de todas as outras. Um grande centro de peregrinação. Gente de todas as cidades gregas, e mesmo de muitas terras estrangeiras, afluía constantemente para lá, em consulta ao famoso oráculo. Por causa da contínua interferência dos deuses nos negócios dos homens, a preocupação de todo mundo era "sondar" a vontade dos deuses por meio de consultas à pítia, ou à pitonisa captadora das intenções do Olimpo. Os sacerdotes do Templo de Apolo viviam numa perpétua dobadoura, sem tempo para se coçar. E como nada fizessem de graça, o recebimento de presentes não tinha fim. E que presentes!... Até tijolos de ouro maciço eram ofertados ao templo, em cujos depósitos se acumulavam imensas riquezas.

Os picapauzinhos encaminharam-se para o templo e lá encontraram Hércules preparando-se para a consulta.

— Que será? — murmurou Emília. — Estou pegando fogo de tanta curiosidade...

Entraram. Ficaram a um canto, vendo e observando tudo. A pítia estava atendendo ao mensageiro de um rei da Beócia interessado em conhecer o desfecho de uma guerra que vinha tramando. A pítia atendeu-o. Depois de ouvir-lhe a pergunta, levantou os braços, curvou-se para os vapores que saíam da trípode e com um ar de desvairada murmurou o "vaticínio". Aqueles vapores tinham a propriedade de deixar a pítia em estado de transe, como os médiuns que recebem um espírito. Emília deu um jeitinho de aproximar-se e ouviu a resposta:

— Antes que as folhas dos plátanos forrem o chão um rei será apeado do trono.

O oráculo falava sempre dum modo ambíguo, isto é, que tanto podia ser uma coisa como outra. E as respostas eram então "interpretadas" pelos sacerdotes — quase sempre a favor de quem oferecia os mais custosos presentes.

O emissário do rei da Beócia retirou-se e foi conferenciar com os sacerdotes. Era a vez de Hércules. O herói aproximou--se da pítia. Emília fez-se menorzinha do que era e chegou mais perto ainda, ansiosa por não perder uma só palavra da consulta.

Mas aconteceu um fato estranhíssimo e inédito no Templo de Apolo. Ao ver Hércules chegar, a pítia afastou-se da trípode!... Foi um assombro. Todos os presentes arregalaram os olhos e entreabriram as bocas.

Hércules, o grande herói nacional grego, havia recebido em pleno rosto uma bofetada de Apolo!...

Como iria ele reagir? Resignar-se-ia àquilo ou...

O "ou" venceu. Hércules, tomado dum acesso de cólera que fez a assistência tremer de medo, avançou para a trípode, arrancou-a do chão e saiu com ela ao ombro para fora do templo...

Emília correu ao encontro de Pedrinho e do Visconde e, tomados de pânico, foram voando para o acampamento. Lá chegaram sem fôlego, e foi a arquejar que Pedrinho contou a Meioameio o acontecido:

— Hércules foi… foi repelido pela pítia! Assim que se aproximou ela… ela retirou-se para os fundos do templo! E Hércules então agarrou a trípode, arrancou-a e saiu com ela erguida no ar… Saiu do templo e sumiu-se…

Meioameio ficou assombrado. Nisto Minervino apareceu. Também estivera no templo e observara tudo.

— Hércules é irmão de Apolo por parte de pai — disse ele. — O que houve não passa de briga entre irmãos. A ofensa que Hércules fez a Apolo, arrancando de lá a trípode, é a maior de todas. Prevejo grandes catástrofes…

— E que vai fazer, Minervino?

— Vou já para o Olimpo consultar Palas — disse e afastou-se.

Os picapaus ficaram ali sozinhos, tontos duma vez, sem nenhuma ideia na cabeça.

— E agora? — exclamou Pedrinho. — Hércules sumiu. Estamos largados aqui nesta terra estranha e sujeitos a tudo…

Depois de muitas vacilações, Pedrinho resolveu que montassem em Meioameio e saíssem pelo mundo a ver se encontravam o herói. Lá cavalgaram o centaurinho, e lá partiram em um desapoderado galope. Quando avistavam algum viandante, detinham-se para perguntar:

— Não viu Hércules? Não sabe dele?

Os viajantes nada sabiam e Meioameio retomava o galope. E assim até darem com um que pôde informar alguma coisa.

— Vi, sim, mas não sabia que fosse Hércules. Vi passar um herói de formas truculentas, com uma tripeça ao ombro…

— E que rumo tomou?

— Passou por mim resmungando palavras terríveis e lá se foi nesta direção.

Meioameio retomou o galope no rumo indicado, e assim chegaram às proximidades duma cidadezinha de nome Gítio, no interior do Peloponeso. De longe avistaram um homem de alentada estatura, com uma coisa aos ombros.

— É ele! — gritou Emília. — É Lelé com a trípode da pítia...

O centaurinho voou ao encontro do herói, mas de súbito estacou. Outro herói havia surgido diante de Hércules. Pedrinho imediatamente o reconheceu: "Apolo!... É o próprio deus Apolo, irmão de Hércules por parte de pai...".

Nada mais verdadeiro. Era Apolo em pessoa que descera do Olimpo e na maior fúria ia atacar Hércules para retomar a trípode.

Os picapauzinhos sentiram os cabelos em pé. Luta entre dois irmãos — haverá nada mais terrível? E se Hércules era Hércules, Apolo era um deus. Ora, um deus não pode ser vencido por um humano. Logo, Hércules estava arriscado a perder a partida.

Os dois tremendos irmãos se defrontaram e romperam em acusações. Apolo declarou que a pítia se recusara a atendê-lo por causa do homicídio injusto que ele havia cometido em Micenas.

— Tu mataste um dos meus devotos! — acusou Apolo. — Por isso a pítia recusou-se a receber-te.

Hércules respondeu:

— Irmãos somos, filhos do mesmo pai. Não reconheço tua superioridade sobre mim. Estou de posse da trípode e

vou estabelecer o Oráculo de Héracles, em contraposição ao Oráculo de Apolo.

A luta de boca foi subindo de fúria, mas no momento em que eles iam atracar-se num pega horrível, eis que de súbito um raio desce do céu e espeta-se no chão entre os dois. Era um severo aviso de Zeus, o pai de ambos.

Hércules e Apolo estarreceram. Compreenderam a significação do aviso celeste. Se não acatassem aquele aviso, Zeus, na sua fúria, fulminá-los-ia com outro raio. E lá se imobilizaram um diante do outro como dois galos de briga que refletem no que fazer.

Mas Palas interveio. Fez que o acesso de furor do herói se acalmasse — e Hércules foi caindo em si. Pôs-se a falar menos exaltadamente. Discutiu o assunto com mais calma — e por fim cedeu. Reconheceu que ele, não Apolo, era o culpado. Sim, ele havia matado o devoto de seu irmão e arrancado a trípode do templo. Nada mais justo que Apolo acudisse em defesa do que era seu — do seu devoto e da trípode de seu templo. E Hércules entregou a Apolo o que era de Apolo. Em seguida, muito vexado do que sucedera, arrepiou caminho, evidentemente com a ideia de voltar para Delfos e reunir-se aos amigos deixados no acampamento.

Meioameio correu-lhe ao encontro. A surpresa do herói foi grande.

— Vocês aqui!...

— Sim — disse Pedrinho. — Vimos tudo. Estivemos no templo e assistimos à desfeita da pítia...

— Aquela bruxa! — acrescentou Emília.

Hércules então se abriu. Contou a história do seu homicídio em Micenas, explicando-o como mais uma tentativa de Hera para perdê-lo.

— Sim, foi a minha divina perseguidora quem me fez vir o sangue à cabeça e matar aquele homem. Foi também ela quem me fez arrebatar a trípode, desse modo ofendendo mortalmente ao meu irmão Apolo...

Nesse momento Minervino reapareceu, de volta do Olimpo. Contou que acabava de estar com a deusa Palas, que Palas soubera de tudo e fora agarrar-se com Zeus para prevenir a horrorosa luta entre os dois irmãos. Disse mais: que o acesso de furor de Hércules em Micenas fora mais um truque de Hera para desgraçar o seu perseguido.

Hércules suspirou.

— Que vida a minha! Não passo de um joguete das deusas do Olimpo… O ódio de Hera não arrefece…

Minervino consolou-o, dizendo que também a proteção de Palas não arrefecia.

— Minha boa deusa tem sempre os olhos sobre ti, Hércules. Inúmeras vezes já te salvou — e assim continuará agindo. Quem goza da proteção de minha deusa nada tem a recear.

Emília perguntou por que motivo era Palas tão poderosa. Minervino respondeu:

— Porque goza da predileção do deus supremo, já que passou os primeiros meses de sua existência em sua divina coxa. Além disso, Zeus e todos no Olimpo admiram-na e respeitam-na como a deusa da Sabedoria. Palas, grande Palas, teu mensageiro te admira e te venera do fundo do coração! Tu, sim, és a deusa das deusas…

Emília fez-lhe a mesma advertência que dias antes ele lhe fizera:

— Cuidado, hein? Se Hera ouve, vai sentir-se enciumada — e adeus Minervino…

HÉRCULES ACALMA-SE

As cóleras de Hércules eram hercúleas. Não passavam com a facilidade com que passam as cóleras dos homens comuns. Havia se reconciliado com Apolo, mas mesmo assim refervia lá por dentro, como refervem as lavas de um vulcão. Isso explica a volta enorme que ele deu para chegar à Trácia. Em vez de seguir diretamente para lá, como era o natural, resolveu passar pelo reino da Líbia.

— Preciso espairecer — disse ele. — O fogo da cólera ainda me queima lá por dentro. Vou chegar até a Líbia.

Pedrinho admirou-se. A Líbia era no norte da África, uma terra muito quente. Ora, se Hércules estava ardendo em fogo interno, como então pensava na Líbia? Muito mais lógico que fosse para a terra dos hiperbóreos, onde tudo é gelo. Mas Minervino explicou que o grande herói era partidário da teoria médica do *similia similibus curantur*, isto é, para curar fogo, mais fogo — só isso poderia explicar aquela sua ideia da Líbia.

Depois contou que o rei da Líbia era um gigante de sessenta côvados de altura — Anteu, filho de Geia e Posêidon, ou Netuno, o deus do mar. E disse que muito receava um pega entre Hércules e esse gigante.

— Que é côvado? — perguntou Emília.

O Visconde respondeu que o côvado era uma medida muito antiga, equivalente a três palmos. Sessenta côvados equivaliam a cento e oitenta palmos, ou mais ou menos trinta e seis metros.

— Trinta e seis metros de altura? — arrepiou-se Emília. — Mas então é gigante de verdade...

— Sim, só dez metros menor que a estátua da Liberdade no porto de Nova York.

Minervino contou que as "cóleras recolhidas" de Hércules só saravam com a realização duma proeza tremenda, e que aquela ideia da ida à Líbia tinha água no bico — não era para espairecer, não...

— Para mim, ele quer pegar-se com o gigante Anteu! E estou com medo disso...

— Por quê? — indagou Emília. — Acha então que Hércules, que já sustentou sobre os ombros o céu enquanto Atlas ia roubar o Pomo das Hespérides, lá pode ser batido por um gigante?

— É que Anteu é invencível. Pode lutar quanto tempo for sem nunca se cansar.

— Por quê?

— Porque é filho de Geia, ou a Terra, e Geia lhe transmite força pelos pés.

Emília teve uma ideia repentina.

— Se é assim, há um jeito de vencer esse gigante: basta suspendê-lo no ar, não deixando que seus pés toquem a terra!

Minervino entreabriu a boca. Sim, parecia estar ali uma solução...

Emília foi correndo conversar com o herói e puxou o caso de Anteu.

— É verdade mesmo que esse Anteu é invencível, Lelé?

Hércules respondeu que sim, por causa da força contínua que recebia de sua mãe Geia.

— Por onde recebe essa força? — perguntou a diabinha.

— Pelos pés — declarou Hércules. — Os que lutam com ele cansam-se, mas Anteu não se cansa porque Geia está continuamente lhe transmitindo força pelos pés.

— E se for erguido do chão e conservado no ar? Desse modo Geia não lhe poderá transmitir força nenhuma. É como a eletricidade lá no mundo moderno. Não havendo ligação, não há eletricidade.

Hércules enrugou a testa. A ideiazinha de Emília soou-lhe como uma tremenda revelação. Sim, ponderou lá consigo. Se eu o erguer... se eu o mantiver com os pés desligados da terra... E um sorriso imenso iluminou-lhe o rosto. Hércules havia compreendido uma grande coisa. "Não havendo ligação, não há eletricidade." Sim, sim... Se ele conseguisse desligar da terra os pés de Anteu, o gigante morreria por falta de força...

Hércules nada mais disse; limitou-se a agarrar Emília e a beijá-la. Parecia incrível, mas aquela minúscula criaturinha acabava de lhe ensinar o único meio de vencer um gigante invencível...

A viagem dali por diante tornou-se uma verdadeira festa. A alegria do herói manifestava-se de mil maneiras. A casmurrice desaparecera. Pôs-se a contar mil coisas de sua vida passada, desfiou um rosário sem fim de proezas tremendas — e como alegria traz fome, o seu jantar daquela tarde foi o mais abundante de todos: Hércules devorou sete carneiros assados.

Anteu era o terror da Líbia. Seu maior gosto consistia em provocar para a luta todos os estrangeiros aparecidos por lá; matava-os, e com os ossos ia erguendo um horrível templo em honra a Netuno. Morava em Tíngis, onde fica hoje a cidade de Tânger — e Tíngis se chamava assim justamente por ter sido fundada por Tinge, a mulher de Anteu.

Para chegar até lá, o grupo de Hércules tinha de atravessar o Mediterrâneo, e surgiu uma dificuldade: Meioameio!

Como não houvesse memória de centauro embarcado em navio, Pedrinho não achou conveniente que o centaurinho seguisse com eles. Podia acontecer muita coisa. Ficou resolvido que Meioameio os esperasse lá naquele promontório da Maleia onde já haviam estado.

Hércules era um em terra e outro no mar. Enjoou, coitado! E que coisa horrível foi o enjoo de Hércules!... Chegou a assustar as sereias e nereidas com os seus tremendos vômitos...

Afinal chegaram, e a entrada de Hércules em Tíngis foi uma verdadeira entrada triunfal. Até lá havia chegado a fama do grande herói heleno, de modo que a população, que vivia esmagada pelo despotismo daquele rei, encheu-se de esperanças. Quem sabe se o herói heleno não realizaria o sonho secreto de todos: libertar o reino do cruel despotismo de Anteu?

Todos queriam vê-lo e assombravam-se diante da sua impressionante musculatura. Anteu foi logo notificado da presença do grande heleno — e riu-se, como quem diz: "O templo que estou erigindo em honra a meu pai será enriquecido de mais uma bela camada de ossos". E mandou desafiá-lo para a luta.

Hércules aceitou o desafio.

Na hora marcada a população inteira de Tíngis se reuniu na praça principal a fim de assistir a mais uma das lutas do soberano com um estrangeiro. Já estavam cansados de presenciar essas lutas e de testemunhar a invencibilidade de Anteu, mas daquela vez uma vaga esperança luzia em todos os corações.

— Como vai ser a luta, Lelé? — perguntou Emília. — Com clava ou com arco e flecha?

Hércules respondeu que seria luta corpo a corpo, sem armas, só de músculo contra músculo.

— E vou aplicar aquela sugestão sua, Emília; vou "desligar" o gigante, como lá no mundo moderno vocês desligam a tal eletricidade.

Minervino continuava apreensivo, mas quando soube que Hércules ia pôr em prática a ideia da Emília, murmurou mais aliviado: "Quem sabe?".

Chegou a hora. Nunca fora vista em Tíngis maior massa de povo. A expectativa era enorme. Corriam de boca em boca mil versões sobre as façanhas realizadas por Hércules — a destruição do Leão da Lua, do Javali do Erimanto, do Touro de Creta, e muita gente apostava nele. Os partidários do tirano apostavam em Anteu, mas secretamente torciam pela vitória do grego.

Hércules apareceu na praça acompanhado de seus estranhos amigos — Minervino, Pedrinho, o Visconde e

Emília. Inúmeros curiosos rodearam o grupo e não cessavam de espantar-se ante a curiosíssima figurinha da "aranha de cartola".

De repente, um murmúrio no povo. Era Anteu que vinha vindo. Chegou.

Emília teve uma pequena decepção. Em vez dum gigante de 36 metros de altura, do tamanho duma torre de igreja, viu aparecer um homem de apenas mais um palmo que Hércules.

— Por que isso? Não tinha ele então sessenta côvados?

Quem conta um conto aumenta um ponto, diz o ditado. A altura de Anteu era só um palmo maior que a de Hércules; mas isso, contado desde ali da Líbia até a Hélade, ia

aumentando de pontos até dar sessenta côvados. Não havia dúvida, porém, de que Anteu era um gigante, como também Hércules era bastante agigantado. Sim: dois "massas".

Os formidáveis contendores mediram-se com os olhos. Anteu estava risonho — o riso dos lutadores seguros de si e jamais derrotados. Tinha fama de invencível, e ninguém mais do que ele acreditava nessa invencibilidade. Hércules apresentou-se sereno como sempre. Seu rosto não revelava a menor expressão de inquietude.

— Preciso desses ossos! — disse Anteu numa gargalhada.

Em vez de replicar, Hércules atacou. Mas atacou como atacava sempre, confiante na sua força e certo de suplantar o adversário. Em todas as lutas vence o mais forte, o que bate mais, o que se cansa menos. O cansaço é a principal causa de todas as derrotas. Quem aguenta um minuto mais que o parceiro, está vencedor. Hércules não o ignorava. Naquele dia, porém, teve ocasião de verificar a "incansabilidade" de Anteu. Depois de meia hora de luta, atracado com o número um de todos os grandes lutadores da antiguidade, Anteu apresentava-se ainda mais fresco do que uma bela manhã de maio. E sorria o sorriso descuidoso dos invencíveis.

O calor da luta fizera que Hércules esquecesse completamente a ideiazinha da Emília quanto à "desligação" do gigante, de modo que estava a lutar com Anteu como sempre lutara até ali. Mas estranhou uma coisa: nunca, em tempo algum, houve contendor que resistisse tanto. Em regra o nosso herói derrubava o adversário nos primeiros golpes. E Anteu resistia já de meia hora sem apresentar o mínimo sinal de cansaço. Hércules começou a inquietar-se.

Nesse momento Emília gritou:

— Desligue, Lelé!...

Um clarão iluminou o cérebro do herói. Lembrou-se da conversa sobre a eletricidade e do plano que ele havia concebido de destacar do solo os pés de Anteu. Como fora esquecer-se daquilo? Que cabeça a sua!... Mas estava salvo. A advertência de Emília viera muito a tempo.

Hércules deu então um golpe habilíssimo, do qual resultou ficar Anteu de pernas para o ar, completamente destacado da terra, e enquanto com uma das mãos lhe apertava o pescoço, com a outra o impedia de pousar os pés no chão. A força de Anteu esvaiu-se como por encanto. O gigante estrebuchou no ar e moleou o corpo...

O povo estava no maior estarrecimento de assombro. Ninguém falava. Todas as respirações suspensas, como no circo de cavalinhos quando a música para. Por alguns instantes Hércules ainda manteve suspenso aquele corpo sem vida; depois arremessou-o ao solo — e o gigante aplastou-se como um pano molhado que cai...

A multidão continuava paralisada de espanto. Seria possível? Estariam realmente libertos do odioso rei? E todos esfregavam os olhos, com medo de que fosse sonho. Mas quando se convenceram de que não era sonho e sim maravilhosa realidade, o hurra que o povo deu foi um urro uníssono que durou minutos e minutos.

— Viva Héracles, o herói invencível! Viva Héracles — o nosso libertador!

Uma onda de gente lançou-se de rumo ao herói para erguê-lo e carregá-lo em triunfo. Hércules chamou Emília. Ergueu-a e levou-a ao braço, como uma menina leva uma boneca. E lá seguiu para o palácio sob o delírio das aclamações. Uma voz gritou, indicando Emília: "É o talismãzinho dele!" Um talismã vivo!... Hércules respondeu: "Mais que isso. É o meu verdadeiro cérebro. É a minha dadeira de ideias...", palavras que ninguém podia entender. Minervino seguia rente, com o Visconde erguido ao ombro e a mão dada a Pedrinho. E foi a primeira vez que Pedrinho lamentou não ser gente grande, pois, comprimido na imensa massa de povo, era arrastado pela onda e não via coisa nenhuma.

No palácio o povo quis que Hércules ocupasse o trono da Líbia. Um rei como aquele, que regalo! E num momento de embriaguez o herói quase aceitou a coroa tão espontaneamente oferecida. Mas o "talismã" chamou-o à ordem:

— Não pense em tronos, Hércules. Dona Benta diz que o pior dos monstros é o povo, porque um dia aclama os chefes e no dia seguinte os destrói. Nada como ser "herói em seco" — só, sem mais nada.

Hércules deu-lhe razão e, agradecendo a manifestação popular, declarou que o trono da Líbia tinha de ser ocupado pelo mais digno dos líbios. O povo que o escolhesse e o sentasse no trono por tanto tempo ocupado pelo cruel Anteu. Terminada a grande manifestação, Hércules foi ao templo de Netuno, feito com os ossos das pobres vítimas do gigante, e destroçou-o a pontapés. Emília gritou para Pedrinho que não se esquecesse de meter no bolso uma vértebra para o seu museuzinho.

À noite houve um grande banquete oferecido ao herói. Hércules comeu como nunca — e beberia de cair, se Emília não interviesse:

— Nada de excessos alcoólicos, Lelé. Muito perigoso. Você perde a cabeça e põe-se a fazer estragos nestes pobres líbios tão entusiastas. — Hércules obedeceu e só tomou água com mel.

No dia seguinte o herói amanheceu outro. Havia sarado completamente do acesso de "cólera recolhida". O Visconde observou que para os grandes heróis só os grandes remédios. "Um mortal comum cura-se com qualquer laxante de sulfato de magnésia, para um Hércules o purgante tem de ser um Anteu."

Um egípcio aproximou-se e disse:

— Grande Héracles, meu país também está necessitado de uma limpeza no trono. Temos como rei um verdadeiro monstro, talvez ainda pior que Anteu.

— Quem é ele?

— Busíris, filho de Posêidon e Lisianasa. Anteu lutava e matava todos os estrangeiros aportados na Líbia. Busíris sacrifica no altar de Zeus todos os que aportam ao Egito. Por que não vais lá e não libertas o nosso povo daquela calamidade feita homem?

Hércules olhou para Emília como quem pede parecer. Emília disse:

— O papel dos heróis é limpar de monstros o mundo. Vá, Lelé, e achate com o tal Busíris.

Hércules prometeu e, depois de despedir-se do novo rei e daquele bom povo, tomou o rumo do Egito.

Busíris no começo não se revelara cruel, e assim foi até o dia em que uma grande seca assolou o país. Nove anos durou tal seca. Os bois foram definhando todos. As plantações secaram-se. Gente morria de fome por todos os cantos. Vendo a gravidade da situação, um famoso adivinho daquela época, de nome Frásio, procurou o rei e disse:

— O meio de pôr fim à horrível estiagem que está destruindo o Egito é um só: sacrificar a Zeus um estrangeiro.

Frásio era estrangeiro, e Busíris fez como o tirano Fálaris: mandou agarrá-lo e sacrificá-lo no altar de Zeus. E como por coincidência viesse uma chuva no dia seguinte, Busíris convenceu-se de que o meio de fazer chover estava realmente naquilo — e nunca mais cessou com os sacrifícios humanos.

Minervino advertiu ao herói do grande perigo que era para um estrangeiro penetrar no reino de Busíris, o qual possuía grandes exércitos. Mas aconselhado pela Emília o herói desprezou o conselho da prudência e transpôs as fronteiras do Egito.

Ao ter conhecimento do fato e dos propósitos de Hércules, Busíris enfureceu-se e lançou contra ele um exército de dez mil núbios ferozes como tigres. Hércules foi capturado, acorrentado e conduzido à presença de Sua Majestade.

— Sei o que fizeste para o meu grande amigo Anteu — disse-lhe Busíris —, mas vou vingar a majestade real ofendida pelo teu crime. Serás sacrificado amanhã no altar de Zeus.

Os picapauzinhos ficaram numa grande aflição. Pela primeira vez viam Hércules dominado e infamemente acorrentado. E como o exército de Busíris era um verdadeiro enxame de vespas ferozes, armadas de lanças pontiagudíssimas e escudos de couro de rinoceronte, Pedrinho e o sabuguinho consideraram tudo perdido. Unicamente Emília não perdeu a fé no herói.

— Ele arruma-se — dizia ela.

— Como, boba?

— Não sei; só sei que no último momento dá um jeito. Tenho a mais absoluta confiança em Lelé.

Mas apesar da confiança da Emília, Minervino, Pedrinho e o Visconde não viam de que modo o herói acorrentado pudesse arrumar-se — e estavam na maior angústia.

Chegou o dia do sacrifício. Numerosos sacerdotes dispuseram-se em redor do altar de Zeus à espera da vítima. E quem era a vítima a ser sacrificada a Zeus? Justamente um dos mais generosos e famosos filhos de Zeus...

Minervino e os picapauzinhos foram colocar-se num ponto de onde tudo podiam ver — o Visconde e Emília erguidos nos braços do mensageiro de Palas, Pedrinho de pé sobre um bloco de granito.

Súbito, a multidão rumorejou e abriu alas. Era Hércules que vinha vindo, seguido duma legião de soldados. Busíris e seus cortesãos ocupavam uma plataforma erguida às pressas para aquele fim.

Emília viu Hércules e a despeito de sua confiança no destino do herói teve vontade de chorar. Lá vinha ele acorrentado de pés e mãos e, por ironia, coberto de guirlandas de flores de lótus, que é a principal flor do Egito. O sacerdote sacrificador, lá diante do altar, correu o dedo pelo fio da faca sagrada. "Se cortasse o dedo seria bem feito!", pensou Emília.

Hércules parou diante do altar. Não havia mudado em coisa nenhuma. A sua confiança em si próprio só era igualada pela confiança de Emília no destino dele. O sacrificador subiu a um banquinho, porque se tratava duma vítima muito alentada, e ergueu a faca. Ia cravá-la na garganta do herói…

Mas o que houve até parece mentira. Naquele momento Hércules contraiu os músculos num esforço potentíssimo — e as algemas de ferro que o ligavam às correntes se romperam como se fossem de vidro. Libertou-se e, agarrando as correntes, utilizou-se delas como se fossem a sua clava. Num ápice varreu a soldadesca toda. O "espalha" foi dos nunca vistos. Corpos despedaçados voavam em todas as direções. A grita se fez imensa.

Todo mundo fugia no maior pânico. O chão ficou juncado de escudos e lanças. Um grande claro se abriu em redor dele.

Lá na plataforma, Busíris e os cortesões agitavam os braços, sem saberem o que fazer. Muitos fugiram a tempo. Os que patetearam foram atingidos pelas correntes que o herói arremessou — e caíram esmoídos. Um elo da corrente alcançou Busíris pela testa, e a mioleira espirrou como espirra água de poça quando cai uma pedra em cima. Hércules havia libertado o mundo de mais um odioso rei. E como a mesma corrente havia alcançado Afidamante, filho de Busíris, e o arauto Calves, ficou o Egito também livre daquele filhote de serpente e do odioso anunciador das ordens cruéis do soberano esmigalhado.

AS ÉGUAS

Depois de mais aquele tremendo feito, Hércules ficou radicalmente curado de qualquer restinho de "cólera recolhida" que por acaso ainda houvesse em seu coração — e lembrou-se das éguas de Diomedes.

— Sim, temos de cuidar disso. Cada dia que passo aqui, mais vítimas lá nos bistônios são devoradas por aqueles monstros — e deu ordem de volta.

A volta de Hércules para a Grécia foi rápida e ocorreu sem outro incidente além do novo enjoo que o assaltou na travessia do Mediterrâneo. Que horríveis os enjoos do herói!... O Visconde aconselhou-o a cheirar e morder um limão, mas nunca houve remédio mais inútil. Hércules só sarou quando pôs o pé no promontório da Maleia.

Lá estava Meioameio a esperá-los. Aproximou-se no galope, alegre e radiante como um menino que entra em férias. Pedrinho, Emília e o Visconde, todos falavam ao mesmo tempo. Cada qual queria ser o primeiro a contar os tremendos casos sucedidos na Líbia e no Egito.

Depois conversaram sobre Diomedes. Meioameio contou que dava pena o que se passava por lá. As éguas carnívoras tinham um apetite hercúleo. Devoravam uma vítima por dia. Quatro éguas, quatro vítimas. O infame Diomedes espalhara um verdadeiro batalhão de guardas pelas costas a fim de recolher os pobres náufragos. Era o que toda gente por ali dizia.

Prosseguindo na viagem, o grupo chegou à terra dos bistônios, onde acamparam fora da cidade em que residia o rei.

Hércules, que estava cansadíssimo porque a viagem por mar o enfraquecera muito, determinou refazer-se com dois dias de repouso absoluto — e pediu a Pedrinho que fosse ver onde ficavam as éguas.

Pedrinho partiu com o Visconde.

As éguas viviam num estábulo de granito, solidamente acorrentadas. Quem tirou a limpo esse ponto foi o Visconde. Pedrinho ficou de longe, escondido atrás duma árvore. As comissões mais perigosas sempre cabiam ao sabuguinho. Pequeno como era, e com o seu ar de aranha de cartola, com facilidade se insinuava por toda parte sem que o percebessem. O seu reduzido tamanhinho facilitava tudo — e se por acaso levasse a breca, Tia Nastácia fazia outro. Sabugos não faltavam no sítio de Dona Benta.

O Visconde chegou até a entrar no estábulo das monstruosas éguas para verificar se tinham realmente cascos de bronze. Tinham. Ele bateu num deles com um pedregulho.

Terminado o repouso, Hércules levantou-se completamente refeito da viagem por mar e pronto para realização da nova proeza. Seguiu o caminho indicado pelo Visconde, indo dar nos estábulos. Diante das éguas se deteve para estudar a situação. Eram quatro. Tinha de arrancá-las dali uma por uma; isso, porém, depois de destroçar uma dúzia de guardas ali postos por Diomedes. Essa parte foi a mais simples. Com doze golpes de clava Hércules abateu os doze guardas.

E agora? Como fazer com as éguas?

Lembrou-se duma coisa. Perto morava Abderos, um seu amigo. Submeteria as éguas e as levaria a Abderos para que as

guardasse. Por que isso? Por que não as destruía duma vez? A explicação era a seguinte: Hércules desejava pregar em Diomedes uma grande peça: fazer que aquelas éguas, que já haviam comido tanta gente, também o comessem a ele. Deixava-as guardadas por Abderos; e depois de derrotar as forças de Diomedes e aprisionar esse rei, então o faria devorar pelas éguas.

Um malvado daquela marca estava a reclamar um castigo assim. E Hércules subjugou uma por uma as éguas e as levou para a vila de Abderos.

— Conserve-as aqui até que eu traga a sobremesa que merecem estas devoradoras de gente.

Disse e voltou para desafiar Diomedes e suas forças.

O exército dos bistônios foi facilmente derrotado e Diomedes aprisionado. Hércules acorrentou-o e levou-o à morada de Abderos, mas lá passou por uma grande decepção: as éguas haviam devorado o seu pobre amigo...

A dor de Hércules foi imensa. Depois da dor veio a cólera — e, agarrando Diomedes, arremessou-o para cima dos monstros famintos. Podargo foi a primeira que mordeu. Lampo, Janto e Deno vieram a seguir. Em segundos Diomedes se viu estraçalhado e transferido para o bucho das feras.

E agora? Matá-las? Não. Tinha de levá-las vivas a Euristeu, pois do contrário o desconfiado rei não acreditaria na realização do Oitavo Trabalho de Hércules.

Mas como levá-las ali da Trácia até Micenas? Conduzir o Touro de Creta fora fácil, porque o touro era um. Tratando-se de quatro éguas, a dificuldade quadruplicava. A solução que Hércules achou foi muito simples: levá-las uma a uma. Para isso teria de fazer quatro vezes o trajeto dali a Micenas, ida e volta.

O que se fez. As éguas foram levadas uma a uma e deixadas escondidas lá na floresta do acampamento. Como não comiam capim, houve necessidade de alimentá-las com carne — e os rebanhos dos arredores sofreram forte devastação.

Depois de conduzir para a floresta as quatro éguas e de deixar lá o Visconde a guardá-las, o herói foi ao palácio como das outras vezes.

— Quero falar com Sua Majestade — disse ao porteiro — e o porteiro o introduziu à real presença.

— Majestade, as éguas de Diomedes, comedoras de gente, já se acham aqui, conforme as ordens recebidas.

— Onde?

— Na floresta do nosso acampamento, guardadas pelo meu escudeiro.

Euristeu desapontou pela oitava vez. O despeito o fez morder os lábios. Olhou para Eumolpo. O ministro tinha a cara no chão. O rei segurou a barba. Ficou pensando por alguns segundos. Depois disse:

— Muito bem. Solte-as...

Hércules não discutia ordens. Não fez nenhum sinal de estranheza. Limitou-se a uma curvatura de cabeça.

— Assim será feito, majestade — e voltando ao acampamento disse a Pedrinho: — Euristeu ordenou-me que soltasse as éguas.

— Soltá-las? — exclamou o menino, admiradíssimo. — Soltar essas feras antropófagas?...

— É o que me resta a fazer...

Pedrinho não compreendia aquela estranha submissão de Hércules ao rei. Com um peteleco podia mandá-lo para o beleléu, e no entanto humilhava-se diante dele, executava-lhe todas as ordens por mais absurdas que fossem, como faz o escravo para o senhor.

O Visconde estava sentadinho num toco de pau lá na fímbria da floresta. Hércules gritou-lhe de longe:

— Solte as éguas, escudeiro!...

Emília espantou-se daquele absurdo. Que coisa!... Mandar o coitadinho soltar quatro monstros antropófagos, pesadamente acorrentados. A forcinha do Visconde não dava nem para erguer um dos elos das correntes. Será que o herói enlouquecera de novo?, cochichou ela para Pedrinho. E protestou:

— Isso também não, Lelé! É preciso respeitar a fraqueza humana.

Hércules deu uma grande risada.

— Estou brincando — e foi ele mesmo soltar as éguas.

Os picapauzinhos treparam à árvore mais próxima e foi lá de cima que assistiram ao terrífico espetáculo da galopada das éguas de Diomedes por aqueles campos afora...

Que destino tiveram tais monstros? Dias depois vieram a sabê-lo por Minervino, quando o mensageiro de Palas voltou da mansão dos deuses.

— Foram devoradas por um bando de lobos nas encostas do monte Olimpo.

— Lobos? — exclamou Emília muito assustada. — Lá é possível que existam lobos capazes de devorar semelhantes monstros?

Minervino explicou que era um bando de lobos olímpicos. Revoltado contra o procedimento de Euristeu, o deus dos deuses lançou contra elas um bando de lobos ferocíssimos.

— Por que não as matou com aqueles raios fabricados por Hefaísto? — quis saber Emília.

— Porque Zeus reserva os seus raios para fulminar os homens.

No dia seguinte recebeu Hércules um chamado do palácio. Foi. O rei já havia conferenciado com Eumolpo e escolhido mais um trabalho para o herói — o nono. E foi nestes termos que o comunicou:

— Hipólita, a rainha das amazonas, possui aquele cinto maravilhoso com que Ares a presenteou. Minha filha Admeta faz questão de ser dona desse cinto. É só.

Hércules voltou para o acampamento tão apreensivo como das outras vezes. Era tal qual o general de Napoleão que, consultado sobre o que sentia antes de travada a batalha, respondeu: "Medo!...". Cada vez que Euristeu o incumbia dum trabalho, Hércules sentia medo. Assim foi naquele dia. Quando chegou ao acampamento ainda estava inquieto.

— Que vai ser agora? — perguntou Pedrinho, que lhe saíra ao encontro. Hércules suspirou.

— Algo terrível. Admeta, a ambiciosa filha de Euristeu, quer ser dona do famoso cinto que Ares deu à rainha das amazonas. Tenho eu de ir ao reino dessas terríveis guerreiras em busca do tal cinto...

— Está com medo, Hércules?

— Medo propriamente não — declarou o herói —, mas não me iludo quanto às dificuldades desse trabalho. As amazonas são guerreiras terríveis e numerosíssimas — e o pior é que são mulheres. Nunca lutei contra mulheres, chego até a achar uma coisa sem jeito. Daí vem a minha preocupação.

Perto dali, lá defronte do Templo de Avia, estava Emília sentadinha ao lado do Visconde, falando mal de Juno.

— Bisca maior nunca vi! — dizia ela. — Má, má, má até ali. Parece até aquela negra lá perto da ponte, que matou a filha de tanta judiação. Ah, se eu fosse Zeus! Jogava aquela bisca lá de cima com um bom empurrão — e casava-me com Palas. Essa, sim, merece ser deusa.

O Visconde recordou a advertência de Minervino sobre o perigo de falar mal dos deuses.

— Ela não escuta — disse Emília. — Estou falando baixinho... Além disso, eu...

Emília não acabou a frase. Tentou concluí-la e não pôde. Ficara subitamente áfona, ou sem voz. Muda! Muda como um peixe! Pensava direitinho, queria falar e nada — de sua boca não saía som nenhum. O Visconde, impressionadíssimo, examinou-lhe a garganta. Depois foi correndo avisar Pedrinho, lá às voltas com Hércules.

— Pedrinho — disse ele —, parece que Emília emudeceu...

— Emudeceu? Como? Que história é essa?...

— Emudeceu — ficou muda — perdeu a faculdade de falar.

— Como?...

— Estava conversando comigo muito bem, ali na porta do templo, e de súbito parou no meio duma frase: "Além disso, eu...". Pôs-se a fazer caretas, esforçou-se e nada. Nada mais saiu, nem sai. Espiei a gargantinha dela. Tudo normal. É um mistério que não compreendo.

Pedrinho correu a ver. Encontrou Emília muito agitada, querendo falar e não podendo. Muda. Absolutamente muda! Na ânsia de explicar-se, foi lá à canastrinha, tirou um pedaço de papel e com um toco de lápis escreveu: "Quebrou-se lá dentro de mim alguma peça. Quero falar e não posso. Tenho medo de que seja castigo do céu; eu estava falando mal de Juno, a coitada, uma deusa tão bonita e boa! Se ela tem ódio a Hércules é com razão. Hércules não tem culpa nenhuma, bem sei, mas Juno tem razão. Coitada!... Há de sofrer muito com aquele marido tão ruim... Perdão! Zeus também não é ruim, coitado. Só que a trabalheira dele é demais...".

Pedrinho perguntou:

— Mas não pode mesmo falar nada, Emília?

E ela escreveu: "Não está vendo? Felizmente não fiquei surda e me arrumo deste modo: ouço e dou a resposta por escrito…".

— Mas isso não pode ficar assim, Emília. Temos de ver um jeito de curar essa mudez. Se for coisa do Olimpo, nós nos arranjaremos com Palas por intermédio de Minervino. E se for algum desarranjo fisiológico, podemos consultar os grandes médicos de Atenas — ou então procuraremos Medeia. Ela dá uma fervura e pronto.

Emília escreveu: "Não quero que me fervam. Tenho medo de ficar cozida por dentro. A minha mudez há de ser mesmo coisa lá do Olimpo, porque veio exato no momento em que eu a chamava de bisca. Minervino me há de valer".

O mensageiro de Palas era um homem esquisito. Ora estava ali, ora não estava. Aparecia e desaparecia sem dizer adeus — mas naquele momento em que tanto precisava dele, nem sinal de Minervino.

O Visconde contou a Hércules a história da subitânea mudez da Emília.

— Pois é isso. Parou no meio da frase e nunca mais. Mudíssima, coitadinha…

Hércules não queria acreditar.

— Há de ser coisa passageira. Uma vez fiquei assim por causa dum forte resfriado. Perdi completamente a voz…

— Ficou áfono — disse o Visconde.

Hércules não entendeu. O sabuguinho explicou:

— Pois "áfono" (privado da voz) é uma palavra grega. A quer dizer "sem", e *phone* você sabe que é "voz". Nós lá no nosso mundo moderno usamos muitas palavras vindas daqui, como "fonógrafo", *escrita da voz*; "fotografia", *escrita da luz*, isto é… — e o Visconde explicava, explicava e Hércules não entendia. Apesar de grego, o herói ignorava as palavras gregas da ciência, que o Visconde, que era sabugo, tinha na ponta da língua.

Hércules admirava muito o Visconde. Ficava às vezes horas a ouvi-lo falar das tais coisas científicas, fazendo os maiores esforços para entendê-lo. Por causa daquela sua "ideia sobre a educação", o herói procurava educar-se nas cienciasinhas do escudeiro.

— Pois é — disse o Visconde. — Emília está áfona — sem voz — muda… Você também ficou áfono por causa do resfriado. E muito receio que a mudez da Emília seja uma vingança de Hera.

— Por quê?

— Porque Emília estava falando mal de Hera quando emudeceu. Emília não tem papas na língua. Diz tudo quanto sente. E como está de ponta com Hera, volta e meia a trata de "bisca"…

— Que é bisca? — perguntou Hércules.

O Visconde disse tudo o que sabia sobre a palavra "bisca" e rematou:

— Quando lá no sítio a gente quer falar mal duma pessoa, diz "é uma peste", "é uma praga" ou "é uma bisca". Emília vivia chamando Hera de bisca — e foi numa dessas vezes que emudeceu…

Hércules ficou pensativo. Depois levantou-se e foi ver a nova vítima da vingativa deusa.

— Então, Emília? É verdade que perdeu a fala?

Emília fez uma carinha de "sim" que deixou o herói seriamente condoído.

— Temos de cuidar dela — disse ele voltando-se para Pedrinho. — Palas, a boa deusa que tanto me tem valido, há de valer a ela também. Aguardemos a vinda do mensageiro.

A mudez da Emília foi um sério transtorno para o herói e os picapauzinhos. Emília era a alma do bando. Sem Emília ninguém se arrumava — além de que só ela possuía o segredo mágico do faz de conta, esse supremo recurso das ocasiões de grande perigo. Se não fosse a aplicação do faz de conta na luta de Hércules com o Javali do Erimanto, onde estaria o herói naquele momento?

Com certeza morto e enterrado. E como era assim, Hércules decidiu que a restauração da voz da Emília tinha muito mais importância para todos eles do que a conquista do Cinto de Hipólita.

A MUDEZ DA EMÍLIA

Todos os outros assuntos foram encostados. Hércules e Pedrinho não tiravam da cabeça o caso daquela misteriosa mudez. Como não pudessem encontrar uma "causa fisiológica", como dizia o Visconde, assentaram em que a causa era divina — evidentemente vingança de Juno.

A pobrezinha estava tão convencida disso que entrou a adular a deusa. O Visconde pilhou o papel em que ela acabava de escrever uma oração assim: "Divina Juno, a mais formosa das deusas, a mais bondosa de todas — protegei-nos! Se te ofendi, perdoa-me. Uma deusa tão importante não pode vingar-se duma pobrezinha como eu, feia, boba etc." e ia por aí além, com as maiores adulações possíveis. Depois pediu a Pedrinho que construísse um altar em honra a Juno e o encheu de flores.

Hércules estava profundamente comovido e a estranhar uma coisa: como é que já tendo sido pai de vários filhos nunca sentiu por nenhum deles o que sentia por aquele pelotinho de gente?

Dois dias passaram eles ali a só pensarem naquilo, cada vez mais ansiosos pela volta de Minervino. No terceiro dia pela manhã o mensageiro de Palas reapareceu.

— Que há? Que tristeza é essa? — disse ele, percebendo que algo de anormal havia acontecido.

Pedrinho explicou o caso da mudez.

— Hum! — exclamou o mensageiro. — Eu bem que avisei. Eu bem que andava prevendo isso. A irreverência da Emília tinha de acabar mal. Não conheço a causa da mudez — mas estou aqui, estou a jurar que é uma vingança de Hera...

— Vem vindo do Olimpo? — indagou Pedrinho. — Não ouviu nada por lá a respeito?

— Nada. Estive combinando com Palas a defesa de Hércules no novo trabalho que ele vai empreender. As amazonas são as mais terríveis guerreiras que o mundo já viu. Palas fez-me mil recomendações.

— Pois só vejo uma saída — disse Pedrinho: — você voltar ao Olimpo para discutir o caso da Emília. Já que Palas se interessa tanto por Hércules, não há de querer que ele fique privado da ajuda da Emília. No caso do javali foi ela quem salvou tudo. E mesmo no caso de Anteu, se não fosse a sua lembrança da "desligação" é muito possível que a luta acabasse de outra maneira. E Hércules já disse que não dará um passo para a ida à terra das amazonas antes de resolver o caso da Emília. Volte já ao Olimpo para conversar com Palas.

Minervino concordou. Era de fato o que havia a fazer — e lá partiu para o Olimpo.

Encontrou os deuses a se banquetearem. O lindo Ganimedes, com uma ânfora de ouro em punho, estava a servi-los de néctar. Zeus, imponentíssimo em sua barba olímpica, comentava o caso da briga entre Apolo e Hércules.

— Ah, estes meus filhos! — disse ele depois de sorver um gole da divina bebida e lamber os beiços. — Vivem em rixas. Nós que devíamos dar o bom exemplo aos humanos, comportamo-nos ainda pior que eles. Que trabalho tenho para harmonizar estes deuses e deusas!... Hera me dá mil aborrecimentos com o seu inextinguível ódio a Hércules — e agora é Apolo que também se põe contra ele…

Apolo procurou justificar-se.

— Reconheço as qualidades de Hércules, mas também reconheço que frequentemente se excede. Desta vez, por exemplo. Não só se atreveu a matar um humano que me fazia um sacrifício como foi a Delfos e arrancou de lá a trípode. Ora, isso também é demais…

— Fez muito bem! — disse Palas. — A pítia ofendeu-o da maneira mais brutal. Ele queria consultá-la para conhecer o teu pensamento, Apolo, e certamente se submeteria ao que tu, por intermédio da pítia, lhe dissesses. Mas a pítia deu-lhe as costas…

— E fez o que devia fazer — contraveio Apolo. — Estava informada do crime de Hércules contra a pessoa dum meu devoto.

— Sus! Sus!… — exclamou Zeus. — Basta de recriminações. Penso como Palas. Se Hércules foi consultar a pítia, é que estava com remorsos na consciência e procurava ser guiado. Hércules não mata por maldade. Erra muitas vezes, eu o reconheço, mas erra de boa-fé.

Juno mordeu os lábios. A indulgência de Zeus para com o herói punha-a fora de si.

Foi nesse momento que Minervino entrou. Entrou na sala dos banquetes olímpicos e fez de longe um sinalzinho a Palas. A deusa levantou-se disfarçadamente e foi ver o que era.

— Que há?

— Há que Emília perdeu o dom da voz. Emudeceu subitamente no meio duma frase…

Palas fincou os olhos em Juno, que naquele momento cochichava ao ouvido de Hermes.

— Escute. Sobre que assunto estava Emília falando no momento de emudecer?

Minervino respondeu muito baixinho:

— Sobre Hera. Estava dizendo que bisca maior não pode haver.

Palas sorriu de satisfação, murmurando entre dentes:

— E não disse nada de mais...

E depois de uns instantes de pausa:

— Pois já não tenho dúvida nenhuma: Emília emudeceu por interferência de Hera. Vejo nisso o dedo da "bisca". Depois daquele caso do Javali do Erimanto, Hera jurou perder Emília. E na luta de Héracles com Anteu, ela também ouviu perfeitamente o conselhinho de Emília: "Desligue, Lelé!", e foi exatamente isso o que determinou a vitória. Observei tudo muito bem. Estávamos todos aqui

assistindo à luta. Ao ouvir essas palavras Hera mordeu os lábios. Eu pensei cá comigo: "Pobre Emilinha! Nunca mais terá sossego…". E vem agora você com essa história da mudez…

Minervino disse que tanto Hércules como Pedrinho e o Visconde não viam outra solução afora a intervenção divina.

— Estão convencidos de que a mudez não sobreveio em consequência de nenhum distúrbio fisiológico, e sim da intervenção de Hera.

— E não erraram. Há de ter sido Hera, sim. Como está esperançosíssima de que Héracles perca a partida na expedição contra as amazonas, quer afastar a Emília…

E Palas ficou a refletir. Tinha de atrapalhar o jogo de Hera. Mas como? Depois duma breve pausa disse:

— Só vejo uma solução: Medeia. Hércules que a leve ao palácio de Medeia. Com uma boa fervura, a Emilinha fica totalmente nova e mais faladeira do que nunca. Aconselho isso.

O mensageiro fez uma reverência e saiu. Minutos depois chegava ao acampamento. Chamou Hércules de parte e deu-lhe conta da sua missão.

— Palas já está a par de tudo e acha que só uma boa fervura no caldeirão de Medeia poderá restituir a falinha da Emília.

O CALDEIRÃO DE MEDEIA

Foi um custo convencer Emília a se deixar ferver pela grande feiticeira.

"Não quero, não quero", escreveu no papelzinho. "Tenho medo de ficar cozida por dentro."

Minervino explicou que isso era absurdo. Todos tinham visto os bons resultados do caldeirão na experiência do Visconde — e também lá estava jovem e bonito aquele rei Egon, de quase oitenta anos, que ela picou e ferveu. A fervura que cozinha por dentro é a fervura comum das cozinheiras. A fervura da grande feiticeira era magia da mais alta, e com efeitos muito diversos.

"Tenho medo, tenho medo…", escreveu de novo Emília.

Pedrinho interveio.

— Medo! Medo!... Estou admirado de ver essa palavra neste papel. Você lá no sítio nunca teve medo de coisa nenhuma, e agora está que nem vovó. Qualquer dia se põe a ter medo também das baratas…

Emília escreveu: "Pergunte ao Visconde o que ele sentiu".

Pedrinho perguntou.

— O que senti? — repetiu o Visconde. — Ah, um atordoamento delicioso quando a feiticeira me dividiu em pedacinhos com aquela faca; depois perdi os sentidos. Quando acordei, me vi moço e corado…

Emília escreveu: "É que ele estava louco. Já comigo vai ser diferente porque não estou louca. Só se me cloroformizarem…".

— Há clorofórmio por aqui? — perguntou Pedrinho ao

mensageiro — e teve de explicar o que significava clorofórmio e quais os seus efeitos.

Minervino respondeu que não, mas havia várias plantas dormideiras de um efeito maravilhoso.

— Com uma gota do caldo dessas plantas o paciente dorme e não sente dor nenhuma.

Emília escreveu que não era "paciente" e sim impaciente; e que se de fato esses sucos adormeciam uma criatura, então, então... e parou.

— Então o quê? — perguntou Pedrinho.

"Então pode ser", escreveu ela.

Bom. A resistência de Emília estava meio vencida.

A outra metade seria vencida lá por Medeia — e Hércules deu ordem de marcha. Partiram. No dia seguinte chegavam ao palácio da feiticeira.

Hércules explicou o caso. Medeia, porém, não trabalhava de graça; e como ainda não houvesse recebido o pagamento da cura do Visconde, aproveitou-se da situação.

— Sim — disse ela. — Poderei ferver a nova doentezinha — mas... e aquela sua dívida, Hércules?

O pobre herói coçou a cabeça. Eles são todos a mesma coisa: nunca pensam em dinheiro. Dom Quixote era assim. Rolando também. Hércules, Teseu, Perseu, todos eram assim. E aquela exigência de Medeia o desnorteou.

Pedrinho meteu o bedelho:

— Emília tem uma canastrinha cheia de preciosidades. Pode muito bem pagar não só a cura do Visconde como a dela. Com o pomo de ouro, por exemplo...

"Dar o meu pomo de ouro em pagamento da cura do Visconde? Oh, nunca!", escreveu a muda no papelzinho.

— Cura do Visconde e a sua também, Emília. Não seja tão cigana. Que adianta possuir um pomo de ouro na canastra e ser muda? Pense bem.

Ao ouvir falar em pomo de ouro, Medeia ficou toda assanhada. Não havia na Hélade quem não ambicionasse a posse da maravilha.

— E como conseguiu este pelotinho de gente um pomo com o qual todos os heróis vivem sonhando?

Hércules contou o caso do gigante Atlas. Medeia ficou mais assanhada ainda. Emília afinal cedeu.

— Sim. Vá lá. Fica o pomo pelas duas curas — e suspirou.

O pomo estava no acampamento de Micenas com a enorme pedra em cima. Só Hércules tinha a força necessária para removê-la — e lá vai o pobre Hércules para Micenas. Não havia o que ele não fizesse para o bem da sua dadeira de ideias. Enquanto o herói ia e vinha, ficaram todos hospedados no palácio de Medeia.

Passado algum tempo Hércules voltou. Vinha radiante, com o pomo na mão.

— Pronto!...

Medeia pegou na preciosidade e deslumbrou-se. Não havia dúvida que era realmente um dos tais pomos das Hespérides, de tanta fama no mundo inteiro. Valia não duas, mas mil curas.

— Pois vamos começar a operação — disse ela e encaminhou-se para a sala da fervura com todos atrás. Lá estava a grande caldeira ao fogo. Medeia botou mais lenha, e já de faca na mão olhou para Emília dizendo:

— Aproxime-se!

Emília, porém, correu a agarrar-se a Hércules. Parecia tomada de grande medo. Medeia avançou em sua direção com a faca de Barba Azul em punho. Emília berrou:

— Não! Nunca!... Ser picada com esse facão? Nunca!...

— Mas é preciso, Emília — murmurou Hércules com toda ingenuidade, sem perceber que Emília já estava falando e portanto curadíssima da mudez sem necessidade de fervura nenhuma. — É preciso. Não posso dispensar o concurso de minha "dadeira de ideias" na viagem ao reino das amazonas — e que me adianta uma dadeira de ideias muda?

Todos assombraram-se da lerdeza do herói. Estava ouvindo Emília falar e ainda convencido de sua mudez! Pedrinho, num verdadeiro delírio de contentamento, abriu-lhe os olhos:

— Não vê que ela sarou por si mesma, Hércules? Não vê que está falando?

Hércules arregalou os olhos e compreendeu — e que alegria a sua! Agarrou Emília e beijou-a. Depois abraçou Pedrinho e o Visconde. Tudo salvo! Tudo arrumado! A mudez desaparecera do modo mais misterioso. O herói desconfiou que havia sido coisa dos deuses e correu os olhos em redor em procura de Minervino.

— Que é de Minervino?

Sumira-se momentos antes. Ao ver o pavor de Emília diante da enorme faca, o mensageiro apiedara-se dela e voara ao Olimpo.

— Palas, minha grande deusa, tende dó da coitadinha! Lá está diante de Medeia com a maior cara de horror que ainda vi. Horror da faca de picar gente... Veja se descobre outro modo.

Palas compreendeu tudo e foi cochichar qualquer coisa ao ouvido de Zeus — e Zeus então operou o milagre: fez que a fala de Emília voltasse sem o recurso da fervura.

Que alegria lá no palácio de Medeia! Pedrinho dava pulos de contentamento. O Visconde assoprava-se todo — sinal da "euforia" dos sabugos científicos. E Hércules então, esse babava-se de gosto.

Emília falava e falava sem parar, como para reaver o tempo perdido. Ficou tal qual aquela boneca de pano que lá no sítio de Dona Benta tomou as pílulas falantes do Doutor Caramujo e falou pela primeira vez. Falou tanto que Medeia teve de tapar os ouvidos.

— Levem esta diabinha daqui que já estou tonta. — Mas Emília continuou a falar e reclamou a devolução do pomo.

— Eu concordei em dar o pomo em troca da cura do Visconde e da minha. Mas como sarei por mim mesma, acho que a senhora só tem direito à metade do pomo...

Hércules arregalou os olhos. Que esperteza!... Ele não havia se lembrado daquilo — e declarou à Medeia que Emília tinha toda razão. Se o pomo fora aceito como pagamento de duas curas, o pagamento de uma cura só tinha de ser meio pomo.

Medeia afinal cedeu, de tão tonta que estava com o falatório da diabinha. E como fosse uma pena partir ao meio uma tal preciosidade, propôs dar em troca do pomo inteiro um talismã dos mais preciosos: uma varinha de condão.

Os olhos de Emília chisparam. Seu maior sonho sempre fora possuir uma varinha de condão — para "brincar de virar as coisas". Medeia foi lá ao quarto dos badulaques e trouxe uma varinha de condão como as que as fadas usam.

— Aqui a tem...

Emília até tremeu ao pegar a vara — e foi a virar mil coisas pelo caminho que ela voltou para o acampamento.

— Saí ganhando! Saí ganhando!... — gritava. — Com esta varinha eu viro em ouro os pomos que quiser — e fez experiência numa azeitona. Com um toque da varinha virou-a num lindo pelote de ouro.

Hércules estava de boca aberta. Que prodígio de esperteza, a sua minúscula "dadeira de ideias!"...

9
O CINTO DE HIPÓLITA

De volta ao acampamento Emília passou a tarde a virar e desvirar coisas. "Vira que vira, virade" eram as palavras que tinham de preceder ao toque da varinha — e o objeto em que a varinha tocava realmente virava na coisa pedida.

Até o Visconde ela virou em jacaré, e o desvirou, porque o jacaré estava arreganhando uma enorme boca vermelha para devorá-la. E virou o Templo de Avia em uma encantadora casinha de boneca. E virou a clava de Hércules em mão de pilão — e assim por diante. Depois desvirava e deixava tudo como antes.

Enquanto isso Hércules, de mão no queixo, seguia matutando no Nono Trabalho que Euristeu lhe havia imposto: ir ao reino das amazonas conquistar o célebre *zóster* da rainha das amazonas, isto é, o cinto que Ares ou Marte dera a Hipólita, e ela usava como distintivo da sua realeza.

As amazonas formavam uma curiosa raça de mulheres guerreiras, filhas de Marte e Harmonia. Habitavam as paragens do Termodonte, perto de Temiscira, no Ponto. O Reino do Ponto ficava na Ásia Menor, junto ao Ponto Euxino.

As amazonas eram a contraparte feminina dos centauros; não que tivessem metade do corpo cavalo, metade mulher, mas, como só andassem a cavalo, pareciam formar com os cavalos um só corpo. Em seu reino não havia homens, só mulheres, e valorosíssimas — as maiores guerreiras da antiguidade. Desde mocinhas comprimiam o seio esquerdo de modo a atrofiá-lo. Para quê? Para não atrapalhá-las no lançamento das flechas.

Além de valentíssimas, eram de grande beleza e trajavam-se à moda dos bárbaros: vestes bem justas no corpo, barrete frígio, bombachas diferentes das dos gaúchos. Para a defesa traziam um escudo redondo; e como armas, o arco e o dardo.

Homem nenhum entrava no reino das amazonas, e o que ousasse fazê-lo era imediatamente destruído. Vinha daí a preocupação de Hércules. Como, sozinho, invadir aquele reino e arrancar da cintura de Hipólita um *zóster* que a não abandonava nunca? E Hércules pensava, pensava. Por fim resolveu levar bons companheiros. Só com a ajuda de outros heróis poderia conseguir alguma coisa — e pensou em Teseu, Peleu, Télamon e outros grandes amigos. Tinha, pois, antes de mais nada, de procurar esses heróis e propor-lhes a aventura. Mas moravam em cidades diferentes. Procurá-los todos e discutir o assunto era empresa demorada. Hércules chamou Pedrinho.

— Escute. Tenho de reunir vários amigos para a aventura das amazonas. Isso vai exigir uma série de viagens a uma série de terras. O melhor me parece que eu parta sozinho. Depois de formar o meu bando, venho buscar vocês.

Hércules partiu em primeiro lugar para Atenas em procura de Teseu, o herói da Ática. Os picapaus ficaram sozinhos.

O primeiro dia se passou numa "viração" furiosa. O "Vira que vira, virade" não parava. Até o ribeirão Emília virou num pastorzinho da Arcádia que não sabia falar, apenas "murmurejava", como murmurejam os ribeirões. E Pedrinho, que nunca fora um menino adulador, estava agora todo amor e cuidados com a Emília. Como não adular uma criaturinha armada de tanto poder? E por mais absurdo que isso pareça, até Juno lá no Olimpo começou a ter medo de Emília — segundo informações do mensageiro de Palas no dia seguinte.

— Acabo de chegar do Olimpo — disse ele. — Palas está radiante com a nova derrota de Hera no caso da mudez, e me disse que já agora nada tem Emília a recear das peças da deusa. "Se um leão for lançado contra Emília, ela o recebe com uma varada e transforma-o no que quiser — mosca, borboleta, pão de ló. Aquela varinha de condão é realmente um prodígio — mas é bom que ela saiba duma coisa. Todas as varas de condão possuem um poder limitado. A de Emília só dá para cem viradas. Depois de cem viradas, torna-se uma vara comum, como as de marmelo, que só servem para surrar crianças. Avise-a disso."

Ao saber da limitação de sua varinha mágica, Emília quase chorou de desespero. Com a brincadeira do vira-vira ela já tinha gasto quase todo o poder da vara mágica — e de maneira tão boba, meu Deus! Virando até pedregulhos do chão, pedacinhos de pau, moscas... Pelos cálculos do Visconde, só devia haver na vara umas trinta viradas de resto! Quer dizer que Emília tinha desperdiçado setenta em puras bobagens. Cumpria-lhe agora poupar com o maior ciúme as restantes. E Emília, com um suspiro, guardou na sua canastrinha a vara de condão já quase no fim.

Depois perguntou ao Visconde:

— Que é "condão" Visconde? Às vezes a gente leva usando uma palavra toda a vida sem saber certo o que é.

O sabuguinho explicou que a palavra "condão" vinha da palavra persa *condo*, que queria dizer "sábio ou adivinhador". De modo que na língua portuguesa condão significava "prerrogativa", "privilégio", "graça", "dom". E vara de condão queria dizer vara de adivinhar.

— Mas a minha vara não adivinha — objetou Emília. — Vira só.

— Adivinha, sim — respondeu o Visconde. — Quando você diz "Vira que vira, virade", ela adivinha o que você quer e executa a ordem.

Todos engoliram a explicação.

Lá pelas cinco horas estavam os três sozinhos ali no acampamento, à espera de Meioameio, que saíra em procura de frutas e queijo para o jantar. De repente...

— Que é aquilo lá? — exclamou Pedrinho apontando. — Parece uma meninada...

Era realmente uma meninada que vinha naquela direção — uma molecada de Micenas. Vinham correndo, numa gritaria.

— Já sei! — berrou Emília. — Souberam da minha vara e vêm atacar-nos…

Numa das viradas ela havia virado um besouro em menino, e como naquela afobação se esquecera de desvirá-lo, o menino fugira e fora contar à molecada de Micenas a prodigiosa história. Os moleques ficaram no maior assanhamento e vinham em bando conquistar a vara.

Que fazer? A resistência era impossível, pois se tratava dum bando de vinte. Recurso único: virá-los em qualquer coisa. Mas para virar vinte meninos era necessário gastar vinte viradas — e das trinta viradas que ainda sobravam na varinha só ficariam dez…

Emília berrou:

— Não quero! Não quero!… Não quero gastar quase todo o resto das minhas viradas com esses moleques à toa…

— Não quer? — disse Pedrinho. — Pois então muito pior. Eles nos derrotam e tomam a vara — e você fica reduzida a zero…

Emília, na maior aflição, compreendeu que tinha de ceder. Mesmo assim pensou num jeito de economizar uma virada:

— Pois está bem. Vou virar dezenove moleques. O vigésimo você atraca-se com ele. Ou aguenta dois?

Pedrinho declarou que dois ele aguentava. Ela que virasse dezoito que ele dava conta dos dois restantes. Desse modo bastavam dezoito varadas. Emília ainda ficava com doze viradas na varinha.

Os moleques já vinham bem perto. Já se ouviam perfeitamente seus gritos. "A vara de condão é minha!", berrava um. "É minha!", berrava outro. "É de quem pegar!...", berrava a maioria. Tal qual a molecada do século xx que corre atrás de balão queimado. Se os moleques de Micenas pegassem a vara, iriam espatifá-la — exatamente como os moleques modernos espatifam os balões caídos...

A VIRADA

— E no que é que os viro? — perguntou Emília.
— Em moscas! — sugeriu Pedrinho.
— Em livros! — lembrou o Visconde, que andava com saudades de umas leituras.

Mas Emília, ciganinha como era, resolveu virá-los em coisas de utilidade prática de muita falta ali no acampamento — uma faca, um canivete daqueles gordos que têm saca-rolha, lima de unha, chavinha de parafuso etc., e em mais coisas que no momento veria.

Os moleques chegaram e pararam. O mais taludo adiantou-se e disse:

— Soubemos que há por aqui uma varinha de condão muito boa para virar coisas. Se nos entregarem por bem essa varinha, tudo acabará sem estragos. Se não entregarem por bem, entregarão por mal — e nós deixamos vocês todos reduzidos a pó de traque...

Emília ainda correu os olhos pelo campo, na esperança de avistar Meioameio. Com o centaurinho ali talvez lhe fosse possível economizar mais umas viradas. Não vendo sinal de Meioameio, respondeu ao insolente ultimato do moleque:

— A vara está aqui! Venham tomá-la, se são capazes. Viro a todos vocês em sapos horrendos...

A ameaça tonteou os meninos, mas como prudência não é coisa que existe em moleque da rua, o chefe do bando avançou para arrancar a vara das mãos de Emília. Ela, porém, mais que rápida, cantou o "Vira que vira" e transformou-o em canivete. E com a mesma presteza virou um segundo em faca. E deu uma varada num terceiro, virando-o em tesourinha de unha. Enquanto isso Pedrinho achatava dois com os seus tremendos golpes de *cowboy* de cinema. Emília virou um quarto em rolinho de esparadrapo, lembrando-se da falta que isso fizera no dia da cortadura do dedo. E foi virando os outros. Meioameio apontou lá longe, mas muito tarde. Não tinha mais tempo de ajudar na guerra.

Estavam completamente derrotados os moleques de Micenas. Em vez deles só se viam por ali, espalhados pelo chão, os objetos de uso a que a vara mágica os reduzira. Dezenove moleques, dezenove objetos — isso porque, no calor da luta, Emília dera também uma varada num dos dois já derrotados por Pedrinho.

— *Avé! Avé! Evoé!...* — berrou a vitoriosa criaturinha, enquanto recolhia as preciosidades — o canivete de saca-rolha, a faca, a tesourinha, o rolo de esparadrapo...

Só havia escapado um atacante, mas lá estava nocaute, com Pedrinho ajoelhado em cima de seu peito e a berrar.

— Conheceu, papudo? Pensa que picapau tem medo de molecada grega?

A VIRADA

Que festa foi aquilo! Emília, radiante como a deusa Palas, examinava um a um os objetos. Sua canastrinha nem dava para tanta coisa...

Depois fez a conta das viradas restantes na varinha. Tinham sobrado onze. Ótimo! Com onze viradas na vara, quanta coisa não poderia fazer no futuro?

E o Visconde? Ninguém havia prestado atenção nele durante o calor da luta.

— Que é do Visconde? — berrou Emília.

Foram encontrá-lo caído no chão, a gemer.

— Que houve, Visconde? Que gemidos são esses?

— Estou ferido — disse ele com voz fraca. — Parece que me quebraram a perna...

Emília ergueu-o. O Visconde caiu de novo. Não podia aguentar-se de pé. Pedrinho veio examiná-lo.

— Sim, quebrou a perna esquerda, o coitadinho.

Nada mais certo. O pobre escudeiro estava com a perna esquerda quebrada — quebradíssima... Mas para quem dispõe dos milagres duma vara de condão, perna quebrada de Visconde é o de menos. Com uma simples varadinha troca-se uma perna quebrada por uma nova — e Pedrinho gritou:

— Emília, venha virar a perna quebrada do Visconde em perna nova.

A cigana aproximou-se. Examinou a fratura e disse:

— Com duas talas e um pouco de esparadrapo você conserta muito bem essa quebradura. Não vale a pena gastar uma virada com isto.

E daí não se arredou. Por mais que o menino insistisse, a ciganinha não se animou a gastar uma virada no conserto do Visconde.

— Bem diz Nastácia que você não tem coração — queixou-se Pedrinho. E ela:

— Tenho coração, sim, mas também tenho cabeça. Se com duas talas e um pouco de esparadrapo ele se arruma, por que hei de gastar com esta perna uma virada inteira, eu que só tenho onze na varinha? Não e não e não.

— Então não quer bem ao Visconde?

— Quero, sim, e muito — mas... e se eu não estivesse na posse da varinha? Tudo não se arranjaria muito bem com as talas? Pois faz de conta que não tenho vara nenhuma...

E não houve meio. Pedrinho teve de preparar duas talas e entalar entre elas a perninha quebrada do Visconde. Depois fez-lhe um par de muletas.

O moleque nocaute ainda estava ali, sob a guarda do centaurinho. Que fazer dele? Soltá-lo era perigoso: voltaria correndo para Micenas, avisava lá o povo e as complicações poderiam ser terríveis. Os pais iriam dar queixa ao rei Euristeu — e nada mais natural que o "antipatia" mandasse uma escolta justar contas com eles. A solução era conservá-lo ali.

Chamava-se Melampo o jovem prisioneiro, muito vivo e ar de reinador. Pedrinho propôs-lhe um negócio:

— Soltar nós não soltamos, porque você vai lá e conta tudo e temos complicações. Os vencidos na guerra são prisioneiros de guerra. Mas não queremos abusar da nossa força. Somos de bom coração e boa vontade. Proponho que fique aqui conosco, fazendo parte do nosso bando. As aventuras são tremendas — e contou a história dos Oito Trabalhos de Hércules já realizados com a ajuda deles.

— E agora vamos seguir para o reino das amazonas, em busca dum tal cinto duma tal Hipólita. Quer ir conosco?

Perguntar a um menino daqueles se quer tomar parte em aventuras é o mesmo que perguntar a gato faminto se quer bofe. Melampo aceitou a proposta com o maior entusiasmo. E para animá-lo ainda mais Pedrinho disse:

— Para começo, pode dar um galope por esses campos montado em Meioameio.

O rosto de Melampo iluminou-se. Uma galopada de centauro, quanto não vale isso? Montou e lá se foi na disparada e de volta aderiu de coração ao grupo dos picapauzinhos, como se também fosse um neto de Dona Benta.

Os dias passados ali foram dos mais agradáveis que tiveram na Grécia. Melampo era mestre em brincadeiras. Ensinou a Pedrinho todos os brinquedos dos meninos de Micenas e foi ensinado em todos os brinquedos modernos. Quem não gostou da história foi Meioameio.

— Gente demais para o meu lombo — disse ele. — Se vocês arranjassem um jumentinho...

A ideia foi recebida com palmas. Um jumentinho para Melampo! Mas onde encontrar um jumentinho? Melampo sabia. Não havia o que Melampo não soubesse ali daqueles arredores. Contou que a certa distância ficava uma bela criação de cavalos e jumentos, dum homem rico lá da cidade. Podiam chegar até lá e...

Melampo montou em Meioameio e partiu no galope em procura do jumentinho.

Emília ficou a consolar o Visconde.

— Isso sara — dizia ela. — E se não sarar, Tia Nastácia troca essa perna por outra, novinha e linda.

Depois, mudando de assunto:

— Que quer dizer *avé, avé, evoé?*... Eu vivo berrando esse *ale guá* dos gregos mas sem saber o que significa.

O sabuguinho científico, gemendo, gemendo, explicou que naquela célebre guerra entre os deuses e os titãs, Zeus transformou o seu filho Baco num leão terribilíssimo e atiçou-o em cima dos gigantes com estas palavras: *Eu, uie, evohé, Bacche!* — "Bem, meu filho, coragem Baco!". Nas festas ao deus Baco os seus adoradores repetem essas palavras sacramentalmente.

— Mas o *avé, avé, evoé?* — insistiu Emília.

E o Visconde, sempre a gemer:

— Isso é asneirinha sua, Emília. "Avé" quer dizer "salve". "Evoé", quer dizer "coragem". Salve, salve, coragem! é asneirinha sua, Emília.

— E o "Ave" da "Ave Maria", também é "salve"?

— Sim. Tanto faz dizer Ave Maria como Salve Maria... Ai, ai, ai... Como me está doendo a perna...

A VIRADA 119

O ASNO DE OURO

Meioameio e Melampo voltaram trazendo pelo cabresto um belo asno de peludas e compridas orelhas, e antes de apear já Melampo gritou para Pedrinho:

— Não foi necessário furtar jumento nenhum lá da criação do tal homem. Encontramos este sem dono logo ali adiante...

Todos correram para ver. Emília achou-o com "muito ar" do Burro Falante.

— Por que ar?

— Tem ar até de falar — disse Emília — e dirigiu-lhe a palavra: — Não será você também dos tais que falam, asno?

— Sim — foi a resposta. — E falo porque sou homem e não asno. Esta aparência que estão vendo não é a com que nasci.

Meninos comuns que ouvissem essas palavras da boca dum asno haviam de encher-se de verdadeiro terror — mas os picapauzinhos eram crianças que não se admiravam de coisa nenhuma neste mundo. Tudo lhes parecia naturalíssimo. Em vez de se sentirem tomados de terror, pediram ao asno que contasse a sua história.

E o asno contou:

— Chamo-me Lúcio. Em certa excursão que fiz a uma cidade da Tessália hospedei-me em casa do velho Mílon, ao qual me haviam recomendado; e lá vim a saber que sua esposa era uma grande mágica. Quem mo revelou foi a criada Fótis. "Se quiser convencer-se, espie aquele quarto. É nele que a esposa de Mílon prepara as suas feitiçarias." Espiei e vi a velha esfregando-se com uma pomada — e logo se transformou em coruja e saiu voando pela janela. Fiquei ansioso por fazer a mesma experiência: transformar-me em coruja e gozar a delícia dum passeio noturno pelos céus da Tessália. Com a ajuda de Fótis, penetrei no quarto da feiticeira e lá dei com uma bela coleção de potinhos de pomada. Cada uma transformava uma pessoa numa certa coisa. Peguei na que me pareceu pomada de coruja e esfreguei-me todo. Mas, ai de mim!... Eu havia errado de potinho e a pomada que passei no corpo me transformou em asno em vez de coruja. Meu desespero foi enorme. Que fazer? Fótis me disse que só havia um meio de perder aquela forma e readquirir o aspecto humano: comer rosas. Mas como não houvesse rosas por ali, eu tinha de esperar pelo dia seguinte. Era noite fechada. Fiz o que podia fazer: fui em procura duma cocheira; de manhã eu sairia pelo mundo em procura de rosas. Súbito, um rumor estranho. Eram ladrões que tinham vindo assaltar a casa de Mílon — e lá me levaram pelo cabresto para uma caverna muito escura nas montanhas. E como eu resistisse a coices, quantas pancadas me deram! Fiquei mais morto que vivo, quase descadeirado. Lá pela madrugada passei por um soninho e tive um sonho. Nesse sonho a deusa Ísis me apareceu e disse: "Breve haverá uma festa em minha honra. Quando o sacerdote vier com a braçada de rosas que costumam depositar em meu altar, aproxime-se e coma uma. Voltará imediatamente à sua antiga forma humana". Fiquei radiante por dentro, mas como sair dali? Os ladrões não me levavam ao pasto — e preso lá fiquei longos dias, até que ontem foi a caverna assaltada por ladrões de outro bando. Houve luta e mortes. Aproveitei-me da confusão para fugir…

— E foi pegado por Meioameio, não é assim?

— Exatamente. Eu vinha vindo pela estrada, quando me surge à frente este centaurinho. Murchei as orelhas, submissamente — pois que pode fazer um pobre asno diante dum centauro? E agora estou aqui…

Pedrinho ficou radiante. Dispor de um asno para conduzir Melampo já era uma grande coisa, mas dispor de um asno falante era mil vezes melhor — e propôs-lhe um negócio.

— Nós não somos daqui, somos do mundo moderno, lá do sítio de vovó. Viemos para tomar parte nos trabalhos do famoso Héracles. Conhece-o?

O asno respondeu que não havia na Hélade quem desconhecesse o grande herói.

— Pois é isso. Somos os companheiros e ajudantes de Héracles. Já estivemos em oito trabalhos e agora vamos caçar o cinto da Hipólita, a rainha das amazonas. Proponho um negócio: você adere ao nosso bando na qualidade de cavalgadura de Melampo. No fim das aventuras, come as rosas do sacerdote de Ísis e volta a ser Lúcio. Topa?

O asno coçou a cabeça. Aquilo de tornar-se cavalgadura dum menino desconhecido não era nada agradável, mas que fazer? Acabou concordando.

— Pois está fechado. Fico na qualidade de cavalgadura deste menino. No fim, como as rosas e pronto.

Melampo deu um pulo para cima do lombo do asno e disse:

— Pois vamos a um passeio por estes campos. Quero ver se é bom de andadura.

O asno resignou-se. Não tinha prática nenhuma de levar cavaleiros em seu lombo. Trotou desajeitadamente. Levou esporadas do calcanhar de Melampo. Mas como fosse muito inteligente, breve se ajeitou às suas novas funções de cavalgadura.

Estavam nisso, quando Hércules apareceu. Vinha com um fulgor de satisfação nos olhos. Ao ver aqueles personagens novos, um asno e um menino desconhecido, fez cara de ponto de interrogação. Emília explicou:

— Este é o Melampo, nosso ex-prisioneiro de guerra e agora amigo. E este é um tal Lúcio que em vez de pomada de coruja usou pomada de quadrúpede.

Hércules não entendeu. Foi preciso que Pedrinho tudo explicasse miudamente. Depois contou que havia sido muito feliz em sua excursão.

— Estive com Teseu, Peleu, Télamon, Sólon e outros heróis. Todos aderiram ao meu plano de ataque às amazonas e estão a preparar-se. Vim buscar vocês. Amanhã partiremos. Vamos nos reunir em Temiscira, no Ponto.

— Teseu ainda continua lindo? — indagou Emília, que na aventura de Creta muito se impressionara com a beleza do herói.

— Sim — respondeu Hércules. — A beleza de Teseu é quase divina. Encontrei-o em Atenas às voltas com um touro capturado nos campos de Maratona. Sabem que touro era?

Ninguém sabia.

— Aquele mesmo que pegamos em Creta e Euristeu soltou. Teseu conduziu-o a Atenas a fim de sacrificá-lo no altar de Palas. E o meu escudeiro?... — perguntou Hércules, notando a ausência do sabuguinho. — Não o estou vendo...

Pedrinho contou a história do assalto dos meninos de Micenas, a luta havida, as dezenove viradas da varinha, o aprisionamento de Melampo e por fim a desgraça do Visconde.

— Levou um tranco dos tais moleques e quebrou a perna. Já a encanei e fiz-lhe um par de muletas. Agora está dormindo um soninho.

Hércules foi vê-lo. Lá estava o Visconde numa cama de musgos da floresta, a dormir um sono agitado. De vez em vez saíam-lhe da boca palavras inconexas.

— Está delirando — explicou Pedrinho. — Febre alta...

Hércules ficou apreensivo. Se estava febrento assim o seu escudeiro, como poderiam partir no dia seguinte?

— Dá-se um jeito — disse Emília. — Pode ir numa redinha no lombo de Lúcio. Amanhã a febre passa. Logo que acordar hei de fazê-lo beber um chazinho de quina.

— E onde acha quina por aqui, Emília? — perguntou Pedrinho.

— Na Farmácia do faz de conta… — respondeu ela, muito lampeira.

RUMO A TEMISCIRA

Hércules tinha de ir por mar até ao Ponto Euxino, que era como então se chamava o mar Negro de hoje. Por lá ficava o tal Reino do Ponto, perto da Capadócia — a terra de São Jorge. Próximo de Temiscira, a capital desse reino, é que deviam reunir-se para a aventura das amazonas os amigos convidados por Hércules.

A viagem por mar correu péssima para o herói, com aquela sua mania de enjoar o tempo inteiro, mas foi boa para a perninha do Visconde. Os ossos da quebradura soldaram-se; mesmo assim ficou mancando e não dispensava as muletas. Meioameio também foi — e também enjoou. Era a primeira vez que um centauro entrava em navio.

No desembarque tiveram uma agradável surpresa. Foram recebidos pelo mais lindo e amável dos deuses: Zéfiro.

— Mas Zéfiro não é um vento? — perguntou Emília — e o Visconde:

— Sim. Para os modernos é um agradável ventinho de primavera. Para os gregos é um deus — e que lindo deus! Suave, tão fresquinho, tão perfumado das primeiras flores da primavera! Tem lindas asas de borboleta e a fronte cingida duma coroa de "primaveras".

Pedrinho observou que no sítio de Dona Benta havia muitos pés de "primavera".

— As lá do sítio são outras — disse o Visconde. — São buganvílias, nome dado em honra a Bougainville, um famoso navegador francês. As daqui são flores duma plantinha rasteira que abrem no começo da primavera. Zéfiro usa na cabeça violetas e "primaveras" das daqui. Tem o corpo diáfano...

— Que é diáfano? — quis saber Emília.

— É um vocábulo composto de duas palavras gregas: *dia*, "através", e *phaino*, "eu brilho". Diáfano quer dizer quase transparente, ou translúcido. Quando a luz atravessa completamente um corpo, como no caso do cristal, diz-se que

o corpo é transparente e quando não o atravessa completamente, e sim "mal e mal", diz-se que é diáfano.

O Visconde explicava as coisas tal qual Dona Benta: havia aprendido com ela.

— Muito bem — disse Emília. — Zéfiro tem o corpo diáfano — e que mais?

— Muito lépido e leve, desliza pelo espaço graciosamente, com uma cesta de flores na mão — daí os perfumes que vai espalhando à sua passagem. Zéfiro casou-se com Clóris, a mesma divindade que os romanos chamavam Flora, e é o pai de Carpo, uma das três Graças.

— Quais são as outras?

— Essas lindas divas têm nomes variáveis. Chamam-se Aglaia, Tália e Eufrosina, segundo diz o antiquíssimo poeta

Hesíodo em seu poema sobre os deuses. Outros dizem que são Cleta, Pasiteia e Pito; outros, que são Faena, Hegémona e Auxo; outros, que são Talo, Auxo e esta Carpo, filha de Zéfiro. As Graças em grego chamavam-se Cárites, nome que vem de *caris*, isto é, graça, alegria, agrado, amabilidade. E são um encanto as três Cárites. Só se preocupam de uma coisa: agradar — e possuem de fato o maravilhoso dom de agradar. Tudo no mundo que é macio, fino, afável, gostoso vem das Cárites...

— Que mimo!... exclamou Emília. — Já estou me encantando com elas. E até juro que das três a mais bonita e agradável é Carpo, a filha de Zéfiro e Flora. Que delícia ser filha dum vento ou brisa tão leve e da deusa das flores perfumadas! — e Emília ficou de narizinho para o ar, num enlevo, respirando com delícia o Zéfiro que perpassava.

O Visconde continuou:

— Zéfiro teve mais filhas: as Brisas...

— As Brisas? — berrou Emília. — Que amor!... Qual a diferença que há entre ventos e brisas?

— A mesma que há entre adultos e criancinhas. O vento é o pai — forte, valente, enérgico; a brisa é uma menininha de três ou quatro anos que só cuida de brincar.

— Eu que sou? Brisa ou vento?

O Visconde olhou bem para ela e respondeu:

— Você, às vezes, Emília, é um verdadeiro pé de vento...

Enquanto assim conversavam a bordo da barca de vela, o pobre herói, de bruços na amurada, com os olhos muito brancos, vomitava as tripas. Pedrinho olhava-o com expressão condoída.

— Mas não haverá um remédio para tanto enjoo? Nossa viagem vai ser longa — mais de trezentos quilômetros. E se Hércules morre?

Emília teve uma ideia.

— Visconde, os gregos possuem um deus para cada coisa. Será que não há um para o enjoo?

— Ignoro — respondeu o sabuguinho. — Pergunte a Melampo.

Nada mais inútil do que perguntar certas coisas a Melampo. Apesar de grego, sabia muito menos da história e das lendas gregas do que o Visconde, um simples sabugo. Melampo era mestre só numa coisa: reinações. Chegava até ao absurdo de, ali naquela barca tão apertadinha, montar no Asno de Ouro e fingir que estava galopando. E fincava-lhe os calcanhares como se fossem esporas e batia-lhe nas ancas tapas estalados...

O Visconde contou que a história de Lúcio transformado em asno ia ser narrada por um escritor romano chamado Apuleio, que ainda estava no calcanhar da bisavó. Ao saber disso, o asno derrubou as orelhas. — Quer dizer que vou me prestar para a risota do mundo, ai, ai...[1]

Antes do embarque já havia Lúcio descoberto uma linda roseira carregada de rosas e quase chorou de desespero. Bastava abocanhar uma delas e estaria devolvido à sua forma humana. Mas teve de engolir em seco. Estava ligado àquele

---

1. *O asno de ouro*, de Apuleio.

grupinho pela palavra de honra. O pior era que sua função ali se resumia a uma coisa só: funcionar como besta de carga dum moleque de Micenas...

Afinal chegaram — e não foi sem tempo. Hércules parecia Tony Galento quando foi tirado a braços do ringue. Teve de apoiar-se em Meioameio para não cair. O Visconde aconselhou-lhe um repouso de dois dias em terra.

— Sim — acrescentou Emília —, porque desse jeito, Lelé, se aparecer por aqui alguma das amazonas, quem perde o cinto é você — e apontou para a pele de leão invulnerável. Depois da luta contra o Leão da Nemeia o herói nunca mais abandonara a preciosa pele.

Pedrinho encarregou-se de procurar um sítio adequado ao repouso de Hércules. Escolheu um grupo de árvores, cuja sombra ficou sendo o "sanatório". Lá a vítima do enjoo se deitou e regalou-se com a delícia de sentir-se em terra firme. No dia seguinte Hércules amanheceu quase bom. O chazinho que lhe deu o Visconde era um porrete para "herói enjoado" — como disse Emília.

Melampo fora bater papo com uns viandantes lá na estrada. Perguntou-lhes se os outros heróis já estavam em Temiscira. Ninguém sabia de herói nenhum. Quando o menino contou que fazia parte da comitiva de Héracles, o qual estava no "sanatório" descansando de sua viagem por mar, todos espantaram-se; e um deles, o mais corajoso, foi fazer uma visita ao herói. Encontrou-o estirado à sombra da árvore, comendo um carneiro assado. A fome já havia renascido. Emília explicou:

— Ontem parecia um bacalhau de porta de venda. Hoje

até fome tem. Chegou tão descadeirado, o pobre...

O visitante supôs que o "descadeirado" se referia a alguma derrota em luta. Por maiores que sejam os heróis, às vezes apanham boas tundas no lombo, como tanto aconteceu a Dom Quixote.

— Quem o descadeirou?

— Um gigante chamado Mar — respondeu Emília —, o único que derrota Lelé. Queria que você visse como ele ficou de olho branco...

À tarde chegou outro navio: era o de Peleu — e também ressurgiu Minervino. Hércules foi receber o recém-vindo enquanto o mensageiro de Palas atendia à curiosidade dos picapaus contando quem era Peleu.

— Oh, um grande e famoso herói — disse ele. — Rei de Iolcos, irmão de Télamon. Foi o verdadeiro causador da guerra de Troia...

— Como? — exclamou Pedrinho. — Pois a causadora da guerra de Troia não foi Helena, a mulher do rei Menelau?

— Foi — mas quem meteu Helena no embrulho, senão Peleu? Logo, o verdadeiro causador de tudo foi ele.

— Conte lá isso.

Minervino contou.

— Peleu, depois de muitas aventuras, tomou posse da cidade de Iolcos e fez-se rei. E como estivesse viúvo, desposou a nereida Tétis.

— Que é nereida? — quis saber Emília.

Minervino coçou a cabeça. A eterna curiosidade de Emília não tinha fim.

— As nereidas são as filhas de Nereu e Dóris. As nereidas

personificam as particularidades das ondas: o movimento, a cor, o marulho. Glauce é a nereida do azul; Tália, a da cor verde; Cimodoceia, a do marulho; Dinamene, a dos movimentos rápidos dos vagalhões... Pois bem: Peleu casou-se com Tétis, lá na gruta de Quíron, no monte Pélion. Foi um dos mais importantes casamentos da antiguidade. Até os deuses vieram assistir à cerimônia e trouxeram os mais lindos presentes. Peleu havia mandado convite para todas as divindades, maiores e menores, exceto uma: Éris ou a Discórdia. E estavam no melhor da festa, quando a terrível Éris surgiu. Chegou e colocou em cima duma pedra um pomo de ouro com esta inscrição: *À mais bela!* Aquilo era uma provocação às três grandes deusas ali presentes: Juno, Palas e Vênus. A qual fazer-se a entrega do pomo? Como decidir qual das três a mais bela? Tornou-se necessário um julgamento.

Convidam para julgador ao jovem Páris, um príncipe filho do rei de Troia. Páris olha para as três divindades e entrega o pomo a Vênus.

— E fez muito bem — disse Emília —, porque Vênus é a deusa da beleza.

— Isso pensamos nós, mas Juno e Palas não tinham a nossa opinião. Roeram-se por dentro de ódio — e quem pagou foi Troia. Para se vingarem do julgamento daquele juiz, provocaram a guerra entre os gregos e os troianos, da qual Troia saiu completamente destruída. Se não fosse Peleu apaixonar-se por Tétis e promover aquela festa, não teria havido a guerra de Troia…

Hércules apresentou a sua comitiva ao rei de Iolcos, o qual muito estranhou que um herói tão grande andasse com um escudeiro tão pequeno e esquisito, de cartola e muleta. Mas gostou muito de Pedrinho e Emília. Ao saber da atuação desta nos casos do Javali do Erimanto e do gigante Anteu, suspirou.

— Ah, quanto desejava eu dispor duma "dadeira de ideias" assim! Minha vida tem sido das mais atormentadas porque sempre me faltam boas ideias nos momentos decisivos. E este asno?

— É Lúcio! — gritou Emília —, um homem que virou asno porque no escuro do laboratório da feiticeira errou de pomada. E fala como gente, Senhor Peleu. Quer ver?

E para o asno:

— Diga alguma coisa...

Lúcio, muito desapontado daquele papel de "fenômeno" exibido em feira, disse, depois dum suspiro:

— Bem-vindo seja a estas paragens o nobre rei de Iolcos...

Peleu quase caiu para trás de susto. Era a primeira vez que via um asno falante. Emília deu uma grande risada.

— Isto de asnos falantes diz Dona Benta que é o que há mais no mundo. Diz que até nos tronos há asnos falantes — e nos congressos, nos ministérios, nas academias. Mas só asnos de dois pés e com forma humana. Asno falante de quatro pés, só sei deste. Lá no sítio também temos um burro falante, mas asno não é burro. Chama-se o Conselheiro — e como fala bem! Só diz coisas filosóficas — sabe o que é, herói?

Peleu já estava tonto com a parolice da Emília.

Pedrinho aproveitou um momento em que a ex-boneca

fez uma pausa para engolir e disse:

— Já sabemos da sua história, Senhor Peleu, e muito lamentamos a desastrada sentença de Páris no caso das três deusas, lá na festa do seu casamento.

— Por quê? — exclamou Peleu, admirado.

— Porque foi dali que saiu a guerra de Troia.

Peleu franziu a testa. Jamais havia pensado em tal coisa. Emília meteu o bedelho:

— Aquele Páris não tinha a menor habilidade. Se fosse Salomão, a sentença seria uma beleza e todos ficariam contentes.

— E qual seria a sentença desse tal Salomão? — quis saber Peleu.

— Ele dividiria o pomo em três pedaços e daria um a cada deusa, dizendo: "Empatou!".

— Mas um juiz não pode empatar — observou Peleu. — Justamente quando as coisas empatam é que os homens recorrem aos juízes. Que é uma sentença se não um desempate?

Emília atrapalhou-se, mas não querendo dar o braço a torcer, veio com outra solução das suas:

— Salomão chegava ao ouvido de uma e dizia: "A mais bela é você, mas não diga nada às outras". Cochichando as mesmas palavras para as três, deixava-as contentíssimas e sem guerra nenhuma.

Peleu riu-se e voltou à carga:

— Mas Páris *tinha* de entregar o pomo a uma das três...

— Eu, se tivesse de entregar o pomo, fazia um passe de mágica e sumia o pomo na manga. E depois, com cara inocente: "Ué! Que fim levou o pomo?" e desse modo embrulhava a todos...

— Já sei — interrompeu Pedrinho. — Embrulhava a todos e ia guardar o pomo lá na sua canastrinha. Ah, Peleu, esta bicha só nós é que sabemos o que ela é.

Peleu fez uma festinha com o dedo no queixo de Emília e voltou a tratar com Hércules o assunto das amazonas.

— Estive pensando, Hércules, que talvez nos seja possível conseguir às boas o que à força vai ser bastante duro. Proponho que mandemos à rainha Hipólita um parlamentar.

— É uma ideia — disse Hércules —, e eu poderia enviar o meu escudeiro, se não fosse o desastre que o pôs de perna quebrada. Talvez Pedrinho possa substituí-lo — e, voltando-se, chamou o menino. — Escute, oficial. Tenho de mandar um mensageiro à rainha Hipólita. O Visconde era o naturalmente indicado, mas a fratura da perna o põe fora de serviço. Pensei em você. Quer ir ter com Hipólita em nosso nome?

Pedrinho esfriou. Nunca em sua vida lhe haviam feito uma proposta semelhante. Apresentar-se como parlamentar à presença duma rainha — e que rainha! Hipólita, a grande Hipólita do cinto! A surpresa daquelas palavras deixou-o tonto por uns instantes.

— Vamos, responda! — insistiu Hércules.

Pedrinho, afinal, desengasgou:

— Estou às ordens.

Hércules voltou os olhos para Peleu como quem diz: "Está vendo que firmeza de decisão?". E para o menino:

— Pois apronte-se, que vamos redigir a mensagem.

Logo depois partia Pedrinho montado em Meioameio,

levando no bolso a mensagem de Hércules e Peleu a Hipólita:

"Formosa rainha das invencíveis amazonas! Incumbidos estamos de uma empresa que muito nos vexa: apresentar ao rei Euristeu o vosso *zóster*. Altos interesses humanos e divinos assim o querem. Mas longe de nós a ideia de usar da violência contra a rainha das formosas guerreiras; e, assim sendo, esperamos que nos conceda um encontro no qual o assunto possa ser discutido. Respeitosamente beijam a linda mão da rainha das amazonas, *Peleu e Héracles.*"

Evidentemente o estilo da mensagem denunciava o dedo de Peleu. Hércules era ali no golpe. Na pena, coitado!...

Pedrinho lá se foi no galope e depois de muito andar pressentiu sinais de mudança.

— Meioameio — disse ele —, parece que estamos chegando. Sinto um cheiro de estrebaria no ar. Deve haver muito cavalo no reino das amazonas.

O centaurinho concordou. Seu ótimo faro disse-lhe que a menos de meia légua encontrariam a primeira amazona — e assim foi. Vencida a meia légua, ouviram um trote, e logo depois deram com uma guerreira amazona, de aspecto hostil e lança erguida. Pedrinho empalideceu, mas dominou-se. Quem leva missões como a dele não pode fraquear — e foi com voz deliberadamente firme que abordou a guerreira.

— Senhora — disse ele —, aqui estou na qualidade de mensageiro de Hércules e Peleu, dois tremendos heróis, e deles trago uma mensagem para a rainha Hipólita. Quererá ter a gentileza de dizer-me onde posso encontrá-la?

A amazona mediu-o de alto a baixo e sorriu. Um menino

apenas. As instruções que todas recebiam eram para matar qualquer homem que cruzasse as fronteiras do reino; não falavam em menino. E a amazona, baixando a lança, respondeu:

— Na tenda branca à margem esquerda do rio Termodonte. Lá encontrará a nossa grande rainha — e mostrou o rumo.

Pedrinho respirou, enquanto Meioameio dizia:

— Ela nada fez porque você ainda é um menino. Se se tratasse dum homem feito, ah, tê-lo-ia espetado com a lança! Às vezes vale a pena ser-se crila…

Pedrinho tomou pelo rumo indicado e depois de algum tempo defrontou o Termodonte — um riozinho à toa.

— Margem esquerda, disse ela. É a de lá.

Ponte era coisa que não havia. Tiveram de atravessar a nado. Depois foram andando. Súbito, viram ao longe uma espécie de campo de guerra, com barracas e movimento de animais.

— Deve ser lá — disse Pedrinho. — Mulheres guerreiras hão de viver em acampamentos como aquele.

E de fato era lá o acampamento da rainha Hipólita. Assim que as amazonas viram chegar um centaurinho cavalgado por um "homem", voaram com as lanças em riste para recebê-los conforme as ordens. Mas vendo tratar-se dum potrinho de centauro e dum filhote de homem, detiveram-se, como havia feito a outra.

— Quem é você, menino?

O neto de Dona Benta respondeu com voz firme:

— Sou Pedrinho Encerrabodes de Oliveira, oficial de gabinete do Senhor Héracles. Trago desse grande herói e do rei Peleu uma mensagem para Hipólita, a rainha das amazonas.

As guerreiras entreolharam-se, trocando palavras que Pedrinho não pôde ouvir. Depois:

— Siga-nos! — disseram. — Nós o escoltaremos até à tenda de Hipólita — e lá se foram com o menino à frente.

Que estranhas aquelas criaturas! Que fortes! E que aspecto belicoso!

Acostumado a ver nas mulheres do século XX uns seres delicados, frágeis, graciosos, Pedrinho espantava-se do porte imponente e da rija musculatura das amazonas. Cada qual era o que se chama "uma mulher e tanto". Belas, sim, duma beleza forte de estátua. E que cavaleiras! Realmente davam ideia de centauras, isto é, de formarem um só corpo com os cavalos. Uma que passou a galope num formoso cavalo branco trouxe a Pedrinho a lembrança das correrias do William Boyd nas fitas americanas.

A escolta deteve-se diante da tenda real. Uma das amazonas apeou e entrou. Logo depois aparecia a majestosa figura da rainha. Bela, sim! Bela como as estátuas. O *zóster* que trazia à cintura indicava a sua dignidade realenga.

Pedrinho gaguejou:

— Majestade, eu... eu venho da parte de Héracles com esta... esta mensagem — e com mão trêmula tirou do bolso o pergaminho. Hipólita estendeu a mão muito branca e tomou-o. Desenrolou-o e leu. Parece que lhe soube bem o estilo porque sorriu. Depois disse:

— Este meu *zóster*, presente de meu pai Ares, anda a virar a cabeça de muitas princesas. Como posso desfazer-me dele sem prejuízo da minha dignidade de rainha das amazonas? Dizei a Héracles, ó pequeno mensageiro, que o caso não pode ser decidido levianamente. Ele que venha conversar comigo. Darei ordens às minhas guerrreiras para que o acolham gentilmente.

Pedrinho, ainda trêmulo, fez uma saudação de cabeça e com o calcanhar ordenou a Meioameio que rodasse para trás. O fato de vir montado num centaurinho havia causado grande surpresa àquelas mulheres. Inúmeras tinham acorrido de todos os lados para verem a maravilha. E comentavam, cochichavam umas ao ouvido das outras.

Meioameio afastou-se dali a passo, como que também peado pelo medo. Mas assim que se viu a certa distância, disparou no galope.

De volta ao acampamento deu Pedrinho contas a Hércules do desempenho de sua missão, transmitindo-lhe com toda a fidelidade as palavras de Hipólita. Hércules olhou para Peleu.

— Parece que tudo vai bem. Se a rainha nos marcou um encontro, é que não está hostil.

TUDO VAI BEM

No dia seguinte chegaram as naus de Teseu e dos outros heróis. Desembarcaram e foram para o navio de Hércules combinar o plano de assalto às amazonas. A notícia do bom acolhimento da mensagem causou-lhes agradável impressão.

— Ótimo se não houver luta — disse Télamon. — Conquanto sejam guerreiras terríveis, a mim me repugna ter de lutar contra mulheres. Ficarei satisfeitíssimo se chegarmos a um acordo com Hipólita.

Estavam ainda no navio de Hércules a discutir o assunto, quando Emília gritou:

— Lá vem vindo um bando de guerreiras! — e era verdade. Hipólita aproximava-se da praia seguida de enorme séquito de amazonas.

O encontro da grande rainha com os heróis foi dos mais auspiciosos. Trataram-se como amigos velhos, e não tardou que a beleza de Teseu amolecesse o coração de Hipólita. Ficou tão amável que com surpresa de todos se propôs entregar-lhe o *zóster*. Hércules, radiante, viu que tudo ia acabar em festa — e assim seria se não fosse a intervenção de Juno.

Sim, de Juno, porque a vingativa deusa, que lá do Olimpo acompanhava o desenvolvimento da aventura, avermelhou de cólera ao perceber a amável disposição da rainha das amazonas. E que faz? Desce imediatamente à terra, disfarça-se em amazona e com ar muito aflito entra a promover o levante das guerreiras que de longe assistiam à conferência de Hipólita com os heróis.

— Eles vão raptar a nossa rainha! Se a não defendermos, Hipólita estará perdida — e tais e tantas coisas disse que acabou virando a cabeça de todas.

— Ataquemo-los já! Não temos um minuto a perder. Salvemos a nossa amada rainha!...

E o que houve então foi coisa que abalou a Terra. Como que movidas por mola única, as amazonas lançaram-se ao mais terrível dos ataques contra os heróis. Vinham cegas de ódio, no galope furioso de seus cavalos brancos, as lanças em riste, os olhos a despedirem fagulhas. Hipólita quis intervir, mas não pôde. O tropel do ataque abafava-lhe a voz. Colhidos de surpresa, os heróis mal tiveram tempo de tomar suas armas.

E foi a luta que os poetas gregos contam — luta de gigantes. Golpes de clava tremendos, lançaços, avanços e recuos. Teseu defendia-se como um leão encurralado. Os golpes de Télamon reboavam. Sólon derrubou duas com uma só clavada. Tão terrível foi o pega que o carro de Apolo, já a descambar no horizonte, como que entreparou, assustado.

Os picapaus haviam corrido para bordo. Só Melampo ficara em terra. O bobinho julgou que aquilo fosse como as lutas dos moleques lá em Micenas — lutas de brincadeira, sem outras consequências além de arranhões, galos na testa, manchas roxas pelo corpo — mas foi cruelmente pisado pela pata dos animais.

Em certo momento Hércules tomou uma resolução decisiva. Ficar ali naquela luta era acabar perdendo a batalha. Por maior que fosse a potência do seu grupo, como vencer o número? Eles eram um punhado; as amazonas, uma legião. Nas lutas entre o valor e o número quem sempre acaba vencendo é o número. O jeito era irem combatendo e recuando na direção dos navios — e de repente agarrar Hipólita e levá-la para bordo como refém.

Lá no navio de Hércules os picapaus, em companhia de Minervino, estavam vendo tudo como de uma frisa de teatro.

— Hera, Hera! — exclamava o mensageiro. — Bem que Palas me advertiu. Vendo que tudo ia acabar em acordo, a rancorosa divindade veio em pessoa arengar e amotinar as amazonas...

Emília ia dizendo "Que bisca!", mas engoliu em seco e deu um tapa na boca. Pedrinho estranhou a ausência de Melampo.

— Está lá ele! — gritou o Visconde. — Caído no chão — talvez morto. Vi quando foi meter-se na refrega.

O combate continuava cada vez mais furioso, mas os heróis já estavam recuando. Defendiam-se como leões e recuavam — recuavam na direção dos navios. Súbito, Hércules, que

durante toda a luta não se afastara de Hipólita, agarrou-a pela cintura e voou para o navio. Seus companheiros também abandonaram a luta e se sumiram nas naus. O desapontamento das amazonas foi imenso. Não tinham contado com aquele golpe estratégico. Em campo raso eram poderosíssimas, mas que poderiam fazer contra os heróis refugiados a bordo?

Hércules berrou da amurada:

— Detende-vos, valorosas guerreiras! Tenho comigo um precioso refém: Hipólita. E de bom grado a libertarei se depuserdes as armas.

As amazonas entreolharam-se, como que indecisas. Que fazer? Uma delas, a mais feroz de todas, justamente a que as havia amotinado, gritou que não, que não deporiam as armas,

que lutariam até o fim, que abordariam as naus.

— É Hera quem fala — observou Minervino. — Conheço-lhe o tom da voz... — e Emília correu a cochichar para Hércules que a que estava estimulando as outras era a bisc... era a boa deusa Hera. O herói compreendeu tudo e falou de novo para as guerreiras:

— Sei quem vos amotinou no momento em que tudo obtínhamos de Hipólita pacificamente, mas sei também que de nada valerá essa intervenção. A grande Palas me protege e permitiu-me capturar a vossa grande rainha. Se não depuserdes as armas, levantarei âncora e partirei com Hipólita prisioneira. Se de fato amais à vossa grande rainha, deixai de atender à voz do despeito e atentai unicamente no que vos digo.

As amazonas entreolharam-se de novo e compreenderam a situação. Ou baixavam as armas ou perdiam a sua rainha — e de nada valeram os gritos histéricos da falsa amazona que as havia amotinado. Baixaram as lanças em sinal de trégua.

Hércules então disse a Hipólita:

— Grande rainha, fomos ambos prejudicados pela vingativa deusa que me persegue. O acordo feliz que estávamos a justar desfechou na desastrosa luta em que tantas guerreiras perderam a vida — e vi-me na contingência de aprisionar nesta nau aquela a quem eu só queria render homenagens. Mas restituir-vos-ei incontinenti à liberdade se, cumprindo o acordo feito, me entregardes o vosso *zóster*.

Hipólita não fez objeção nenhuma. Destacou da cintura o *zóster* e entregou-o a Hércules.

— Ei-lo. Levai-o à princesa que tanto o ambiciona. Rainha sou por força do sangue e do devotamento de minhas súditas — não por força dum objeto material.

Hércules tomou o cinto e beijou-lhe a mão, dizendo:

— O mais humilde súdito da grande Hipólita, a rainha das invencíveis amazonas.

Emília sorriu e olhou para Pedrinho. "E não é que ele sabe falar? Lida com as damas que nem Dom Quixote."

Estava finda a missão que Euristeu incumbira a Hércules. Admeta ia usar na cintura o *zóster* de Hipólita — mas nem por isso adquiriria a imponente beleza da rainha das amazonas, nem a sua esplêndida majestade. Uma coisa é nascer-se rainha, outra é vestir-se de rainha. Hipólita nascera rainha e era-o até a ponta das unhas. Com grande majestade respondera a Hércules e com a maior dignidade deixou o navio para ir juntar-se ao bando de suas guerreiras.

Teseu lá de seu barco tudo via. A beleza de Hipólita o tinha impressionado tão tremendamente que na hora da partida dos outros heróis declarou a sua intenção de ficar.

— Ficar? — exclamou Peleu com espanto.

— Sim. Hércules aprisionou Hipólita e Hipólita aprisionou o meu coração. Já não poderei viver sem ela.

Horas depois os navios levantavam ferro — todos, menos o de Teseu. O herói da Ática ficou e casou-se com Hipólita.

De volta para Micenas, depois de mais uma desagradável travessia do mar, Hércules teve uma aventura de todo inesperada. Ao passar por certa aldeia foi detido por um mensageiro de Litierses, filho de Midas, rei da Frígia. Esse homem possuía ali uma suntuosa propriedade onde passava uma verdadeira vida de filho de rei, a regalar-se com banquetes e vinhos dos mais preciosos. E divertia-se de um modo muito extravagante: obrigando aos que passavam pela estrada a servirem-no por um dia nas tarefas da lavoura — ceifar trigo, colher uvas ou azeitonas; e à tarde cortava-lhes a cabeça e jogava os corpos no rio Meandro.

— Litierses ordena-te que vás limpar o seu chiqueiro de porcos — disse o mensageiro.

Hércules riu-se.

— Quem é Litierses? — perguntou.

— O filho do rei Midas. Mora aqui nesta grande propriedade e executa todos os trabalhos com um dia apenas de tarefa imposto aos passantes.

— E se o passante recusa-se?

— Ele corta-lhe a cabeça e joga-o no Meandro.

— E se o passante submete-se e dá o dia de serviço reclamado?

— Ele corta-lhe a cabeça e joga-o no Meandro.

Hércules respondeu:

— Leve-me à presença de Litierses. Desejo ter com ele um pequenino entendimento.

O homem obedeceu. Levou-o à presença do filho de Midas.

— Com que então — disse o herói com a maior calma — esta propriedade é lavrada à custa do trabalho e da vida dos passantes?

Litierses, que estava à mesa se banqueteando, deu uma grande gargalhada vinolenta.

— Claro, homem! Vou assim executando os trabalhos agrícolas e ao mesmo tempo engordando os peixinhos do rio. Não acha inteligente o meu processo?

Hércules engasgou de cólera e, agarrando o malvado, cortou-lhe a cabeça com a própria faca com que o filho do rei se servia — e foi jogá-lo no Meandro, dizendo: "Os peixinhos devem estar sequiosos por esta sobremesa".

Pedrinho assombrou-se com a facilidade com que na Grécia os heróis mandavam gente para o outro mundo. Roubar, matar — tudo coisas naturalíssimas. Hércules matou aquele filho de rei e lá prosseguiu na viagem como se não houvesse havido coisa nenhuma. E nada de polícia, inquérito, processo, júri, promotor, juiz, sentença, cadeia. Tudo muito rápido e expedito.

O Visconde observou que nos tempos modernos havia a "justiça organizada", mas ali a Justiça eram os heróis. Eles andavam à caça dos maus, como lá no mundo moderno faz a polícia. E pegava-os e liquidava-os com a maior simplicidade. Que era Hércules, afinal de contas, se não a Justiça em pessoa? Às vezes errava e matava inocentes — mas que justiça neste mundo não erra?

Depois da luta das amazonas Pedrinho descera à praia em busca de Melampo e havia encontrado o menino desacordado e muito cheio de machucaduras. Com a ajuda de Minervino conduzira-o para bordo, onde o deixou entregue aos cuidados do Visconde. O sabuguinho estava se revelando um excelente médico. Entendia de chás e pomadas como qualquer curandeiro. E assim foi que antes de finda a viagem marítima já estava Melampo completamente "novo", como se tivesse saído do caldeirão de Medeia.

E como ia o Asno de Ouro? Cada vez mais cheio de suspiros pelo termo daquelas aventuras. Volta e meia encontrava rosas pelo caminho. Uma só que comesse e estaria restituído à forma humana. Tinha entretanto de respeitar a palavra e permanecer peludo até o fim das façanhas do herói. Ísis em sonho lhe falara nas "rosas de seu sacerdote", mas o Visconde era de opinião de que isso não passava de bobagem. "Não há diferença nenhuma entre uma rosa na roseira e essa mesma rosa nas mãos dum sacerdote."

Mas não foi assim. Certa vez em que o Asno de Ouro, enfurecido com as esporadas de Melampo, pregou um coice na palavra de honra e comeu a primeira rosa encontrada, ficou desapontadíssimo: continuou o mesmo asno de sempre, só que com uma rosa no papo. Tinha, pois, de aguardar pacientemente as rosas do sacerdote de Ísis.

E afinal chegaram a Micenas. Chegaram e tiveram uma grande decepção: o acampamento estava destruído! Do Templo de Avia, tão bonitinho, só viram destroços. As estacas com as esculturas das façanhas de Hércules jaziam caídas no chão,

sem escultura nenhuma.

— Juro que os moleques de Micenas vieram até cá em procura dos outros e nos escangalharam o acampamento! — disse Pedrinho. — Só há uma coisa que não muda no mundo: os moleques! Que diferença entre os nossos lá do século xx e estes aqui do século... Que século é este em que estamos, Visconde?

— Certeza não tenho, mas calculo que é o xii ou xiii antes de Cristo.

Pedrinho ficou de olho parado. Depois disse, como que falando consigo mesmo:

— Parece incrível que estejamos a trinta e dois ou trinta e três séculos do nosso, isto é, a três mil e duzentos ou três mil e trezentos anos de distância do nosso tempo...

Emília suspirou.

— Uma coisa me aborrece, Pedrinho. É que depois da nossa volta ninguém vai acreditar uma isca do que contarmos. Dizem logo, com aquelas caras muito bobas: "É imaginação... É fantasia de criança...". E, no entanto, nós estamos realmente no "fundo das idades" — como diz o Visconde. Com meus olhos estou vendo o nosso Lelé com a sua clava e a sua pele de leão. Estou vendo Melampo com a sua cara suja. Estou vendo suspiros lá nas tripas deste Asno de Ouro. Estou vendo Miner... Que é de Minervino? — e Emília correu os olhos em redor.

Não havia por ali Minervino nenhum.

— Com certeza voltou ao Olimpo a fim de combinar novas coisas com Palas — sugeriu Pedrinho.

— Para mim ele foi mas é ver a cara de Juno — disse a

ex-boneca. A bisc… a grande deusa deve estar com o nariz bem comprido. Chegou até a descer à terra e disfarçar-se em amazona — e que amazona! — e que ganhou? Zero. Coitada!…

Aquele "coitada!" de Emília era uma desajeitadíssima e irônica adulação a Juno.

Hércules levantou-se para ir a Micenas dar conta ao rei do novo trabalho realizado. Emília gritou:

— Não vá ainda, Lelé. Deixe-me brincar um pouquinho com o *zóster* de Hipólita. Não havia capricho do diabrete a que o herói resistisse — e lá lhe deu ele o cinto para brincar…

Emília ajuntou-o na cintura e, pegando numa vara, berrou:

— Companheiras! Vinde rodear a vossa rainha ameaçada de rapto por este bando de heróis. Ataquemo-los e destruamo-los. Eles querem roubar este presente que meu pai Ares me deu… — e avançou para Hércules com a varinha em riste como se fosse lança.

Hércules ria-se, ria-se…

OS BOIS DE GERIÃO

Hércules só voltou da cidade ao cair da noite.

— Euristeu alegrou-se muito com o Cinto de Hipólita. Parece que desta vez não se aborreceu com a minha vitória, tanto era o empenho de sua filha Admeta em possuir aquele *zóster*.

— E que outro trabalho ele marcou?

— Quer que eu traga para Micenas os bois selvagens do mais horrendo gigante que há nesta Hélade — um de várias cabeças... Gerião.

— Já sei — disse Pedrinho. — Ele quer esses bois para ter o gosto de soltá-los. Euristeu é o maior soltador de monstros. Só preciosidades como o Cinto de Hipólita é que ele não solta. Espertinho... E onde fica esse tal Gerião?

— Muito longe daqui, na ilha de Erítia, no mar Jônio. Mar, mar... — e Hércules fez cara de vítima — estava se lembrando dos enjoos...

Pedrinho correu a contar aos outros o que tinha ouvido.

— Mais boi? — exclamou Emília. — Como há bois nesta Grécia!...

O Visconde aproximou-se, toque, toque, toque, na sua muletinha. Veio sugerir que o verdadeiro era soltar Melampo.

— Não nos adianta nada — explicou. — Passa o tempo a judiar de Lúcio e não tem juízo nenhum. Um perfeito louquinho. Aquela sua ideia de meter-se na luta entre os heróis e as amazonas é de menino que já teve meningite. Bem capaz de se meter em outras funduras e babau...

Pedrinho deu razão ao Visconde, mas Emília protestou:

— Não! Nada disso. Se o soltarmos, vai correndo a Micenas e conta a história das minhas viradas e pronto — estamos no maior dos embrulhos. Ele que fique até o fim. Depois da última aventura nós o soltaremos a ele e ao Asno de Ouro.

O centaurinho vinha no galope com o jantar aos ombros.

Todos suspiraram. Emília disse:

— Ando com medo que de repente viremos rebanho. Já estou tão enjoada que só de pensar em carneiro já sinto um embrulho no estômago. Hoje só quero frutas — e mandou que Melampo montasse no asno e fosse em busca de frutas — figos, maçãs, morangos, o que houvesse. Melampo foi, mas como não encontrasse fruta nenhuma pelas redondezas teve a ideia absurdíssima de ir procurá-las na feira de Micenas. E lá... ah!... lá foi pilhado pelo seu pai e agarrado, de modo que Lúcio voltou num trote muito sem jeito e de lombo abanando.

— Que é de Melampo? — indagou Pedrinho, já com um pressentimento nas tripas.

— Foi ao mercado em busca de frutas e lá o pai o agarrou...

Era a pior coisa que podia acontecer. Pedrinho ficou pálido como cera.

— Estamos perdidos!... Daqui a pouco vem cá o exército inteiro do "antipatia" nos assaltar que nem uma Alemanha e como é? Tenho de prevenir Hércules.

O herói também não gostou daquilo. Ficou no ar, sem saber que fazer. Chamou Emília.

— E agora, figurinha?

— Agora — disse ela — o remédio é um só: partirmos já, já, já — e quem vai montado no Lúcio sou eu.

Depois pediu ao herói que recuasse a pedra que escondia os seus "bilongues". Estava com medo de deixar lá a canastrinha.

Hércules afastou a pedra e Emília tirou do fundo a canastra. Abriu-a e guardou lá dentro mais uma lembrança: a mensagem a Hipólita. Ao ser aprisionada a bordo, a rainha das amazonas deixara cair do cinto o pergaminho — e Emília bifou-o.

Não era fácil levar aquela canastra em cima do lombo de Lúcio. Pedrinho veio estudar o caso.

— Só com um contrapeso — disse ele. — As cargas dos asnos têm que ser duas, uma de cada lado.

— Pois arranje um contrapeso.

Pedrinho pensou, pensou. Teve uma ideia.

— O Visconde!... Com as muletas o Visconde mal pode aguentar-se em cima do centaurinho. Faço um picuá de cipó e ponho-o como contrapeso da canastra.

E assim foi. Meioameio voou à floresta em busca de cipós. Pedrinho teceu com muita habilidade um picuá onde o sabuguinho podia ir comodamente reclinado.

— Venha, Lúcio!

O asno aproximou-se, suspirando. Pedrinho dispôs sobre o seu lombo o picuá, já com o Visconde contrapesando a canastra.

— Ótimo!... Até galopar com isso em cima Lúcio pode.

Em seguida montou Emília e pulou para o lombo de Meioameio.

— Pronto, Hércules! Podemos partir.

O herói tomou a frente, em marcha rumo à ilha de Erítia. Nesse momento soou um tropel de cavalos à distância. Eram os homens de Euristeu. Tudo exatinho como a ex-boneca previra. Melampo contara ao pai a história das viradas da Emília e a notícia breve se espalhou pela cidade inteira. Os pais e parentes dos dezenove meninos virados em objetos foram ao palácio dar queixa a Euristeu.

— Majestade, a feiticeirinha que anda em companhia de Héracles usou dum talismã mágico e virou nossos filhos em objetos. Melampo, o único que se salvou, acaba de reaparecer e nos contou tudo.

Euristeu olhou para Eumolpo. Depois avermelhou de cólera e deu um grande berro:

— Já! Ordeno aos meus guardas reais que partam sem demora a cavalo em perseguição de Hércules e do seu bando. Quero-os aqui, vivos ou mortos!...

Minutos depois cem cavaleiros partiam a toda para o *camping* dos picapaus, com Melampo à frente levado como guia.

Mas nada mais encontraram a não ser a fogueira dos assados ainda fumegantes e os destroços comuns a todos os acampamentos.

— Maldição! — exclamou o comandante. — Fugiram...

Hércules e o seu bandinho já estavam a uma légua dali.

10 – OS BOIS DE GERIÃO

Hércules seguia na frente. Depois vinha Meioameio com Pedrinho no lombo. O asno Lúcio, com Emília montada de banda como as mulheres que usam silhão e com o Visconde no picuá, vinha na retaguarda. Aposto que bem poucos sabem o que é "silhão" e o que é "picuá"!...

Silhão é uma sela de um estribo só, em que as mulheres de saia comprida cavalgam de banda; as que usam culotes montam à moda dos homens. E picuá é uma coisa facílima de compreender, *vendo* — mas difícil de explicar com palavras. Uma espécie de dois bolsos ligados entre si, de modo que cada um fique numa banda do animal. E a carga que vai num dos bolsos faz contrapeso à que vai no outro.

Pedrinho havia feito um picuá de cipó, de modo que a canastrinha ficasse dum lado como contrapeso do Visconde, e o Visconde ficasse do outro lado como contrapeso da canastrinha. E assim, um contrapesando o outro, o picuá se equilibrava muito bem sobre o lombo de Lúcio.

O asno já não dava suspiro nenhum. Que gostosura lhe foi ver-se livre de Melampo! Emília era um peso-pluma. Quanto pesaria na balança? Uns oito quilos, se tanto. E o Visconde? Ah, esse não chegava nem a um quilo. Mas como, então, podia servir de contrapeso a uma canastrinha cheia de coisas, onde havia até uma pena de bronze? A explicação é que o Visconde pesava pouco, mas sua ciência pesava muito.

Emília, de prosa com Lúcio, fê-lo contar sua vida inteirinha desde que nasceu. Depois perguntou:

— Que ideia aquela de virar coruja?

Lúcio respondeu depois de profundo suspiro:

— Arrastamento. Puro arrastamento. Vendo a velha virar em coruja e sair pela janela, fui arrastado a fazer a mesma coisa. Não acontece isso a você às vezes?

— Está claro que acontece. Mas como é que vai pegar uma pomada de coruja e pega uma de quadrúpede? Não havia rótulo nos potinhos?

— Havia, mas estava escuro no quarto da velha, e talvez os rótulos estivessem trocados justamente para castigo dos intrusos. Essas feiticeiras são umas danadas — e a prosa foi por aí afora.

Pedrinho também não parava de conversar com Meioameio.

— Que mina, isso da gente ser metade homem metade cavalo! Fica-se com as vantagens dos dois — a enorme força, os quatro pés e a velocidade dos cavalos e a inteligência e a fala do homem. Mas uma coisa não compreendo: como é que sendo vocês, centauros, tão superiores a nós não centauros, tendo o mesmo cérebro que nós e muito mais força física e meios naturais de defesa, como é que não dominaram os homens?

Meioameio, que já estava com a inteligência bem desenvolvida e tinha observado e aprendido muita coisa, deu uma resposta certa:

— Por causa dele — e apontou para Hércules com o beiço.

— Como?

— Por causa dele, sim. Quem foi que destruiu quase todos os centauros? Ele. Como é que os centauros hão de dominar os homens, se ele não deixa haver centauros? Há pouquíssimos hoje. Nossa raça está se perdendo — por quê? Por causa dele...

Hércules seguia lá adiante, imerso em pensamentos. Estava a parafusar em Gerião. Como seria realmente esse Gerião? Cada qual afirmava uma coisa. Um, que era filho de Crisaor (o irmão de Pégaso) e da oceânide Calírroe; e que nascera com três cabeças e seis pernas. Outros davam-lhe seis cabeças e três pernas — uma grande trapalhada. Mas fosse como fosse, nada mais terrível do que esse monstro da ilha de Erítia, dono de bois ainda mais belos que os de Creta.

Como todos os grandes heróis, Hércules no começo duma aventura mostrava-se inquieto; o sangue-frio só lhe vinha, e da maneira mais absoluta, quando defrontava o perigo.

E assim lá seguiam eles de rumo à ilha de Erítia, cada qual preocupado com uma ordem de ideias.

Chegados à costa, Hércules mandou Pedrinho em busca de um navio que os levasse à ilha e ficou sentado por ali, num grande desânimo só de pensar no enjoo que ia padecer. Pedrinho conseguiu um bonito barco a vela de sessenta toneladas — um verdadeiro iatezinho de navegação costeira. Seu capitão, o velho Agatirso, assustou-se com a presença do jovem centauro — e mais ainda com o asno falante e a aranha de cartola. Mas acostumou-se depressa. Pedrinho fê-lo contar o que sabia do rei Gerião.

— Então é rei também? — admirou-se Emília. — Que terra de reis e bois isto aqui! Quantos...

O Visconde explicou que os reis gregos nada tinham com os reis modernos. Não passavam de chefes duma cidade ou dum limitado território. Mais ou menos como um "chefe político", um "coronel" das cidades do interior. O "mandão", o "cacique".

— Sim — continuou Agatirso. — Gerião é o rei da ilha, mas um rei monstruoso. Tem três cabeças...

— Ouço dizer mil coisas — disse Pedrinho. — Uns falam em seis pernas e três cabeças, outros em seis cabeças e três pernas. Como será realmente esse monstro?

Agartirso sabia ao certo. Declarou até que já o tinha visto com seus próprios olhos.

— Tem três cabeças, sim — mas duas pernas só. A tal história das seis pernas não passa de fantasia.

— E que tal é como rei?

— Ah, a maior das pestes! Riquíssimo em rebanhos. Furta o gado de todo mundo e não há quem lhe furte um só cordeirinho...

— Por quê?

— Porque seus rebanhos são guardados não só pelo pastor Eurition, outro monstro de duas cabeças, como também por um terrível dragão de sete cabeças.

— Na ilha do Minotauro eram bois, aqui são cabeças... — comentou Emília. — Três no rei, duas no pastor, sete no dragão. Que cabeçada!...

Agatirso continuou:

— Além da sua ferocidade, Gerião tem fama de ser a criatura mais forte que o mundo jamais produziu. Luta no campo com os touros mais bravios como se fossem carneirinhos — e até o dragão o teme. E como goza de uma saúde excelente, ai de nós! Temos de suportá-lo ainda por muitos e muitos anos...

— Isso não — objetou Pedrinho. — Não é nada impossível que de repente apareça um herói que dê cabo dele.

O velho Agatirso soltou uma risada gostosa.

— Dar cabo dele? Ah, ah, ah... Gerião é invencível. Herói nenhum ousa fazer-lhe frente, fica de pernas bambas só de avistá-lo.

E vendo Hércules de olho muito branco, caído por ali, já arrasado pelo enjoo, cochichou para Pedrinho:

— Está vendo? O seu herói só de ouvir falar em Gerião já está bambo.

— Oh, não! — explicou Pedrinho. — Aquilo é enjoo. Hércules suporta tudo no mundo, menos viagem de mar. Ah, enjoa mesmo, vomita até os bofes.

Agatirso fingiu engolir a explicação; no fundo estava convencidíssimo de que a doença do herói era puro medo.

Muitas coisas ainda contou o velho capitão do barco. O rei de Erítia juntara o seu maravilhoso rebanho à custa dos vizinhos. Ia avançando nas terras alheias e pegando o mais bonito. Ficou assim com a flor do gado das redondezas.

— E dele ninguém tira um carrapato, de medo do pastor de duas cabeças e do dragão, sei — disse Pedrinho. — Mas quer apostar que Hércules varre com essa cabeçaria toda e leva os bois de Gerião para Micenas? Foi a ordem que recebeu do rei de lá — e quando Hércules recebe uma ordem do tal rei, cumpre-a com o maior rigor. Quantas coisas tremendas já não o vimos executar! — e desfiou a história dos Nove Trabalhos de Hércules já realizados.

Mesmo assim Agatirso olhava com desprezo para o "herói enjoado" e sorria com o maior ceticismo. Positivamente não acreditava que aquele massa-bruta valesse alguma coisa. Marinheiro que não enjoa despreza o embarcadiço que enjoa.

OCEANO

Aqueles mares da Grécia tinham um azul especial, um azul muito anilado e transparente. A conversa passou de Gerião para o mar.

— O mar é o meu elemento — disse o velho marujo. — Desde bem menino que moro sobre as ondas. Posêidon é o meu grande deus.

O Visconde sabia mais de Posêidon, ou Netuno, do que aquele velho marujo. Emília deu-lhe a palavra.

— Fale de Posêidon, Visconde.

O sabuguinho tossiu o pigarro e falou.

— Posêidon é uma das grandes divindades do Olimpo, irmão de Zeus e Plutão, o deus dos infernos. Para mim o maior dos deuses é justamente Posêidon, porque o mar é muito maior que a terra. Pelo menos é o deus com maior número de adoradores, porque no mar há milhões de vezes mais vidas do que na terra.

— E filho de quem era esse deus? — perguntou Emília.

— De Saturno. Este Saturno era o tal que devorava os filhos — e se não devorou Posêidon foi porque sua esposa Reia o enganou: apresentou-lhe embrulhado num pano um potrinho recém-nascido. Saturno devorou-o certo de que era o filho.

Emília fez cara de superioridade.

— Que reis e que deuses há por aqui! Comer carne de cavalo pensando que é carne humana...

Pedrinho admirou-se daquela observação.

— Ora esta! Como podia ele distinguir?

— Pois se eu fosse Saturno distinguia perfeitamente.

— Como, Emília, se você jamais comeu nem uma carne nem outra?

Emília viu que era mesmo e calou-se. O Visconde prosseguiu:

— Os três grandes filhos de Saturno, salvos de sua fome, foram Zeus, Posêidon e Plutão. A Posêidon coube o reino das águas, os oceanos, os rios e mares — por isso recebeu o tridente como símbolo do seu império.

— Como é que um tridente — ou garfo de três dentes — pode ser símbolo dum império?

O Visconde explicou muito bem.

— O império das águas é habitado por peixes e outros animais "caçáveis" com espeto, ou com tridente, ou com fisga. Melhor dizermos fisga. O tridente de Netuno era uma fisga de três pontas, com a qual ele fisgava os peixes que queria e também cutucava os cavalos da sua carruagem marinha. E furava a terra para dar nascimento aos rios. E quebrava rochedos, e batia nos vagalhões para apaziguá-los. Ora, nada disso Netuno poderia fazer com um chicote, por exemplo, ou com uma colher, ou com esses cetros todos bordadinhos que

os reis de hoje usam. Nada mais natural, pois, que o tridente ficasse como o símbolo do império das águas.

— *Uf!...* — exclamou Emília. — E onde arranjou o tal tridente?

— Dizem uns que lhe foi dado pelo seu irmão Zeus. Outros, que foi um presente dos Ciclopes, aqueles gigantes de um só olho na testa. Agradecidos a Netuno por haver sustentado a causa de Zeus na luta contra os titãs, deram-lhe o tridente.

— Que história é essa? — exclamou Pedrinho. — Pois Netuno, irmão de Zeus, lá podia ser contra ele?

— Podia e foi inimigo de Zeus durante muito tempo, quando morava no Olimpo. Várias vezes conspirou contra Zeus, de cujas ordens fazia pouco-caso. Daí vêm a sua expulsão do Olimpo e o seu exílio para a Tróade, onde, ajudado por Apolo, ergueu os muros da cidade de Troia.

— Estou gostando de Netuno — disse Emília, que era muito revolucionária. — Rebelar-se contra Zeus — que lindo!...

O Visconde continuou, com grande admiração do velho Agatirso, que apesar de grego era muito fraco em mitologia:

— Ah, era um deus vingativo e terrível. Foi quem suscitou o monstro que destruiu a Tróade, e mais tarde aquele outro que quase devorou Andrômeda, e depois o touro maravilhoso que emergiu das águas e Minos não teve ânimo de sacrificar. Durante a guerra de Troia tomou o partido dos gregos e daí veio o desastre dos troianos.

Fez mil coisas, inclusive contestar a Palas o direito de ser a padroeira de Atenas. A fim de decidir a briga, Zeus declarou que daria Atenas a quem fizesse o mais útil presente aos homens. E vai Netuno, então, bate na terra com o tridente e faz surgir o cavalo, animal que até aquele momento não existia...

— Espere, Visconde! — berrou Emília. — Se o cavalo não existia e foi criado por Netuno, como é que sua mãe enganou Saturno, dando-lhe a comer um potrinho em vez do próprio filho recém-nascido?

O Visconde suspirou.

— Ah, isso é um dos maiores mistérios da mitologia. Muitos sábios já quebraram a cabeça no estudo do problema. Eu não sei. O que sei é que, apesar do cavalinho que Saturno comeu, quem com um golpe do tridente deu origem ao cavalo foi Netuno. O cavalo iria ser o maior amigo do homem. Era, pois, o maior presente que um deus poderia fazer à humanidade.

— E derrotou Palas?

— Não. A inteligentíssima Palas contrapôs ao cavalo outro presente de ainda maior utilidade: a oliveira.

Emília protestou. Não concordou que a oliveira fosse de maior utilidade que o cavalo, porque "sem a oliveira os homens se arranjariam perfeitamente, mas sem o cavalo, como? Diz Dona Benta que sem o cavalo o homem estaria até hoje andando a pé".

— Pode ser — disse o Visconde —, mas Zeus não pensava assim — e quem ficou a padroeira de Atenas foi Palas, em vez de Netuno. E vai Netuno então e, furioso, lançou o mar contra toda a Ática e a submergiu. É na Ática que fica Atenas.

— Sei disso. Já estive lá. E depois?

— Depois casou-se com Anfitrite — e foi grande vitória sua, porque esta filha de Oceano e Dóris não queria saber dele. Achava-o muito feio e até repugnante. Aquelas barbas verdes de algas marinhas, aquela catinga de maresia... E além disso era o pai de quanto monstro há nos oceanos.

— E onde mora Netuno? — quis saber Pedrinho.

— No fundo do mar Egeu. É lá que tem os seus famosos cavalos-marinhos de crina de ouro e patas de palmípede, impetuosíssimos. Às vezes também usa uma carruagem em forma de concha, puxada por quatro delfins.

— Deve ser imponente Netuno a galope nesse carro!...

— Imponentíssimo! Ele sai de diadema de pérolas e nácar na cabeça, com o tridente numa das mãos e outra estendida como para acalmar as ondas. E quando anda nessa grande concha por sobre a tona do mar amansado, os monstros marinhos sobem das profundezas e seguem-no, e os delfins brincalhões vão rebolando na frente.

— Estou achando muita graça nos deuses gregos. Eles, a bem dizer, não são deuses — são verdadeiros romances policiais. Bem diz Dona Benta que nunca houve imaginação mais rica que a dos gregos.

Pedrinho estava pensando em Andrômeda. Quis saber quem era. O sabuguinho contou.

— Andrômeda era filha de Cefeu, rei da Etiópia, e de Cassiopeia, sua esposa. Um dia Cassiopeia teve a audácia de disputar um concurso de formosura com as nereidas do séquito de Netuno — e Netuno, furiosíssimo, lançou contra o reino de Cefeu um monstro horrendo. Cefeu, no maior desespero, consultou o Oráculo de Amon, que era o oráculo de Delfos lá da África. E o Oráculo de Amon responde que o meio de aplacar a ira de Netuno era expor à fúria do monstro a bela Andrômeda.

— E o pai malvado teve a coragem de fazer isso...

— Sim, deixou que a linda jovem fosse entregue às nereidas, as quais a amarraram a uma penedia da praia para que o monstro a comesse.

— E comeu-a? — perguntou Emília aflita.

— Quase. Quando foi chegando com aquela imensa boca vermelha escancarada, eis que aparece... adivinhe quem?

— Hércules?...

— Não! Perseu, o mesmo que matou a Górgona. Vinha montado... adivinhe no quê?

— Em Pégaso! — berrou Emília.

— Sim, em Pégaso. Perseu matou o monstro e... adivinhe o que fez?

— Desamarrou-a e casou-se com ela...

— Isso mesmo. Você é uma danadinha para adivinhar, Emília.

Agatirso estava de boca aberta. Nunca imaginou que pudesse haver tanta ciência na barriga de uma aranha de cartola.

Nisto um dos marinheiros da barca deu um grito:

— Terra! Terra!...

Hércules, que estava caído à popa, com os olhos mais brancos do que nunca, deu um suspiro...

NA ILHA DE GERIÃO

O desembarque operou-se como das outras vezes, com o herói apoiado ao ombro de Meioameio, mais bambo do que se tivesse levado uma boa sova do tridente de Netuno. Pedrinho teve de repetir a mesma cura de "herói enjoado", lá das praias de Temiscira. Depois que se viu "novo", Hércules disse:

— Bom. Agora temos de arquitetar um plano. A força do rei desta ilha já sei que está sobretudo no dragão de sete cabeças e no pastor de duas. Tenho de me aproximar com muito jeito para dar cabo do dragão e do pastor — só depois irei justar contas com o rei monstruoso.

— Como vai atacar o dragão, Lelé? — quis saber Emília.

— Com as minhas flechas — e ao dizer tirou-as do carcás e examinou-lhes as pontas. Desde aquela aventura em que se viu quase perdido diante de um monstro porque Emília havia "humanizado" as suas flechas, o herói nunca mais se meteu a uma empresa sem primeiramente examiná-las.

— Fiquem aqui — disse ele. — Vou sozinho — e lá se foi.

Os picapaus ficaram ouvindo as histórias de Agatirso. Não há velho marinheiro que não saiba de muita coisa interessante relativa ao mar. Pedrinho, que era um grande pescador lá no ribeirão do sítio, só queria histórias de peixes. Já Emília só se interessava pelas de monstros.

— E a tal serpente marinha de que falam tanto? — perguntou ela. — Nunca jamais encontrou alguma?

Não há marinheiro que não fale das serpentes marinhas que vivem nas grandes profundidades e às vezes sobem à tona. Agatirso também tinha a sua.

— Certa vez — disse ele —, vindo eu em minha barca da ilha de Paros para a de Naxos, dei de repente com um mar agitadíssimo, mas duma agitação diferente de todas as que eu conhecia. Era como se lá no fundo estivesse havendo um terremoto. Não posso compreender como me salvei. Que vagalhões horríveis! Levantavam-se como torres e depois afundavam como verdadeiros abismos. Uma hora levei assim, agarrado ao toco de mastro de meu bote...

— Por que ao toco?

— Porque era só o que restava do lindo mastro de meu bote. Já no começo um vagalhão o despedaçou como se fosse uma hastezinha de capim seco. Ficou o toco — e muito que isso me valeu. A ele me agarrei de unhas e dentes durante mais de uma hora. Por fim a tormenta foi serenando — e eu respirei. Estava salvo, graças à bondade de Palas, a minha padroeira. E foi então que vi uma coisa nunca vista em meus anos e anos de voga nestes mares.

— Viu a serpente marinha...

— Sim, vi... Mas no primeiro momento, nem compreendi o que fosse. Uma cabeça hedionda e como que aflitíssima borbotava pela boca muito aberta uma porção de coisas vermelhas. E aquele enormíssimo corpo de cobra boiava sobre o mar como uma série de ss emendados. Lá no fim, a cauda — uma cauda que batia na água. O monstro deu-me a ideia de estar na agonia. Um vagalhão arrancou dali meu barco — e foi só. Não enxerguei mais nada.

Agatirso enxugou a testa. A simples lembrança daquelas cenas fazia-o suar. O Visconde deu uma explicaçãozinha muito boa.

— É que tinha havido no fundo do mar algum terremoto, ou alguma súbita erupção vulcânica, e o convulsionamento das águas deslocou uma dessas serpentes marinhas das grandes profundidades, arremessando-a à superfície. Ora, a diferença de pressão é muito grande e o organismo do monstro não suportou a súbita passagem da alta pressão do fundo para a pouca pressão da tona — e estourou.

— Como estourou?

— Rebentou-se todo por dentro, por falta de pressão. É por isso que este homem a viu botando para fora todas as vísceras. O que ele viu foi uma serpente marinha lá das profundas, estourada em consequência da pouca pressão atmosférica da superfície.

O velho marinheiro ficou admiradíssimo da segurança do Visconde, embora não entendesse aquela história de "pressão atmosférica".

E ainda estavam a falar em serpentes marinhas e peixes, quando Hércules reapareceu.

— O caso é difícil — disse ele. — O dragão oculta-se numa das várias cavernas lá existentes. É delas que inopinadamente salta sobre os atacantes. Perto está sempre o pastor de duas cabeças. Quem ataca o pastor arrisca-se a ser atacado pelo dragão — e não podendo prever de que caverna vai sair o dragão, pode ser apanhado de surpresa. Vim pensar sobre o que fazer.

Hércules na verdade não tinha vindo pensar coisa nenhuma e sim saber a opiniãozinha da Emília. Percebeu logo que era um desses casos em que a inteligência vale mais que a força bruta. E olhou para ela.

Emília segurou o queixo e pôs-se a refletir. De repente disse:
— Heureca!...

Todos ficaram muito atentos, curiosos de saber o que ela havia "heurecado". Emília ainda pensou mais um bocadinho, como que aperfeiçoando a ideia. Depois perguntou:

— Quantas cavernas são?
— Umas vinte.
— Pois o jeito é um só, Lelé: descobrir em que caverna mora o dragão. Feito isso, o resto se torna fácil.
— Sim — concordou o herói. — Se eu tiver a certeza de que o dragão está neste ou naquele buraco, posso atacar o pastor e em seguida apontar minha flecha para a boca do buraco certo.

— Exatamente — concordou Emília. — Podemos fazer uma coisa: vou junto com você e lá aplico o meu meio de descobrir a caverna certa de onde vai sair o monstro.

— Que meio é esse? — indagou Hércules — e ela, muito espevitada:

— Não posso dizer — perde o efeito. Mas juro que marco direitinho qual é a caverna do dragão.

Hércules deu a mão à Emília e lá se foram. Pedrinho pensou consigo: "Qual será o meio que ela vai usar? O faz de conta ou a varinha de condão?".

De um certo ponto, entre duas grandes pedras, Hércules mostrou à Emília, lá longe, o pastor de duas cabeças e as várias cavernas. Numa estava o dragão, mas em qual? Quem fosse lutar com o pastor podia ficar com o dragão pelas costas — e como era? A prudência mandava, primeiro certificar-se do ponto certo onde se escondia o dragão: só em seguida atacar o pastor.

Hércules pôs os olhos em Emília como quem diz: "E então?". Emília ergueu para ele a sua carinha cavorteira e disse:

— Nada mais simples. Tape os olhos que eu já digo em que caverna está o dragão.

Hércules tapou os olhos — e Emília, muito rápida, foi apontando com o dedinho para as cavernas e dizendo lá consigo: "Faz de conta que não está nesta — nem nesta — nem nesta", e assim apontou todas menos uma. "Logo, está nesta última." E para Hércules, alto:

— Pronto! Já resolvi o problema. O dragão está escondido naquele buraco da esquerda — aquele lá... — e apontou bem direitinho.

Hércules ficou assombrado. Não podia compreender de que maneira ela chegara a semelhante conclusão. Quis saber. Indagou.

— Não digo! — respondeu a diabinha. — Tenho os meus segredos, como Medeia tem os dela...

O herói não insistiu. Ninguém no mundo estava mais convencido de que o pelotinho humano era na realidade uma curiosíssima feiticeira dos séculos futuros. E, sendo assim, não teve a menor dúvida de que o antro do monstro fosse realmente o indicado.

— Então posso atacar o pastor, certo de que o dragão vai sair daquela caverna?

Emília respondeu com majestosa segurança:

— Pode!

Era o tom de Medeia e Circe. Era o tom dos oráculos. Era o tom de Palas — e Hércules não duvidou nem por um milésimo de segundo.

— Bom. Fique aqui — disse ele. — Vou dar a volta e atacar o pastor por aquele lado de lá.

— Por quê?

— Porque assim ficarei de frente para a caverna do dragão. Meu receio era atacar o pastor pela frente e ter o dragão pelas costas.

Emília ficou ali e Hércules deu a volta para atacar o pastor do ponto certo. Teve de ir agachado e oculto pelas pedras. Se se erguesse, o pastor o veria imediatamente, porque uma criatura de quatro olhos vê ao mesmo tempo a norte, sul, leste e oeste.

Súbito, Hércules pôs-se de pé num pulo, já com o arco esticado — e a primeira flecha voou, assobiando. O pastor viu o pulo de Hércules e também levou a mão ao arco — mas a flecha de Hércules o pegou antes que ele lançasse a sua. E logo a seguir foi alcançado por outra. Não era preciso mais. Duas cabeças, duas flechas…

Tudo ocorreu num abrir e fechar de olhos, mas mesmo assim o dragão oculto numa das cavernas pressentiu o que se passava lá fora e apareceu… Apareceu justamente na boca da caverna indicada por Emília!

"Exatinho como eu disse", pensou a ex-boneca. "O meu 'faz de conta' é infalível…"

Ao ver surgir o dragão, Hércules enviou-lhe uma flecha à cabeça número um, atingindo-a num dos olhos. O herói tinha de lançar sete flechas, uma para cada cabeça, mas isso antes que o dragão o alcançasse. E com que rapidez vinha o dragão em seu rumo! Só a extrema rapidez dos flechaços o salvaria. E Hércules, *zás, zás, zás…* duas, três, quatro, cinco, seis flechas, todas muito bem cravadas em cada olho direito de cada uma das seis cabeças. Faltava só a sétima — mas não houve tempo: o dragão estava próximo demais para o tiro de flecha quase junto dele. Hércules então recorreu à clava — e com um só golpe — mas DAQUELES!!! — amassou a sétima e última cabeça do monstro como uma pessoa qualquer amassa uma bola de papel de estanho. Emília ouviu o *blaf* e viu o dragão cair estrebuchante. Das seis cabeças atingidas uma língua muito vermelha ainda saía e entrava, e a ponta da cauda do monstro "fazia assim", agitada pelo veneno…

AVÉ! AVÉ! EVOÉ!

—*Avé! Avé! Evoé!...* — berrou Emília lá onde Hércules a deixara — e foi correndo ver os dois monstros vencidos. Mortos, mortíssimos... E que portentos! Um homem de duas cabeças é tão horrível como um homem sem cabeça nenhuma. Produz na gente o verdadeiro arrepio do horror. E o dragão era um lagarto enorme com enxerto de outros bichos — verdadeira monstruosidade de pesadelo. Não tinha a cor verde do dragão de São Jorge que ela vira na Lua; era malhado de preto e amarelo. Emília pensou: "Levo ou não levo uma lembrança destes monstros?". Mas deu uma cuspidinha de lado: "Não vale a pena".

Depois de contemplar por alguns instantes as suas vítimas, Hércules pensou em Gerião. Como abordá-lo? Os reis vivem em palácios, e invadir um palácio é o mesmo que invadir um lar. O lar é inviolável. O jeito era um só: ficar de tocaia por ali até que o rei aparecesse. Gerião logo saberia do acontecido e fatalmente viria ver o que houve. E assim pensando Hércules resolveu esconder-se numa das cavernas e esperar. Tomou Emília pela mãozinha e foi para a de onde saíra o dragão. Entrou.

O teto da caverna estava todo enfeitadinho de pingentes negros: uns morcegões que se assustaram e lá se sumiram mais para o fundo. Hércules sentou-se, com Emília ao colo.

— Como foi que descobriu a caverna certa? — perguntou-lhe. — Conte o grande segredo.

— Pois é o faz de conta, Lelé. Desde que eu fiz de conta que não era nas outras cavernas que o dragão estava, então tinha de ser nesta...

Hércules fez cara de quem não entendia aquela história.

— Escute — explicou Emília pegando-lhe na mão. — Você tem aqui cinco dedos. Se tira quatro quantos ficam?

— Fica um...

— Exatamente. Pois foi o que fiz com as cavernas. Eram vinte. Tirei dezenove — ficou uma: esta aqui... Tão simples.

Emília achava simples, mas para Hércules o mecanismo do "faz de conta" era um mistério verdadeiramente impenetrável.

— O que me admira — disse ele — é que esse processo não falha nunca...

— Nem pode falhar — ajuntou Emília. — Se você faz de conta que uma coisa não é, está claro que ela não é. Se você faz de conta que é, está claro que é. Tão simples.

Estavam nessa discussão quando um rapagote, de passagem por ali, estranhou a ausência de Eurition e correu os olhos em redor. Ao descobrir o seu cadáver, e logo adiante o do dragão, deu um berro de pavor e saiu voando rumo ao palácio do rei.

— Majestade — encontrei Eurition e o dragão mortos a flechaços!...

Gerião estufou de surpresa, fúria e ódio; como tivesse três cabeças, fazia cada coisa com uma — surpreendia-se com a primeira, enfurecia-se com a segunda e odiava com a terceira. Para falar também usava as três bocas: dizia uma palavra com a primeira, dizia a seguinte com a segunda e a imediata com a terceira; depois, *da capo* à primeira, como nas músicas.

Mas ao ouvir aquilo Gerião nada disse. Estufou só. Faiscou com os olhos e saiu a passos precipitados, rumo ao pedregal das cavernas, conduzido pelo rapazola.

Hércules e Emília viram-no sem ser vistos. Que estranho gigante aquele! Três cabeças e seis braços, e além do mais uma curiosa espécie de asas egípcias. Trazia três escudos nos braços esquerdos e três lanças nas mãos direitas. Hércules percebeu logo que a luta ia ser tremenda, pois era um gigante equivalente a três. Suas flechas de nada valeriam contra tantos escudos, e sua clava teria contra si a réplica de três lanças agindo simultaneamente. Que fazer? Hércules olhou para Emília.

Num relance a "dadeira de ideias" apreendeu a essência do caso e disse:

— Ele é fortíssimo da cintura para cima e fraco da cintura para baixo?

— Por quê?

— Porque tantas cabeças, tantos braços, tantos capacetes, escudos e lanças, são muita coisa para só duas pernas. Esqueça o que está da cintura para cima e ataque as pernas. Demolida a base, a torre cai.

O rosto de Hércules iluminou-se. Não podia haver coisa mais clara — e nem ele, nem todos os heróis que anteriormente haviam lutado com Gerião tinham percebido aquele ponto vulnerável!...

Hércules ajeitou ao arco uma flecha e emergiu da caverna. Gerião imediatamente o avistou. Quem dispõe de seis olhos em três cabeças não perde nada e vê depressa. Gerião viu-o e fechou-se na defesa, coberto pelos três escudos e os três capacetes de bronze — mas a seta de Hércules não veio apontada para as "partes nobres do corpo", o peito, o coração, a cabeça, e sim para a humilde parte do corpo chamada joelho — e lá entre os ossinhos do joelho direito de Gerião se cravou a primeira seta do herói. E a segunda seta, vinda logo atrás da primeira, também se cravou no joelho esquerdo. Ah, foi a conta!... Gerião, com todas as suas cabeças e todos aqueles braços e escudos e lanças e capacetes, desabou como essas grandes chaminés de tijolo quando uma explosão de dinamite rebenta na base. Um peito de herói pode ser tremendo, o coração do herói pode ser como o de Ricardo Coração de Leão; mas se o joelho dobra, aquilo tudo lá por cima vem logo abaixo, de cambulhada.

Escangalhado nos joelhos, Gerião, o monstruoso rei invencível, desabou em cima dos corpos de Eurition e do bicho de sete cabeças. Hércules aproximou-se e facilmente o matou com três golpes de clava — *pã, pã, pã* —, um em cada crânio.

— *Avé! Avé! Evoé!...* — berrou Emília, correndo a arrancar um botão de ouro da túnica do gigante — um lindo *souvenir*.

Hércules contemplava os três cadáveres. Quanto havia sofrido o mundo ali dos arredores por causa da associação daqueles três monstros! Já fortíssimos individualmente, com a associação se haviam tornado invencíveis. Mas lá estavam por terra, extintos. Por quê? Porque não haviam contado com o valor de Hércules em íntima associação com a esperteza da Emília. O herói estava compreendendo o valor da "associação".

Muito bem. Euristeu lhe havia ordenado que levasse para Micenas os bois de Gerião. Não lhe ordenara que desse cabo desse rei. Mas como tomar os seus bois sem matá-lo? E como matá-lo sem preliminarmente matar ao pastor Eurition e ao bicho de sete cabeças?

A primeira parte do Décimo Trabalho estava executada — e Hércules iria ver como fora simples diante da segunda parte: o transporte da boiada de Gerião para Micenas. O problema do transporte sempre foi muito sério em todos os países, sobretudo na antiguidade, antes das estradas de ferro, dos caminhões e automóveis, dos grandes navios e mais meios existentes hoje. Na Grécia daqueles tempos só havia o lombo de animal, a carreta de duas rodas... e que mais?

Só. Os próprios deuses não iam além da carreta. Tinham-nas mais enfeitadas e ricas do que a dos homens — mas que era o carro de Apolo se não uma carreta? E a carruagem de Netuno? Essa nem carreta era, sim um trenó, já que não tinha rodas. Tanto os homens como os deuses não iam além da carreta.

Como transportar tantos bois dali a Micenas? Hércules e Emília foram ver a boiada de Gerião. Encontraram-na invernando numa pradaria ótima.

— Que capim é este? — perguntou Emília — e sua pergunta ficou sem resposta porque Hércules não entendia nada de forragens. Emília viu logo que não era o catingueiro lá do sítio de Dona Benta — e guardou uma folhinha para o Visconde classificar.

Bem numerosa a ponta de gado de Gerião. Numerosa para aquele tempo e aquela ilha, mas longe de equivaler ao gado de uma grande fazenda moderna. E nada de zebu. Tudo gado europeu.

— Quantas cabeças acha que há aqui, Emília? — perguntou Hércules, que era um "perna de pau" em matéria de cálculo.

Emília correu os olhos e disse:

— Quinhentas e dez, fora os bezerrinhos de ano.

Hércules caiu em meditação. Como botar em Micenas toda aquela boiada? Consultou Emília, e ela:

— Euristeu não sabe quantos bois existem aqui, de modo que tanto faz levar todos como uns dez apenas. Além disso, acho uma grande injustiça pegar estes bois roubados aos criadores vizinhos e levá-los a um rei distante e tão antipático. O justo será entregá-los aos seus verdadeiros donos e levar para Micenas só uma pequena amostra, aí uns dez ou doze…

Hércules achou simplesmente maravilhosa a ideia.

A BOIADA

Enquanto esperavam pela volta de Hércules, os outros, lá na praia, ouviram mais coisas do império de Netuno contadas pelo Visconde. Como sabia coisas o raio do sabugo!

— Antes de Netuno, quem era o dono do mar? — perguntou Pedrinho.

— Antes? Era Nereu, filho do Oceano e da Terra. Nereu desposou Dóris e teve cinquenta filhas, as tais nereidas que mais tarde a deusa Flora admitiu em sua corte e transformou em náiades, dríades e napeias.

— Admitiu-as para quê?

— Para que tomassem conta do riquíssimo tesouro do seu império. Essas ninfas casaram-se com os filhos de Tritão e passaram a morar nas grutas cheias de avencas e samambaias, nas úmidas barrocas dos rios, nas clareiras das matas onde folgam os faunos e silvanos. Logo que Netuno se sentou no trono das águas, outorgou ao velho Nereu o dom de tomar as formas que quisesse. Nereu tornou-se também um hábil adivinho — e foi quem previu a queda de Troia. Mora num recanto do mar Egeu, rodeado de muitas nereidas que o divertem com cantos e danças. É um velho muito calmo, muito justiceiro e moderado em tudo. Tem olhos verdes e barba cor do céu.

Pedrinho perguntou ao marinheiro se por acaso havia visto alguma nereida.

— Sim — respondeu Agatirso. — Vi duas numa praia da ilha de Naxos.

— E as tais dríades e napeias? Também viu alguma?

— Muitas. As napeias são as ninfas das campinas, e as dríades são as ninfas das árvores. Cada velha árvore das florestas tem a sua dríade morando ali.

Pedrinho mostrou-se cético nesse ponto.

— Está aí uma coisa que só vendo.

— Pois vi muitas, como também já topei com várias hamadríades...

— Quais são essas?

— As que moram dentro das árvores. Quando derrubam as árvores, elas se libertam e ficam vagueando pelas redondezas...

Lúcio e o centaurinho pouco falavam, mas ouviam com a maior atenção. Súbito, Meioameio tomou a palavra e disse:

— Eu também tenho visto inúmeras. O mundo está cheio dessas criaturas. E como são lindas!...

Perto da praia havia uma floresta de árvores muito antigas, quase que só carvalheiras e castanheiros seculares. Pedrinho olhou.

— Será que naquela mata há dríades?

— Claro que há — respondeu Agatirso. — Nunca houve floresta sem dríades.

— E se fôssemos lá para ver?

Foram, Pedrinho no lombo de Meioameio, o Visconde montado em Lúcio. Que mata linda! Velha como o mundo. Aqueles carvalhos deviam ter mil anos. O frescor ambiente parecia um sorvete evaporado. E tudo na penumbra, com sombras mais espessas aqui e ali e, de vez em quando, um raio de sol que furava o dossel de folhas e vinha numa lista bater no chão. Troncos musgosos. Parasitas — e aquele silêncio majestoso das grandes matas seculares.

— Olhe lá!... — exclamou Lúcio apontando para certo ponto. — A hamadríade daquele tronco está sentada em cima dele.

Pedrinho olhou. Realmente lá estava, a pequena distância, um tronco tombado já de muitos anos, todo orelhas-de-pau e outros cogumelos de cor empalamada, e avencas e samambaias. Tudo isso o menino viu, mas foi só.

— Vejo o pau podre e nada mais...

Lúcio escondera-se numa moita para não assustar a hamadríade e continuou a apontar com os olhos, dizendo:

— Pois lá está ela sentadinha no velho tronco morto. Nele habitou até o dia em que a velha árvore caiu. Libertou-se então e não sai das imediações. Passeia, dança, brinca; depois volta a sentar-se no tronco, que nem borboleta.

— E como é ela?

— Linda — respondeu Lúcio com ênfase. — Muito diáfana. Usa um lindo véu finíssimo sobre o corpo e na cabeça uma coroa de flores silvestres. Não pode existir nada mais delicado que uma hamadríade. Parece um sonho de leveza...

Pedrinho olhava, olhava e não via coisa nenhuma. Perguntou ao centauro:

— Também vê alguma coisa, Meioameio?

— Como não? E, olhe!... acaba de levantar-se. Parece que pressentiu a nossa presença. Vai fugir... Fugiu...

O Visconde também nada vira. Por quê?

A BOIADA 189

— Talvez porque vocês não sejam deste nosso tempo — sugeriu o asno. — Talvez os olhos de vocês tenham perdido a faculdade de ver certas coisas. Eu vejo perfeitamente as dríades dos bosques. Olhe, lá está uma, saindo daquela touceira... — e apontou com a língua. Meioameio confirmou a afirmação de Lúcio. Havia, sim, aparecido outra representante dessas belas "almas da natureza", e justamente a alma da mais velha árvore daquele bosque. Súbito, fugiu com extrema agilidade e leveza. É que pressentira a aproximação de um fauno.

Meioameio e Lúcio viram por ali outras hamadríades, vários faunos e três silvanos — sem que Pedrinho e o Visconde enxergassem coisa nenhuma. Não há maior lástima do que ter olhos modernos...

Quando saíram da floresta, avistaram lá ao longe uma grande ponta de gado. Era Hércules que vinha vindo com os bois de Gerião. Correram-lhe ao encontro ansiosos por novidades.

— Então? — exclamou Pedrinho. — Como foi a coisa?

— A maior das "canjas" — respondeu Emília. — "Orientei" Hércules e foi só, *zás-trás*, nó cego. "Matamos" o pastor de duas cabeças, "matamos" o dragão e depois "matamos" o tal rei.

Hércules foi leal. Não achou que Emília estivesse a gabar-se. Confirmou todos aqueles "amos".

— Ajudou-me muito desta vez, sim — disse ele. — A sua descoberta do antro exato em que se escondia o dragão foi elemento decisivo na minha vitória; e a ideia de ferir Gerião nas pernas, em vez de na cabeça e no peito, como me parecia o certo, foi a melhor ideia de Emília até hoje.

— E que vai fazer com esses bois todos?

— Entregá-los aos donos. Para Micenas só levo dez — outra lembrança ótima cá da Emília.

Hércules ordenou a Agatirso que fosse espalhar pelas redondezas a grande notícia do fim trágico de Gerião. E que os donos dos bois aparecessem para recebê-los de volta.

— E agora... — disse Hércules mudando de assunto.

— Já sei, que quer comer! — berrou Emília. — Mas desta vez o centaurinho não tem necessidade de sair pelo mundo à cata de carneiros. Assa um boi de Gerião e pronto.

À tarde só havia ali cinzas e ossos. Os mugidos em tom de lamento dos bois de Gerião choravam a morte de um companheiro. Mas o herói arrotava, feliz.

Nesse dia não houve mais nada. Ficaram por ali a digerir boi e logo que anoiteceu dormiram como anjos de papo cheio.

No dia seguinte, logo cedo, começaram a chegar as vítimas dos roubos de gado. Que alegria! Como se confessaram agradecidos ao herói pelo tremendo bem que lhes tinha feito! Gerião era a desgraça da zona. Já de anos vinha fazendo da vida ali um inferno. Depredava os campos vizinhos para apossar-se do melhor. A gratidão daqueles homens era tanta, que prometeram erguer ali um templo a Héracles, o seu grande benfeitor.

O herói mandou que fossem apartando o gado de cada um. De sua parte ele só tomava dez vacas, para satisfazer a vontade do rei de Micenas.

— E agradeçam isso cá à minha "dadeira de ideias" — disse no fim do discurso. — Se não fosse a sua sugestãozinha tão razoável, eu levaria todos estes bois para Euristeu.

A BOIADA 191

Os homens vieram agradecer à Emília, com promessas de no futuro templo de Héracles construírem também um altarzinho em sua honra.

— E com que nome devemos venerá-la, gentil menininha?

— Emília, Marquesa de Rabicó! — respondeu ela com toda a lambetice.

Naquele dia não se cuidou de outra coisa senão separar os bois deste ou daquele, sob a fiscalização de Agatirso. E no dia seguinte cuidaram da volta.

A viagem para o continente através do mar Egeu teria sido um encanto, se não fosse o inevitável enjoo do herói. Lá ficou ele novamente caído na proa, de olhos muito brancos, mais morto que vivo. Entrementes os picapaus assistiram a um espetáculo que nunca supuseram possível: a passagem de Netuno e Anfitrite em seus carros!...

Quem primeiro viu qualquer coisa, lá muito longe, foi, como sempre, Emília.

— Estou vendo!... Será baleia? Será navio?... Uma coisa estranha lá, lá bem longe! — e apontava.

Todos olharam naquela direção e realmente viram algo estranho e incompreensível. Só depois que o "mistério" se aproximou é que compreenderam — e foi um deslumbramento.

— Netuno!... O carro de Netuno...

E era mesmo. Netuno ia passando em seu maravilhoso carro de cavalos-marinhos de crinas de ouro. Como eram majestosos! Vinham nadando e espadanando a água com as mãos dianteiras, que erguiam e desciam como para cavar. Em vez de cascos tinham pés de palmípedes. A carruagem era de deslizamento, como os trenós. O deus do mar vinha imponentemente sentado com o tridente na mão esquerda e a direita estendida para as ondas em gesto de "Acalmai-vos diante de vosso deus Posêidon". À frente rebolavam inúmeros delfins brincalhões; e dum lado e de outro, adiante e atrás, volta e meia emergiam carantonhas de estranhíssimos monstros do mar.

Os picapauzinhos estavam maravilhados. Nunca lhes passou pela cabeça a possibilidade de assistirem a um tão grandioso espetáculo. Pedrinho gostou imenso do tipo de Netuno, com aquelas longas barbas verdes como algas e o diadema. Emília regalou-se com os cavalos-marinhos de pés de pato. Agatirso caíra em êxtase. Ele, um marinheiro, um homem do mar, ver o grande deus das águas em toda a sua pompa, isso era arrasador! Lúcio ficou o tempo todo de boca aberta e as orelhas espetadas para cima como espeques. Meioameio era todo olhos.

Depois do carro de Netuno passou o de Anfitrite, mais lindo ainda. Era uma enormíssima concha de nácar puxada por muitas parelhas de delfins, alvos como a neve.

Emília bateu palmas e deu gritinhos, como se aquilo fosse um carro de préstito carnavalesco. O Visconde chamou-lhe a atenção:

— Cuidado com estas deusas. São muito desconfiadas e por qualquer coisinha castigam os humanos. Palmas lá no nosso mundo é aplauso. Aqui pode ser vaia…

O mar, amansado pelo gesto de Netuno, estava que nem um espelho, sem o menor encrespamento da superfície. Em

espelho assim o céu se reflete tão lindo que quem olha só vê céu, em cima e embaixo.

Só Hércules não viu coisa nenhuma. Quando caía naquele enjoo, nada no mundo, nem Emília, o interessava. Quem quiser saber o que ele sentia, vá viajar de barco e enjoe. Que alívio quando o barco desceu a âncora num porto do continente! Pedrinho tomou a si o desembarque dos bois e a sua condução até Micenas. Boi caminha pelos próprios pés, mas tem de ser "tocado" — e eles viraram tocadores de gado. Pedrinho seguia à frente, no lombo de Meioameio; Emília em Lúcio; e o Visconde no picuá vinha atrás, em companhia de Hércules. Volta e meia Pedrinho "aboiava", isto é, cantava um som monótono, *Ôooo...* como via fazer nas fazendas de gado vizinhas de Dona Benta.

O comboio seguiu beirando a praia, com o azul do mar Egeu dum lado e a costa do outro. Súbito, gritou Emília:

— Um gavião... Uma ave qualquer esquisita!... — e apontava para o céu. Todos olharam, inclusive os bois, e realmente viram a atravessar o Egeu, muito alta no céu, uma grande ave. Vinha na direção deles, mas subindo sempre. De repente houve qualquer coisa, porque a ave vacilou, e pererecou lá em cima, perdeu o equilíbrio e começou a cair.

— Levou bala! — gritou Emília. — Vem caindo... — Sim, vinha caindo com velocidade recrescente e afinal caiu no mar bem perto da praia.

— Que será? — exclamava Pedrinho. — Ave não é. Me deu impressão dum paraquedista sem paraquedas.

Como um ponto negro, o "paraquedista" boiava sobre as ondas que o vinham trazendo à praia. A "torcida" foi grande para que chegasse logo. Era um homem. Era um náufrago do espaço. E talvez ainda estivesse vivo, apenas desacordado.

Quando o corpo trazido pelas ondas deu à praia, todos correram-lhe ao encontro.

— Que esquisito! Um homem com uns restos de asas nas costas...

O Visconde pôs-se a aplicar no náufrago as regras clássicas do socorro aos afogados, consistentes em restabelecer a respiração interrompida. Todos o ajudavam, e tanto fizeram que o náufrago respirou, a princípio entrecortadamente, depois com maior regularidade. Em seguida abriu os olhos. Ficou uns minutos assim, tonto. Por fim falou:

— Onde estou eu?

— Entre amigos — respondeu Pedrinho. — Sente-se mal? Quem é você?

O náufrago gemeu, com expressão de sofrimento. Não havia dúvida de que estava muito machucado da queda.

— Diga o seu nome — insistiu Pedrinho — e o náufrago com voz débil:

— Ícaro, filho de Dédalo...

— Dédalo, o construtor do labirinto de Creta?

— Sim — gemeu o infeliz. — O rei Minos encarcerou-me lá com meu pai, mas sem que meu pai soubesse. Procurei encontrar-me com ele, inutilmente. Aquela infinidade de corredores me atrapalhava dum modo horrível.

— Está claro — observou Emília. — Sem carretel aquilo não vai.

O náufrago arregalou os olhos.

— Sim — continuou Emília. — Estivemos com o senhor seu pai lá no labirinto, no dia em que Teseu matou o Minotauro. Depois salvamos Teseu, também atrapalhado com os infinitos corredores — e saímos todos. Mas Dédalo não parecia desconfiar que seu filho estivesse no labirinto. Não nos falou coisa nenhuma.

— Não podia saber. Puseram-me incomunicável.

— E como saiu daquele horror de prisão?

— Pelo ar...

— Pelo ar?...

Ícaro explicou:

— Havia por ali, nos escuros, muita coruja e muito morcego. Pus-me a juntar penas de coruja e asas secas de morcegos mortos. Depois descobri uma colmeia de abelhas lá num canto. Comi o mel e fiz uma grande bolota de cera. Foi nesse momento que me veio a ideia.

— Que ideia?

— De voar. De armar com as penas de coruja e as asas de morcego um grande par de asas que se ajustassem aos meus ombros. Depois faria como as aves — batia as asas e saía voando...

— Mas se essa ideia veio quando esteve fazendo a bolota de cera, para que juntou as penas de coruja? — quis saber Emília, que era muito meticulosa. — Não foi já com a ideia do par de asas?

— Não. Juntei aquelas penas para fazer um colchão. A ideia de voar veio com o pelote de cera.

— Mas que tem a cera com as penas? Não estou entendendo...

A BOIADA 197

— É que eu podia construir o meu par de asas com as penas de coruja e as asinhas dos morcegos, emendadas com cera...

— E construiu...

— Sim, construí o excelente par de asas que me permitiu escapar do labirinto e voar por sobre este mar Egeu. Voei perfeitamente até certo momento. Depois tive uma lembrança desastrada: ir subindo, subindo, para espiar bem de perto o carro de Apolo...

— Nós vimos a subida e estranhamos — observou o Visconde. — Para aterrissar aqui não havia necessidade de subir tanto.

— Eu sabia disso, mas a curiosidade de ver de perto o carro de Apolo me dominou. Fui subindo, e à medida que ia subindo aumentava o calor dos raios do sol. Súbito, senti que a cera que ligava as penas de coruja estava amolecendo. Precipitei-me na descida. Era tarde. As penas se desagregaram, minhas asas se desfizeram, derretidas, e eu caí...

— Teve muita sorte de cair na água do mar. Se caísse em terra, estava agora como o sapo que foi à festa do céu. E agora?

Ícaro, cada vez mais arquejante, não teve forças para responder. Foi fechando os olhos e morreu.

Hércules estivera ali todo o tempo a acompanhar a cena e a ouvir as últimas palavras do filho de Dédalo. Comoveu-se com o passamento do rapaz.

— Bom — disse por fim. — Temos de enterrá-lo com todas as honras — e foi ele mesmo abrir numa pequena elevação da costa o túmulo de Ícaro. Enterraram-no à moda grega. Hércules colocou uma laje em cima, na qual Emília escreveu:

— O pai da aviação certa, sem cera nem penas de coruja, é outro...

Finda a cerimônia fúnebre, Pedrinho aboiou e a caravana pôs-se novamente em marcha. Emília ia contando ao asno Lúcio as proezas da aviação moderna.

— Nem queira saber, Lúcio, o horror que essa invenção nos saiu! Há os tais aviões, umas aves de metal, aperfeiçoadíssimas, que voam de todos os modos possíveis e a todas as alturas e de lá arremessam sobre as cidades enormes bombas.

— Que é bomba?

— São uns cilindros de ferro, ocos, cheios de TNT.

— Que é TNT?

— Um explosivo.

— Que é explosivo?

— Uma coisa, um pó que explode, isto é, arrebenta, pega fogo, faz *bum!* e escangalha tudo em redor — derruba casas, manda gente despedaçada para o beleléu. O horror dos horrores.

— E para que isso? — indagou o asno, surpreso.

A BOIADA 199

— Não sei, Lúcio — e também não sabem os próprios homens que fazem isso. Há lá as tais "guerras mundiais". De vinte em vinte anos rebenta uma e todos os países entram na dança, uns a destruírem e incendiarem as cidades dos outros, e a matarem todos os homens jovens e perfeitos.

— E os imperfeitos?

— Aos velhos, doentes e aleijados, a esses não acontece coisa nenhuma. Ficam em casa lendo os jornais e ouvindo o rádio. Para a matança só são remetidos os perfeitos de corpo. Se um tem um defeitozinho qualquer na vista, por exemplo, já não serve.

O asno achou muito estranho aquilo. O razoável seria mandar para o matadouro os velhos e estropiados e deixar com vida os moços perfeitos. Manifestou essa ideia, e depois quis saber quem é que lançava os países uns contra os outros.

— Ninguém — respondeu Emília. — Todos os chefes começam dizendo que só querem a paz, a paz, a paz — só falam em paz. Não querem a guerra. E o povo, está claro, também não quer a guerra, porque na guerra quem morre e paga o pato é o povo. As mães não querem a guerra porque perdem seus filhos. As irmãs não a querem porque perdem os irmãos. As noivas não a querem porque perdem os noivos. Ninguém, absolutamente ninguém, quer a guerra — mas a guerra vem.

— Como vem?

— Vem por si mesma. Começa. Estoura. Rebenta. Lá um belo dia a gente abre o jornal da manhã e lê numas letras deste tamanho: REBENTOU A GUERRA... E logo depois está o mundo inteiro dentro da guerra, com os aviões a derramarem bombas do céu e com a matança embaixo feita cientificamente, por meio de maravilhosas máquinas de matar, criadas pelos maiores gênios do mundo moderno.

— E depois da matança?

— Quando se cansam de matar, e os navios estão todos no fundo dos oceanos, e as cidades são montanhas de cacaria, e só se ouve o choro de milhões e milhões de mães e irmãs e noivas e esposas, e já não há casas onde o povo morar, e nem há pão para o povo comer, e a miséria fica o horror dos horrores, então a guerra para... vem a paz. E sabe o que é a paz no mundo moderno, Lúcio? Apenas um descansinho para o desfecho de nova guerra...

O Asno de Ouro estava com todos os pelos arrepiados e a dar graças ao Olimpo de viver naquele tempo. O tal mundo moderno ficou em sua cabeça como a imagem do pior dos infernos.

FAETONTE

Pedrinho discutia com Meioameio umas reformas que andava com ideia de fazer no sítio de Dona Benta.

— Aquilo lá é um amor de sítio — dizia ele —, mas tem o defeito de todas as coisas modernas: falta de poesia. As árvores do pomar, por exemplo. Excelentes árvores, muito nossas amigas, com os galhos musguentos e até com erva-de-passarinho. Todos os anos enchem-se de flores e depois carregam-se de frutas — laranjas, pitangas, jabuticabas...

— Como são estas últimas?

— Umas redondas, pretinhas, deliciosíssimas. Dão pregadas no tronco. Cada um de nós tem um pé só seu. Há também cambucás, grumixamas, sapotis, cabeludas, abacaxis, ameixas, pêssegos... um monte!

— E cereja, tem?

— Não. Nunca vi por lá nenhum pé de cereja, e é pena, porque são muito bonitinhos.

Ali na Grécia, volta e meia eles davam com pés de cerejas carregadíssimos.

— Mas se as árvores são assim tão bondosas, de que se queixa você? — perguntou o centaurinho.

— Não estou me queixando das coitadas, tão nossas amigas, mas acho que lhes falta o que vejo aqui nestas: ninfas, dríades e hamadríades. Ponho-me a imaginar que linda não seria a dríade e a hamadríade da minha jabuticabeira, ou da "pitangueira velha", que é a de Emília, ou da mangueira Bourbon de Narizinho. A gente ali a chupar as jabuticabas, a derrubar pitangas ou mangas, e as ninfas em redor espiando a gente... Poesia é isso, Meioameio. Nosso século tem muita máquina, tem até máquina de voar; mas em matéria de poesia não chega aos pés disto aqui.

Pedrinho fez pausa, cismando. Depois:

— Ando a pensar numa coisa: e se levássemos umas duas ou três dríades para soltar lá no sítio?

Meioameio respondeu que só consultando o Visconde, muito mais entendido que ele em coisas da Grécia — e foram para a retaguarda consultar o Visconde lá no seu picuá.

— Acha possível, Visconde, que possamos levar para o sítio um lote de ninfas, dríades e hamadríades?

O Visconde refletiu uns instantes e respondeu:

— Só com o consentimento de Flora. Essas ninfas são as guardiãs dos tesouros dessa grande deusa e só poderão sair daqui com sua ordem.

— E onde poderemos descobrir a deusa Flora?

— Dizem que mora nas ilhas Afortunadas...

— Que ilhas são essas? Nunca ouvi falar...

— Também não sei, e parece que ninguém sabe. Os romanos falavam muito nas *Insulae Fortunatae*, sem dizer ao certo onde ficavam. Uns achavam que era a oeste da Líbia; outros que eram as ilhas Canárias.

Pedrinho quedou-se pensativo. Depois disse:

— Lá no acampamento de Micenas, quando Hércules for entregar a Euristeu esse gado, nós podemos tomar uma pitada de pirlimpimpim e dar um pulo às ilhas Afortunadas.

O Visconde e Emília, que ignoravam a conversa anterior sobre a introdução de ninfas no sítio de Dona Benta, exclamaram ao mesmo tempo:

— Para quê?

Quando Pedrinho expôs a sua ideia de uma criação de ninfas no pomar, o entusiasmo de Emília foi tamanho que escorregou do lombo de Lúcio, caindo de ponta-cabeça no chão.

— Ai, ai, ai... — exclamou erguendo-se e espanando-se. — Uma ideia dessas... Como é que nasceu na sua cabeça, Pedrinho, em vez de na minha?

Emília ficava enciumada sempre que uma boa ideia acudia aos outros. Todas as "ideias boas", todas as "ideias-mães", tinham de ser dela. E que ideia melhor que a de Pedrinho? Levar ninfas para o sítio, botar cada árvore do pomar com a sua dríade, entalar dentro de cada tronco uma hamadríade... Oh, sim e a dríade mais bonita tinha de ser a da sua pitangueira velha...

A sorte da caravana estava em que os bois de Gerião até pareciam gado Gir, de tão mansos. Não chifravam ninguém. Caminhavam muito direitinhos, tal qual uma ponta dos mansíssimos bois de carro lá de Dona Benta. Mesmo assim, em certo momento, "estouraram".

— Em que momento?

Ah, num dos momentos mais trágicos da humanidade, quando por um triz a Terra escapou da maior das desgraças: ser torrada inteirinha pelo sol. A coisa foi assim: um filho de Céfalos e Eos, de nome Faetonte, extasiado de ver Apolo dirigindo o carro do sol, teve a má ideia de lhe pedir que o deixasse guiar um bocadinho. Apolo achou graça e disse: "Venha...", e deixando o carro passou as rédeas a Faetonte. Mas cavalo é cavalo. Tanto faz ser cavalinho aqui na terra como cavalo de Apolo. Quando está num veículo e há mudança de cocheiro, estranha. Os cavalos de Apolo, que nunca tinham sido guiados senão por esse deus, estranharam o novo cocheiro — espantaram-se — e foi aquele horror. O sol, que é quem anda naquele veículo de luz, perdeu o equilíbrio e caiu — ou começou a cair em cima da terra.

Emília deu um berro:

— Lá vem vindo o sol para cima da gente!...

Hércules olhou, viu que era mesmo e, *zás*, mão no arco. Ia cometer a loucura de matar o sol com uma flechada! A música parou. Pedrinho perdeu a voz, como nos pesadelos. Lúcio deu um zurro:

— Não faça isso, herói! Sem sol, como vai o mundo arranjar-se no escuro? — Hércules não ouviu. Estava de arco esticado, apontando…

Mas lá no Olimpo, Zeus, que tudo vê, acudiu a tempo. Fulminou com um dos seus raios o imbecilíssimo Faetonte e fez que Apolo fosse correndo tomar conta do carro. A ordem se restabeleceu no céu — mas a boiada de Gerião havia estourado. Colhidos pelo pânico, os bois romperam por ali afora, cada qual numa direção. E que luta foi para sossegá-los e reuni-los de novo!…

Quando a paz se restabeleceu, Emília suspirou.

— Ai que susto! Senti lá dentro de mim uma pontada que nem as de Dona Benta. Acontece cada coisa por aqui… Eh, Grécia!

Foi o último incidente ocorrido na viagem para Micenas. No dia seguinte chegaram.

Hércules deu ordem ao centaurinho para tomar conta dos bois enquanto ele ia a Micenas apresentar-se ao rei — e lá se foi. Emília tirou do picuá o Visconde; depois abriu a canastrinha para ver se não faltava qualquer coisa.

NOS DOMÍNIOS DE CLÓRIS

Enquanto Hércules se explicava com o rei Euristeu, os picapauzinhos deram um pulo até ao reino de Clóris.

Foram só os três. Meioameio e Lúcio ficaram — este pastando, aquele assando carneiros.

O pulo às ilhas Afortunadas foi feito "a pó". Três pitadinhas do pirlimpimpim, três *funs* e pronto. Acordaram diante do maravilhoso palácio de Clóris, a mesma que mais tarde seria pelos romanos chamada Flora.

Que curioso palácio aquele! Tudo lá eram flores, cores lindas e perfumes, frutas deliciosas, musgos, avencas, samambaias e mais mimos vegetais. Pedrinho adiantou-se e parou diante do porteiro: um lindo cravo vermelho.

— Senhor cravo — disse ele —, somos viandantes vindos de longes terras para um entendimento com a deusa Clóris. Poderá ela receber-nos?

O cravo examinou-os com a maior curiosidade e mandou um recado à deusa por um goivo que brincava por ali. Logo depois veio a resposta. Sim, Clóris ia recebê-los imediatamente. Que entrassem.

Pedrinho entrou, acompanhado de Emília e do Visconde a manquitolar nas suas muletas. Um lírio-do-vale seguia na frente, guiando-os através dum jardim de sonho. Depois, uns degraus de macio musgo. Depois, a sala de recepção da amável deusa.

Clóris, em todo o esplendor de sua beleza, recebeu-os com um sorriso amável.

— Bem-vindos sejam ao meu perfumado reino! Que querem?

Pedrinho explicou tudo. Contou quem eram, onde residiam lá nos tempos modernos e falou do pomar de Dona Benta, das árvores de frutas nele existentes, das flores do jardim, muitas das quais Flora desconhecia. Crisandálias, por exemplo, uma flor com que a deusa nem sequer sonhara.

— Mas nosso pomar tem um defeito — disse Pedrinho. — Falta-lhe alma. Falta-lhe a poesia que vejo nesta Hélade tão linda. Nossas árvores não possuem cada uma a sua dríade. Dentro dos troncos não há nenhuma hamadríade. Não temos napeias nas campinas nem ninfas nas fontes. Nem nenhuma nereida no ribeirão. Viemos consultar a mais perfumosa das deusas se não nos poderá arranjar pelo menos umas três dríades e outras tantas hamadríades…

Clóris estranhou a proposta. Nunca lhe haviam falado assim. Um pedido de ninfas!… Que curioso. Mas para onde iriam essas ninfas? Depois que os picapaus lhe contaram as mil coisas do sítio de Dona Benta, ela sorriu, realmente encantada. Em seus olhos Emília leu um sincero desejo de também conhecer aquele paraisozinho moderno. Clóris só não pôde perceber como era o tal Quindim.

— Cascudo? Com um chifre só em cima do nariz?

— Sim — disse o Visconde —, e por ter o chifre no nariz é que se chama rinoceronte. *Rino* em grego é "nariz", como todos aqui sabem.

Clóris achou uma graça imensa no Visconde. Em sua qualidade de deusa dos vegetais, conhecia todas as espigas do mundo e todos os sabugos — menos aquele, falante e de cartola. E uma ideia lhe passou pela cabeça: ceder as ninfas que Pedrinho queria em troca do sabugo de cartola.

— Faço o negócio — disse ela. — Cedo seis das minhas ninfas, à escolha, mas em troca deste maravilhoso sabugo falante.

A estranha proposta atrapalhou os picapauzinhos. Puseram-se a conferenciar aos cochichos. Por fim Emília tomou a palavra e, muito xeretamente, disse:

— Deusa, nós aceitamos a sua proposta com uma condição: depois de acabadas as nossas aventuras com Hércules e voltados ao sítio de Dona Benta, discutiremos com ela o assunto. Se Dona Benta concordar com a troca do Visconde, voltaremos a estas ilhas para fechar o negócio.

E assim ficou. Conversaram com a deusa ainda algum tempo e depois se despediram.

Que maravilha o palácio de Flora! O chão, forrado de frutas vivas, que de repente mudavam de forma, viravam ninfinhas e saíam dançando. Os perfumes do ar também assumiam formas mimosíssimas de pequenos sátiros e faunos aéreos, muito diáfanos, que dançavam com as pomidríades. Pomidríades chamavam-se as ninfinhas das frutas. E depois eram as cores que tomavam forma e dançavam no ar a dança das pétalas.

Nisto um recuo geral de todos aqueles mimos aéreos — não recuo de medo, mas de reverência. Zéfiro, o esposo de Flora, vinha entrando de seu passeio pelo mundo. Puro vento esse deus, o mais suave e agradável de todos. Entrou seguido de mil perfumes — os perfumes das flores que andou beijando pelo caminho, e foi sentar-se ao lado de Flora. Lá ficaram de mãos dadas, olhando para suas lindas filhas também ali presentes — as Brisas.

Tanta beleza, tanto perfume, tanto movimento de formas diáfanas no ar deixaram os picapauzinhos completamente tontos, como que embriagados por um ópio divino. Clóris e Zéfiro, sempre de mãos dadas, olhavam para eles e sorriam. Foi com dificuldade que Pedrinho mediu as pitadas do pirlimpimpim e as distribuiu.

Até o *fiun* soou trêmulo de emoção — e todos ainda se sentiam trêmulos quando despertaram no acampamento de Micenas.

— Ainda estou sentindo uma tremura — murmurou Emília — que foi a primeira a falar. Pedrinho suspirou e, com ar de quem acaba de sair dum sonho da manhã, disse:

— É o tremor da beleza…

Os carneiros assados do centaurinho recendiam. Aquele cheiro os fez voltar à realidade — um cheiro que já não falava à imaginação e sim ao paladar. Lúcio tosava os capins ali perto.

— E Hércules? — perguntou Pedrinho.

— Deve estar chegando — respondeu Meioameio e indagou do que se passara no pulo ao reino de Flora. Emília respondeu:

— Nem queira saber... Tão lindo, tão lindo tudo aquilo, que ficamos com as pernas moles...

— Mas arranjaram as ninfas?

— Sim. Conseguimos várias em troca do Visconde. Flora encantou-se com o sabuguinho. Vamos voltar lá para fazer o negócio.

Meioameio admirou-se da facilidade com que se desfaziam dum velho companheiro. Emília piscou e cochichou-lhe ao ouvido:

— Flora vai ser tapeada. Vamos trazer outro Visconde feito pela Tia Nastácia, tão parecido com este que ela não desconfia. Desse modo apanhamos as ninfas e conservamos o nosso velho Visconde.

Ao ouvir aquilo, o sabuguinho, que havia ficado profundamente triste com a negociação, renasceu. Sua cara iluminou-se dum sorriso — e, aproximando-se de Emília, abraçou-a comovidíssimo.

Hércules apontou lá longe. Todos puseram os olhos nele. Vinha com o mesmo ar de sempre — apreensivo, com o medo no coração. Chegou. Sentou-se e foi pegando um dos carneiros assados. Pedrinho interpelou-o:

— E então? Soltamos ou não soltamos os bois desta vez?

O herói sorriu e disse:

— Ao saber que os bois eram mansos, Euristeu decidiu guardá-los em seus estábulos. Só aos monstros ele manda soltar.

— E o novo trabalho?

— Tenho de ir ao reino das Hespérides em busca dos pomos de ouro...

11
-
O POMO DAS HESPÉRIDES

A viagem de Hércules em busca dos pomos de ouro foi das mais movimentadas. Antes de partir teve de andar indagando onde é que ficava o Jardim das Hespérides. Uns achavam que era no país dos hiperbóreos, lá muito ao norte, mas o Visconde objetava:

— Não pode ser. A zona hiperbórea, ou polar, é muito fria para favorecer o crescimento duma árvore de pomos. O Jardim das Hespérides tem de ser incompatível com os gelos do norte. Deve ficar em clima quente ou temperado.

Por fim Hércules se convenceu de que o maravilhoso jardim ficava no extremo ocidental da Terra, isto é, bem a oeste. Naquele tempo a "Terra" era quase que só a Europa, e o tal extremo ocidental devia ser a península Ibérica, onde ficam a Espanha e Portugal.

Emília quis saber o que era "pomo". O Visconde explicou que a palavra "pomo" vinha do latim *pomum* e queria dizer "fruta".

— Mas é mais poético dizer pomo em vez de fruta — acrescentou. — Fruta dá ideia de mercado ou de verdureira de esquina. Pomo é palavra de luvas de pelica.

— Enjoado! — berrou Emília que era muito plebeia. — Só porque vem do latim já está com história. Luvas de pelica! O fedor... Pois eu digo fruta e acabou-se.

— Mas se pomo é fruta em geral — interveio Pedrinho —, que fruta são os tais pomos do Jardim das Hespérides? E, antes de mais nada, quem são essas tais Hespérides?

O Visconde sabia. Não havia o que ele não soubesse. Contou que se tratava das filhas do gigante Atlas com a ninfa Hespéris.

— São quatro, Egle, Erítia, Aretusa e Héstia, cada qual mais encantadora. O Jardim das Hespérides é uma pura maravilha que vive tentando os homens e os deuses. Em nenhum outro existem as árvores dos pomos de ouro. Aquilo é um encanto e as quatro irmãs são verdadeiras fadas. Cantam como sereias, dançam como zéfiros e sabem tomar todas as formas. Quando os Argonautas lá estiveram e, quase mortos de sede, lhes pediram que indicassem uma fonte, elas se transformaram em areia. E como eles continuassem a pedir água, a areia se transformou em árvore.

— Eu me transformaria em torneira para salvar os coitados — disse Emília. — Que adianta areia ou árvore para quem está morrendo de sede?

Pedrinho quis saber como era o dragão de guarda ao Jardim das Hespérides.

— Ah, o mais monstruoso de todos! Cem cabeças que não tiram os olhos dos pomos.

Emília estava assombrada. "Cem cabeças!..."

— Aquele de Gerião que tinha sete já me pareceu tão cabeçudo e vamos agora lidar com um de cem...

O Visconde ainda contou que, por ocasião do casamento de Juno com Zeus, o dote da noiva consistiu em meia dúzia daqueles pomos — e nunca houve dote maior! E o pomo com que a Discórdia surgiu na festa do casamento de Peleu fora colhido lá.

— Mas além de serem de ouro, que outra virtude têm esses pomos? — quis saber Pedrinho.

— Fazem que o amor nasça com a maior violência no coração de quem os toca.

O grupo estava a caminho da Espanha. Hércules seguia na frente, pensando no modo de atacar o dragão. Já dera cabo de uma hidra de nove cabeças e dum dragão de sete — mas que fazer com um de cem? Atacá-lo com suas flechas, de pouco adiantaria, porque toma tempo lançar cem flechas e o dragão o alcançava. Só se houvesse um jeito de adormecê-lo...

Lúcio, abanando as orelhas, vinha logo atrás, com Emília de banda em seu lombo e o picuá com a canastra e o Visconde na garupa. Volta e meia o Asno de Ouro suspirava de saudades da sua antiga forma humana. Aquelas aventuras de Hércules não tinham fim — e ele condenado a andar de quatro até que a última se realizasse...

Fechava a marcha Meioameio, com Pedrinho no lombo. A amizade entre os dois crescia aos metros. Tratavam-se como irmãos e era um imaginar coisas a fazer no sítio de Dona Benta que não tinha fim.

— Com seis ninfas lá, das mais bonitas, e você, um centauro, aquilo fica o suco dos sucos.

— Por que não leva também uma mudinha da árvore dos pomos de ouro?

A ideia encantou o menino e fê-lo gritar para a Emília:

— Olhe o que Meioameio lembrou: levarmos uma mudinha da árvore dos pomos de ouro. Que tal, Emília?

A ex-boneca deu uma risada gostosa.

— Quando vocês acordam, eu já dormi, sonhei, acordei e estou longe. Já pensei e repensei nisso. Muda o mais certo é não encontrarmos nenhuma; sementes, sim — hei de encontrar sementes. Aquela grandissíssima ladrona da Medeia me roubou o pomo de Atlas, mas vou desforrar — vou levar do Jardim das Hespérides pelo menos três dos mais madurinhos.

O Visconde, lá no picuá, fechou a cara. Não gostou que Emília tratasse daquele modo a grande mágica que o havia curado com a fervura no caldeirão. O pomo fora dado em pagamento dessa cura, com pleno consentimento de Emília. Além disso Emília recebera de volta uma vara de condão preciosíssima. Como então tratava Medeia de ladrona? O Visconde fez-lhe ver isso. E ela:

— Ladrona, sim. Cobrar pela fervura dum sabugo um pomo daqueles é ser ladroníssima. Nunca a hei de perdoar. Fui enganada naquele negócio. Julguei que a vara de condão fosse das perpétuas, e não das de só cem viradas. Fui roubada, sim... — e daí não saiu.

Na vara de condão de Emília só restavam onze viradas, que ela retinha com o maior ciúme para uso no sítio de Dona. Benta. Se não fosse assim, os trabalhos de Hércules se tornariam verdadeiras "canjas". Na conquista do Pomo das Hespérides, por exemplo. Com uma varada ela poderia virar o dragão em pulga — mas ficaria só com dez viradas na vara e portanto...

— Portanto o quê, Emília?

— Portanto, não. Já fiz de conta que não tenho vara nenhuma e pronto. Não se toca mais no assunto. Tinha graça eu gastar com Lelé as únicas viradinhas que me restam, um herói tão ajudado por Palas e outros deuses!...

Hércules ia atravessando uma zona perigosa. Pedrinho receou encontros e lutas. Sabia do gênio esquentado do herói. Por qualquer coisinha o sangue lhe subia à cabeça e a pancadaria trovejava.

Os pressentimentos de Pedrinho saíram certos. Logo adiante surgiu um carro puxado por fogosíssimos corcéis que seguia na mesma direção de Hércules. Em vez de sair do caminho, o herói plantou-se bem no meio da estrada, com as mãos na cintura. Meioameio e Lúcio pularam de lado, deixando-o sozinho. Fatalmente, no galope em que vinham, aqueles cavalos iam atropelar o grande Hércules.

Mas não foi assim. O condutor estacou-os com um violento puxão das rédeas.

— Quem és tu, homem atrevido, que interrompes a marcha do carro de Cicno, filho de Ares?

Era esse Cicno um famoso domador de cavalos, realmente filho do deus Marte com Cirene. Abusando da sua origem divina, vivia cometendo em toda parte os maiores abusos. Hércules, que não lhe ignorava o mau renome, respondeu com voz de trovão:

— Desce do carro, automedonte, e passa de largo puxando os animais. Hércules sou, filho de Zeus e Alcmena.

— Vai ser um fim de mundo — murmurou Emília, toda encolhidinha lá no lombo de Lúcio. — São filhos de deuses os dois...

O DEUS E O HERÓI

Cicno, gravemente ofendido pelas palavras de Hércules, deu rédeas e estumou os cavalos para que o atropelassem, mas, rápido, o herói os agarrou pelos freios e os arrancou da carruagem. Cicno ficou na cômica situação dum cocheiro sentado na boleia dum carro sem cavalo nenhum. Teve de saltar em terra e aceitar a luta em igualdade de condições.

Aquele pega foi tão curto quão tremendo de ímpeto. Cicno desfere um potentíssimo golpe com a sua terrível lança de bronze, mas a ponta da lança resvala pela pele invulnerável do Leão da Nemeia. Hércules responde com o arremesso do dardo, apanhando Cicno pela garganta, na parte descoberta entre o capacete e o escudo. Fora golpe mortal. O filho de Marte cai como que ferido por um raio de Zeus.

Era a primeira vez que os picapauzinhos viam Hércules manejar o dardo, uma lança curta de arremessar contra o adversário. Como previra muitas lutas naquele Décimo Trabalho, o herói fortalecera-se de mais aquela arma.

Assim que Cicno, trespassado na garganta, veio por terra, um rugido reboou — e o próprio Marte apareceu em socorro do filho.

A luta entre Hércules e Marte, o deus da guerra, foi dessas coisas que a palavra humana jamais descreverá. Pedrinho tapou os olhos com as mãos, de puro horror, e Emília o imitou — mas ficou espiando pelo vão dos dedos. O Visconde, esquecido das muletas, pulou fora do picuá e foi colocar-se longe dali. Meioameio tremia da cabeça aos cascos, e Lúcio não arredou pé de onde estava. Ficara estarrecido, numa verdadeira paralisação de todos os músculos.

Marte vestia o traje clássico do deus da guerra e terçava um glaivo curto e reto. Héracles ia defender-se com o escudo de Cicno e a clava. Os dois tremendos contendores trocaram olhares chamejantes de ódio e arremessaram-se um contra o outro. O deus Marte estava acostumado a ver o inimigo rolar por terra ao primeiro embate. Era um tranco e pronto. Mas com a firmeza duma rocha Hércules resistiu ao tranco do deus tremendo.

Nesse momento uma voz soou imperiosa: "Detende-vos, Ares! Hércules é teu irmão". Era a voz de Palas, que descera da mansão dos deuses para pôr fim àquele horror. Marte, porém, cego de ódio, não lhe ouve as palavras e ataca o herói com o glaivo que nunca repetiu golpe — Palas corre a tempo

e desvia a direção do golpe. O deus, endoidecido de cólera, ergue de novo o glaivo e Hércules aproveita o momento para o ferir no pulso. Ao erguer a lâmina, o pulso de Marte ficara fora da proteção do escudo!…

Assombro dos assombros! Pela primeira vez no mundo um homem feria um deus em combate — e que deus: Ares, o deus da guerra!… Para quem luta com espada ou glaivo, um rasgão no pulso já significa inutilizamento completo — mas Hércules ainda desfere contra o deus um golpe da clava. O deus cai…

Ao verem aquilo, Fobo e Deimos, os condutores do carro de Marte, lançam-se em seu socorro, levam-no para o carro e disparam rumo ao Olimpo no maior dos galopes.

Hércules havia vencido na luta ao próprio Marte!…

Prodigioso! Quando Pedrinho tirou as mãos dos olhos e, ainda cheio de susto, perguntou o que tinha havido, Emília respondeu:

— Eu também tapei a cara, mas vi tudo. Lelé espetou com a ponta do dardo o pulso do deus e depois derrubou-o com um golpe da clava. E então acudiram os dois homens do carro e sumiram-se com ele...

— Derrotou Marte?... — exclamou Pedrinho no maior dos assombros. — Impossível. Um homem não derrota um deus...

— Pois Lelé derrotou o pior dos deuses, justamente o da guerra! Lelé é o número dos números — e pulando do lombo de Lúcio, Emília foi correndo abraçar o herói.

— Erga-me, Lelé! — disse ela olhando para cima, porque o alentado herói era "lá em cima". Hércules ergueu-a no braço, sentadinha ali como uma criança nova — e Emília beijou-o no queixo. Nem lhe alcançava as faces, a pequenitota.

— Sim, senhor, Lelé! Bichão maior nunca imaginei. Vencer até ao deus da guerra! É batatal... Escute: quem era a linda moça que apareceu no momento psicológico e desviou aquele golpe de Marte?

— Palas...

— Palas? — repetiu Emília admiradíssima. — Que pena eu não ter sabido...

— Por quê?

— Para vê-la melhor. Quando a gente não sabe quem é uma pessoa não a vê bem, bem, bem...

Logo que ele a depôs no chão, Emília correu a contar a Pedrinho toda a história da luta a que o bobo assistira mas não vira — de medo.

— Medo de quê, Pedrinho?

— Homem, nem sei, Emília. Pareceu-me tão tremendo aquilo, que tive medo que fosse o fim do mundo e fechei os olhos como nos pesadelos.

Nos pesadelos, quando ia caindo num abismo, ele fechava os olhos e pronto — salvava-se.

— Pois não sabe o que perdeu — continuou Emília. — Vi tudo, tudo. Vi quando Palas chegou...

— Quê?... Palas também tomou parte no barulho?

— Ela nunca abandona o nosso grande amigo. E veio no momentinho justo, quando a espada de Marte ia alcançando Lelé. Palas, então, com o dedo, desviou o golpe. E quando Marte caiu, já ferido no pulso e com uma clavada na cabeça, aparecem os dois estafermos lá do carro. Vi quando agarraram Marte nos braços e lá se foram num galope louco.

— E eu sei o nome desses dois ajudantes — disse o Visconde, que estava ouvindo a conversa. — Fobo e Deimos.

— Fobo e Deimos? — repetiu Pedrinho. — O nome daqueles dois satélites do planeta Marte?

— Sim — confirmou o Visconde. — Os astrônomos deram aos satélites de Marte os nomes de Fobo e Deimos exatamente por isto — porque nesta luta contra Hércules foram eles que o acudiram.

Muito bem. Finda uma batalha, é o dever do vencedor enterrar os mortos — e Hércules enterrou Cicno. Emília, como de costume, veio com o seu epitafiozinho:

Aqui jaz um domador de cavalos
que encontrou quem o domasse.

Aqueles fatos tinham ocorrido à beira dum rio de nome Equedoro, no qual Hércules tomou o seu banho "espadanado" de sempre, e depois todos fizeram o mesmo. Como na Grécia Heroica não houvesse comodidades modernas, *v.g.* banheiro de água quente e fria, eles adotavam o sistema dum bom banho ao ar livre em todos os ribeirões encontrados. O único que não podia tomar banho era o Visconde, porque os sabugos são muito porosos; se caem na água, embebem-se de todo e emboloram. Emília jamais se esqueceu da "fase verde" do primitivo Visconde, quando umedeceu e foi encontrado completamente coberto de bolor azul-esverdeado.

Dali partiram para as margens do rio Eridiano (justamente o que os latinos chamavam *Padus* e os italianos de hoje chamam Pó). Esse rio estava ganhando fama porque dias antes caíra por lá o cadáver de Faetonte, o tonto que se metera a guiar o carro do sol e fora fulminado por Zeus. Hércules tivera informação de que à margem desse rio moravam umas ninfas, filhas de Zeus e Têmis, que sabiam muita coisa sobre o Jardim das Hespérides.

Lá acamparam, e depois de mais uma suculentíssima refeição de carneiros o herói ordenou a Pedrinho que desse uma volta pelos arredores e indagasse do paradeiro das ninfas. O oficial pulou em Meioameio e lá se foi no galope. Uma hora mais tarde voltava com a informação certa: as ninfas filhas de Zeus e Têmis tinham residência a meia légua dali, num bosque.

Hércules foi vê-las sozinho.

— Esperem-me aqui — recomendou. — Não me demorarei muito.

Enquanto o esperava, Pedrinho foi ao banho — e de relance viu à beira d'água uma nereida, ou a ninfa do rio.

Viu-a muito de relance, porque assim que ela o percebeu, mergulhou que nem uma sereia.

Pedrinho admirou-se duma coisa: como é que viu tão bem aquela nereida e não viu as dríades do bosque na aventura de Gerião? Tudo mistérios, naquela Grécia de mistérios.

De volta do banho deu com o herói já de volta.

— Então? — indagou Pedrinho.

— Encontrei-as, sim, mas houve erro da parte do meu informante. Quem está no segredo da localização do Jardim das Hespérides é outra pessoa, não elas. É Nereu, o velho deus do mar deposto por Netuno. Temos de ir em procura desse venerável ancião — mas como arrancar-lhe o segredo?

Mestre que era em arrancar a vida aos monstros, o herói atrapalhava-se quando tinha de descobrir um segredo. Com ele era ali na violência. Para as coisas que necessitavam de miolo, o herói tinha de apelar para os picapauzinhos.

— Que acha que devo fazer? — perguntou ao menino — e, como este engasgasse, chamou Emília. Emília veio, xeretíssima. Sempre que Hércules dava a honra de chamá-la, vinha toda a rebolar-se, certa de que o mundo inteiro estava assistindo à cena.

— Que quer de mim, amor? — disse ao chegar.

— Uma consulta. Tenho de ir ao palácio do velho Nereu, que é quem sabe da exata localização do Jardim das Hespérides. Mas estou atrapalhado com um problema: como arrancar ao antigo deus do mar o segredo?

Emília segurou o queixo e enrugou a testa. Depois seus olhos brilharam com o brilho do heureca...

— Podemos fazer com ele o que fizeram com a Cuca lá no sítio — e contou toda a história do amarramento da Cuca e do suplício do pingo na testa.[2] Foi o meio de obrigá-la a fazer o que eles queriam — isso naquela história do Saci. Hércules deu plena aprovação à luminosa ideia.

---

2. *O Saci*. São Paulo: Globinho, 2016.

NO PALÁCIO DE NEREU

Dias depois chegaram ao velhíssimo palácio do velho Nereu. Velho, velho, velho. Não podia haver maior velhice. De tão velho, estava já todo coberto de musgos e algas, ostras e mariscos. Parecia menos um deus do que um casco de navio encalhado. O seu palácio era uma gruta de velhíssimos e carcomidos rochedos à beira-mar. As ondas entravam e saíam, e entravam novamente — e assim já de séculos e séculos — *secula seculorum*. Cada ondada das ondas era como bafo de ar que o velho deus craquento respirava — e assim ia vivendo a sua vida sem fim, porque enquanto houver ondas haverá vida em Nereu. Foi o que os picapauzinhos sentiram ao espiar de longe aquele casco de deus encalhado lá na gruta imensa que lhe servia de palácio.

Tudo pedra, com o teto de estalactites em cima e pontas e mais pontas de estalagmites embaixo. E quanta alga verdinha como cana, e vermelha, e de todas as cores do limo! E quantas conchas e quantos caramujões dos enormes! E polvos passeando por ali, e caranguejos caranguejando. Até aquele Bernardo, o Eremita da festa de casamento de Narizinho, lá estava — isto é, um tataravosíssimo antepassado do Bernardo, o Eremita de Narizinho.

E um cheiro de maresia velha, e uma umidade pesada, e uma penumbra de meter medo, com morcegões avoengos dos morceguinhos modernos. Velhice era ali — velhice da água, das ondas, dos bichos marinhos, das pedras. Emília sentiu-se logo velhinha, das bem corocas, e até começou a caducar, com uma fala muito trêmula, e pegou num bordão para apoiar-se. Sentia-se arcada como as italianas muito velhas e toda enrugadinhas de rosto. Até catacega ficou.

— Me dê sua mão, Visvisconde — balbuciou ela — e enquanto lá esteve não largou da mão do sabuguinho.

Nereu estava dormindo, reclinado em seu leito de pedras negras cobertas de limo e cracas. Hércules parou diante dele. Que fazer para induzir uma criatura daquelas a contar um segredo? A sugestão de Emília não prestava. Pingo na testa!... Que adianta pingar água na testa duma múmia de deus já sem sensibilidade nenhuma e a viver toda a vida sob a chuva de pingos que caíam do teto? E Hércules olhou para Emília com ar desanimado.

Apesar de velhinha e aparentemente caduca, Emília ainda funcionava muito bem de cabeça. Percebeu logo que naquele caso de nada valia o remédio usado contra a Cuca na aventura do Saci e disse:

— O jeeito, Lelé, ééé sugestionar esta múmia e faazer que ela soonhe em voz alta.

Pedrinho aprovou a ideia e, chegando perto de Nereu, começou a sugestioná-lo à sua moda, murmurando com voz disfarçada e grossíssima:

— Deus, deus do mar! Nereu, grande Nereu, ó vós que sabeis todos os segredos do mundo porque sois velho como o mundo!

Emília ia repetindo no outro ouvido de Nereu, como um eco, as últimas palavras de Pedrinho:

— ... muundo...

Pedrinho continuou:

— Sabeis todos os segredos menos um só...

— uum sóó... — repetiu o eco.

— Todos, menos o segredo da localização do Jardim das Hespérides...

— ... Hespeérides — repetiu Emília em sua vozinha trêmula de eco velho. Nereu, mergulhado no sonho, ouviu aquele som estranho, tão diferente dos que ouvia habitualmente por ali, das ondas que entravam e saíam. E lembrou-se do Jardim das Hespérides. E sorriu um feio sorriso desdentado de velho velhíssimo. E falou em voz alta, como certas pessoas falam nos sonhos:

— Sim... sei... as Hespérides... lembro-me sim. Quatro... Lá no jardim perto de Tíngis...

Não era preciso mais. Sem querer o velho Nereu revelara no sonho o que ninguém no mundo sabia: o Jardim das Hespérides ficava perto da cidade de Tíngis, a mesma em que eles haviam estado em aventura anterior. Fora lá que Hércules vencera Anteu, o filho de Geia.

— Nada mais temos a fazer aqui — disse Hércules. — Saiamos deste úmido palácio entorpecedor.

Saíram. À proporção que ia se aproximando das portas da imensa gruta, a ex-boneca ia remoçando. Primeiro botou fora o bordão em que se apoiava. Depois endireitou o corpo. E quando se viu restituída à luz do sol, estava já sem a menor tremura na falinha.

— *Uf!...* — exclamou, espreguiçando-se e desentorpecendo os músculos. — Velhice das que pegam na gente, é a primeira que vejo. Nós chamamos de velhas Dona Benta e Tia Nastácia, mas perto de Nereu as duas nem nasceram ainda…

Hércules confessou que também havia sentido um entorpecimento dos músculos. Não havia dúvida de que as velhices muito velhas contagiavam até os próprios heróis.

Depois de se restaurarem aos raios do sol e de trocarem mil impressões sobre o velho Nereu, puseram-se a caminho da Líbia.

Emília observou que não encontrara na gruta nenhuma nereida "dançando e cantando para distrair o velho pai", como lhe haviam contado. Com certeza, vendo que Nereu não saía nunca daquele sono de deus do mar aposentado, elas tinham fugido para cantar e dançar em lugares mais alegres.

A viagem à Líbia foi repetição da primeira. Hércules, coitado, enjoou como nunca, e chegou à praia da Líbia com o olho mais branco que manjar-branco. Mas restabeleceu-se prontamente e seguiu para Tíngis.

O povo da cidade o recebeu com grandes honras. Houve festas e mais festas, presentes e mais presentes. Emília ganhou um escaravelho de ouro, fabricado pelos ourives do Egito, terra vizinha. Mas ninguém na cidade pôde informar coisa nenhuma sobre o Jardim das Hespérides.

Hércules olhou para Emília como quem pede opinião — e ela:

— Nereu disse que o jardim ficava perto daqui, mas não declarou onde. A palavra "perto" na boca dum diabo velho como aquele pode significar uma boa lonjura.

— E que acha que devemos fazer?

— O remédio, Lelé, parece-me um só: aplicar o faz de conta — e aplicou-o: — Faz de conta que fica a dois dias de marcha rumo sul.

Hércules continuava a não entender muito bem aquele negócio do faz de conta, mas já se habituara a não duvidar dos seus efeitos. Voltou-se para os outros e deu ordem de marcha:

— Vamos caminhar rumo sul durante dois dias. O Jardim das Hespérides é lá.

— Lá onde, Hércules? — reclamou Pedrinho. — Dois dias é "tempo" não é "lugar".

O herói olhou novamente para Emília — e Emília, lampeirissimamente:

— Com dois dias de marcha batida chegaremos a um certo lugar. O Jardim das Hespérides é aí e pronto! Aposto um pomo!

Diante daquela firmeza nada mais restava senão porem--se a caminho, e puseram-se a caminho, com o pobre Lúcio sobrecarregado com os presentes recebidos. Muitas rosas vira ele em Tíngis e grande vontade lhe veio de comê-las — mas era um asno de palavra. Havia prometido aguentar até o fim e aguentaria.

O terreno era dos arenosos — beira de deserto. Árvores dos países temperados, nenhuma. Só palmeiras, sobretudo tamareiras. Pedrinho regalou-se de comer tâmaras no cacho e levou um sortimento no lombo de Lúcio.

Meioameio dava galopadas gostosas, porque para um centauro nada melhor do que as planícies sem tropeços. Em certo ponto viram uma miragem estampada no céu.

— Que maravilha! — exclamou Pedrinho — e o Visconde explicou que a miragem reproduz como um espelho o que está embaixo.

— Então essa miragem está reproduzindo o Jardim das Hespérides! — berrou Emília. — Estou vendo a árvore dos pomos de ouro, carregadinha...

E era mesmo. Logo adiante avistaram, lá bem longe, um começo de jardim.

O Jardim das Hespérides, afinal...

NO JARDIM

Um jardim encantado no meio do deserto! De longe parecia um oásis como todos os oásis. Que é um oásis? O Visconde explicou:

— A causa dos desertos é a falta d'água. Planta é um bichinho que não vive sem água. Nos pontos do mundo onde não chove, não há rios, e portanto não há agua, e portanto não há vida de espécie nenhuma. A vida nasceu da água e só vive com água. Mas em certos pontos desses desertos, existem, aqui e ali, fontes de águas subterrâneas, que vêm de longe e brotam à superfície; e então as sementes que o vento traz germinam e viram capões de mato. Oásis é isso: um capão de mato no meio do deserto.

— Que mato? — perguntou Emília.

— Em geral, palmeiras e outras plantinhas desérticas, como os cactos. Nascem e crescem ali na nesga de chão que a fonte umedece. E é graças aos oásis que os beduínos podem atravessar o deserto. Organizam caravanas de camelos que varam de um oásis a outro, como os trens varam duma estação a outra, como as tropas varam de um pouso a outro.

— E por que usam esses beduínos camelos e não cavalos?

— Porque o camelo adaptou-se ao deserto. Aprendeu a encher-se de água quando a encontra e a passar dias e dias sem beber nem um pingo.

— Então são caixas-d'água ambulantes...

— Isso mesmo. Levam-na consigo — e muitas vezes, nos grandes apuros, os beduínos matam os camelos para beber a água que eles guardam lá dentro.

Emília cuspiu, com cara de nojo.

— Grande porcaria...

— Quando a sede vem, os homens bebem até as águas mais sujas — elas viram o néctar dos deuses... Não há maior tortura que a da sede — e assim conversando sobre sede e fome, camelos e águas limpas e sujas, a expedição foi se aproximando daquele jardim-oásis. Que lindo! Como se regalaram só de vê-lo à distância! Muitas palmeiras como nos oásis comuns, mas debaixo das palmeiras numerosas plantas das que dão flores lindas e frutas gostosas.

Hércules parou. Tinha de planejar a entrada no jardim, e todo cuidado seria pouco. Havia o dragão de cem cabeças de guarda àquilo. Em que ponto ficava o dragão? Escondido em alguma gruta, como o da ilha de Erítia? E o herói, na forma do costume, volveu os olhos para os picapaus. Eles é que sabiam pensar certo nas ocasiões difíceis.

— Então, oficial? — exclamou Hércules olhando para o seu oficial de gabinete.

Pedrinho estava muito atento, como que a procurar se havia uma entrada no jardim. Não viu nenhuma. Podiam entrar por onde quisessem. Uma solução lhe veio:

— Podemos mandar o Visconde assuntar.

Emília aprovou a ideia, mas com um aperfeiçoamento:

— E o Visconde pode ir camuflado, vestido de folhas secas, como aquele "bicho-folhagem" das histórias.

O sabuguinho suspirou. Era sempre assim. Só nos momentos perigosos se lembravam dele.

Havia ali pelo chão muitas folhas trazidas pelo vento. Pedrinho juntou uma porção para camuflar o Visconde.

— Há cera em sua canastra, Emília?

Havia um pelotinho. Que é que não havia na canastra emiliana? E lá abriu ela a canastra e tirou a bolota de cera. E sabem que cera? A de Ícaro. Enquanto os outros ouviam as derradeiras palavras do pobre moço caído lá no mar e lançado à praia pelas ondas, Emília, sempre tão prática, ia tirando com a unha os restos da cera do coto daquelas asas derretidas pelo sol.

Com aquela cera Pedrinho fez do Visconde um perfeito bicho-folhagem, do qual nem as Hespérides nem o dragão desconfiariam — e lá foi o Visconde investigar.

Meia hora depois regressava.

— Vi tudo — disse ele. — As Hespérides moram em um maravilhoso palácio no centro do jardim. Bem na frente há uma árvore carregada dumas frutas do tamanho de laranjas-lima, dum amarelo de ouro. Deve ser a que procuramos.

— Por que não trouxe um pomo? Não os havia pelo chão?

Pedrinho riu-se.

— Que ingenuidade! Pois é lá possível que pomos de ouro andem pelo chão, como as laranjas lá do nosso pomar? As Hespérides juntam todos e guardam-nos como as maiores preciosidades do mundo. E o dragão, Visconde?

— Estava lá de guarda, sim. Encontrei-o dormindo com metade das cabeças. As outras vigiavam, com os olhos muito abertos.

— São cem mesmo?

— Não contei, mas é cabeça que não acaba mais.

— E as Hespérides? — quis saber Emília.

— Vi três passeando pelo jardim. Lindas! Impossível criaturas mais lindas — e o Visconde, que era grande apreciador da beleza feminina, revirou os olhos para o céu.

Bom. Hércules ficou instruído da situação. Restava agora estudar o meio de destruir o monstro. Atacá-lo com flecha já vira ser absurdo. Que fazer? E o herói olhou para Emília. "Que fazer, Emilinha?"

A ex-boneca segurou o queixo e franziu a testa. Era assim que "espremia" a caixa das ideias, fazendo que espirrasse alguma. Depois de uns instantes seus olhos brilharam — sinal de ideia espirrada.

— O meio é narcotizar esse bicho...

Pedrinho fez cara de decepção.

— Soluções teóricas são muito fáceis. Narcotizar!... E onde o narcótico, boba? No deserto, não há farmácia nas esquinas.

Emília pensava, pensava. Hércules não tirava dela os olhos. Como fazer? Evidentemente Emília estava remoendo uma ideia qualquer, com ar de quem quer e não quer. Por fim disse, depois dum profundo suspiro:

— O jeito é um só: fabricarmos ópio...

A decepção cresceu. Pedrinho soltou um "Oh!" de desapontamento e Lúcio olhou para o centaurinho. Emília, porém, os surpreendeu com uma resposta inesperada:

— Podemos fabricar ópio com a varinha de condão. Arranjem-me um pouco de água.

O rosto de Pedrinho iluminou-se diante da imprevista generosidade da cigana. Ia ceder uma das viradas de sua vara! Milagre puro! Só o amor poderia explicar aquilo. "Será que está apaixonada por Hércules?"

Pedrinho despejou na palma da mão do herói um pouco da água da sua frasqueira, enquanto Emília, com muitos suspiros, abria a canastra em busca da varinha.

— Abaixe essa mão, Lelé — disse depois ao herói, que estava com a mão em concha com a água dentro. Hércules abaixou-a à alturinha da ex-boneca. Emília deu um último suspiro, dos mais puxados, e: "Vira que vira, virade!", tocou na água com a varinha. Imediatamente a água virou num caldo grosso e preto. O Visconde veio provar. — Sim, é ópio do legítimo!

Muito bem. Estava obtido o ópio. Como agora fazer o dragão beber aquilo? Emília perguntou ao Visconde:

— Não viu se o dragão tinha algum bebedouro perto, como o das galinhas e pintos?

O Visconde refranziu a testa, como procurando recordar-se.

— Creio que tinha... Tinha, sim, agora me lembro.

— Pois então volte lá e despeje este ópio na água do bebedouro.

Hércules continuava com a mão em concha, com aquele caldo preto dentro. De que modo dar aquilo ao Visconde? Hércules atrapalhava-se com qualquer coisa.

Teve novamente de olhar para Emília.

— Pois despeje na cartolinha dele, Lelé.

O herói sorriu. Tudo tão simples para Emília — e lá foi o caldo preto para a cartola do Visconde. Encheu-a de transbordar.

— Pronto, vá! — ordenou Emília — e o visconde folhagem lá se foi, passo a passo, segurando com toda a atenção as abinhas da cartola, de medo de tropeçar e derramar aquilo. Voltou ao jardim e... não apareceu mais.

Depois de meia hora de espera todos ficaram nervosos. Por que não voltava o Visconde? Que lhe teria acontecido? As hipóteses eram muitas. "Quem sabe se foi descoberto e comido pelo dragão?", dizia um. "Quem sabe se alguma Hespéride havia dado com a maçaroca a mexer-se e a levara para o palácio como uma curiosidade da natureza?"

Duas horas se passaram e nada. Por fim Pedrinho tomou uma resolução: mandar Lúcio ver o que havia.

O pobre do Asno de Ouro tremeu da cabeça aos pés. Seus pelos arrepiaram-se, mas Emília explicou que se fosse muito cautelosamente e espiasse de longe, de dentro das moitas, podia ver sem ser visto e verificar se o dragão bebera a água com ópio.

— Como posso saber disso? — murmurou o pobre asno, ainda trêmulo.

— Se o dragão estiver acordado, é que não bebeu. Se estiver dormindo, é que bebeu. Tão simples...

E Lúcio não teve remédio senão ir, mas foi com um pensamento mau na cabeça: "Eles não têm dó de mim? Pois então me desligo da palavra dada — e se houver no jardim rosas, mastigo as que puder", e com esse plano lá se foi cautelosamente de rumo ao jardim. Todos ficaram à espera na maior ansiedade. E se o dragão houvesse comido o Visconde e comesse também o pobre asno?

O DRAGÃO DE CEM CABEÇAS

Mas não foi assim. Minutos depois voltava Lúcio, pé ante pé, de cabeça baixa e orelhas caidíssimas, como se andando assim ninguém o enxergasse. Não tendo encontrado rosa nenhuma, vinha dar contas da missão.

— Sim — disse ele. — Encontrei o monstro dormindo com todas as cabeças.

Os olhos de Hércules brilharam. Emília deu um pinote e Pedrinho bateu palmas. Tudo ia correndo maravilhosamente bem. Com o dragão adormecido pelo ópio, a façanha de Hércules se tornava uma brincadeira de criança. Era só chegar e com a clava ir macetando aquelas cabeças.

— E o Visconde? — perguntou Pedrinho. — Não o viu?

— Vi, sim. Vi uma das patas do dragão apoiada numa coisa ou maçaroca de folhas secas que deve ser o Visconde. Ele aproximou-se demais e...

Hércules correu a mão pela clava, alisando-a. Depois ergueu-se e disse:

— Vou com Pedrinho. Os outros esperem-me aqui — e foi com o seu oficial. Entraram no jardim com a perícia com que os índios entram no mato, sem fazer o menor barulho. Foram varando, varando por entre as plantas, na maior parte desconhecidas de ambos. Súbito, uma clareira à frente. Lá estava diante deles o palácio das Hespérides! Pedrinho tremeu de entusiasmo.

— Que maravilha! — exclamou em voz baixa. — Parece coisa de sonho...

E diante do palácio viram uma árvore com frutas amarelas — evidentemente os pomos de ouro. E lá estava de guarda à árvore o dragão de cem cabeças — mas dormindo, coitado, com todo

aquele cabeçame aplastado no chão. Pedrinho encheu-se de coragem e disse:

— Me dá a sua clava, Hércules. Eu mesmo esmago pelo menos metade daquelas cabeças.

O herói riu-se. Pedrinho nem pôde erguer a tremenda clava. Devia pesar umas quatro arrobas. Mas vendo ali no chão um pedaço de pau de bom tamanho, apanhou-o.

— Com isto me arranjo. O tacape dos índios lá da minha terra é um pau mais ou menos assim — e lá se foi de tacape em punho rumo ao dragão adormecido. Caminhava cautelosamente, pé ante pé, como o asno, e já de tacape erguido. E ia descarregar o primeiro golpe numa das cabeças, quando deu com o Visconde. Exatinho como Lúcio dissera: estava seguro sob uma das patas do monstro. Pedrinho entreparou, sempre de tacape levantado.

— Está vivo, Visconde? — perguntou.

— Sim — respondeu uma vozinha espremida de sabugo esmagado por pata de dragão.

— E aguenta até matarmos este bicho? — ainda perguntou o menino.

— Sim — respondeu de novo o "empatado".

Pedrinho sossegou e, erguendo o tacape no máximo, desceu-o com toda a força sobre a cabeça número um do dragão. Era dura. Foi o mesmo que dar uma paulada numa pedra. Pedrinho ergueu de novo o tacape e desferiu segunda pancada com mais força — e ficou ali, *bá, bá, bá*, a malhar tacapadas na cabeça número um. Hércules, ali perto, ria-se. Pedrinho já estava a suar e frouxo — e não conseguira esmoer nem sequer uma das cem cabeças. Parou e olhou para Hércules, desanimado.

— Agora é que vejo que isto de ser herói não é para todos! Não aguento mais — e jogando o tacape, sentou-se, ofegante.

Hércules então ergueu a clava e esmoeu de um golpe a cabeça número um, e depois a número dois — e assim todas, uma por uma, até a noventa e sete. Quando faltavam apenas três, o dragão acordou e arreganhou para ele três horríveis bocarras vermelhas, com mais dentes que as dos crocodilos, e com línguas de ponta de flecha. E atacou. Hércules saltou para trás num pulo de tigre, arrastando consigo Pedrinho. Se não fosse isso, adeus neto de Dona Benta! Sentado ali a descansar, como estava, e desprevenido, foi o puxão de Hércules que o salvou.

Uma flecha partiu do arco do herói — e outra — e outra. As últimas três cabeças do monstro penderam e foram juntar-se às noventa e sete já esmagadas.

Nesse momento uma voz soou atrás deles:

— *Avé! Avé! Evoé!*

Os dois voltaram o rosto. Era Emília, que, não resistindo à tentação de ver com seus olhos a matança do dragão, deixara os companheiros e viera sozinha. Lá estava ela trepada a uma árvore...

O grito de Emília ecoou no palácio das Hespérides. Aretusa, ocupada em tricotar um cinto para Juno, ouviu aqueles "avés" e estranhou, porque além delas só havia no jardim maravilhoso o dragão. Ora, o dragão era mudo como as serpentes — só silvava de vez em quando, *tsi, tsi, tsi,* como a Kaa do *Livro da Jângal*. E a moça correu a ver do que se tratava.

Dando com o herói e um menino lá perto do dragão imóvel, evidentemente morto, Aretusa soltou o grito das sereias:

— Humanos!...

Suas três irmãs acudiram à janela — Egle, Héstia e Erítia, cada qual mais linda.

Emília, lá do galho da árvore, percebeu-as e sussurrou para Hércules:

— Já viram você, Lelé. Estão de olhos arregaladíssimos olhando para cá... — e desceu.

Nada mais tinham a fazer ali. Agora, ao palácio!

— E o Visconde? — berrou Emília.

Sim, o Visconde! Entretidos com tanta coisa, Hércules e seu oficial tinham-no esquecido completamente lá sob a pata do dragão morto. A pergunta de Emília chamou-os à realidade. Pedrinho foi até lá com ela. Ergueu com esforço a pata do monstro, enquanto Emília puxava o sabuguinho. Como estava amarrotado! Despiram-no das folhas secas e examinaram-lhe o corpo. A barriga toda amassada, a cartolinha entortada...

Hércules dirigiu-se ao palácio das Hespérides. Aretusa veio recebê-lo à porta e com espanto do herói o reconheceu.

— Hércules! — exclamou. — Não me surpreende a tua presença aqui. O Oráculo de Amon já o tinha previsto.

Estava falando com a maior gentileza, sem hostilidade nenhuma no tom; isso muito alegrou Pedrinho, fazendo-o pressentir que tudo iria acabar bem. Aretusa fez o herói entrar e chamou as outras:

— Egle, Héstia, Erítia, venham ver quem está aqui...

Pedrinho tonteou. Nunca supôs que houvesse criaturas de tanta beleza — e pela primeira vez sentiu não ser gente grande, para namorá-las. Hércules fez as apresentações do costume. Aretusa achou Emília muito engraçadinha, mas notou no Visconde um cheiro muito esquisito...

— Parece ópio...

— É ópio, sim! — berrou Emília muito lampeira. — Ele trouxe caldo de ópio na cartola para adormecer o dragão...

— Ah, foi assim? — exclamaram as Hespérides, aparentemente satisfeitas com a morte do dragão, e Aretusa contou a história da árvore dos pomos de ouro. Juno, ao ter notícia da árvore maravilhosa, mandara para ali o dragão de cem cabeças para guardá-la, pois não queria que ninguém no mundo possuísse nem um pomo sequer. Todos os produzidos eram guardados e enviados para ela no Olimpo.

— Para quê? — indagou Emília, com a sua carinha de ex-boneca insaciavelmente curiosa.

— Para comê-las — respondeu Aretusa.

— Oh, então esses pomos são comestíveis?

— Sim, e deliciosos.

— Mas não são de ouro?

— Só na cor. Tornam-se de ouro ao toque de certas varas feiticeiras.

Pedrinho, que havia saído da sala, reapareceu com quatro pomos na mão e um ar muito desapontado: "São laranjas!", disse ao apresentá-las a Hércules.

Hércules mordeu uma. Era de fato laranja.

A decepção foi grande. Laranja, laranja... Por que então aquele empenho pela posse duma fruta que abundava em todos os países do Mediterrâneo? Héstia explicou que abundava agora; antes só havia ali aquele pé. As "laranjeiras" dos países do Mediterrâneo eram produtos das sementes que Juno jogara lá de cima. A laranjeira inicial, a primeira aparecida no mundo, era a daquele jardim.

— Mas como foi então que Atlas esteve aqui e levou um pomo de ouro maciço, que eu bem vi, porque esteve na minha canastra uma porção de tempo?

— Porque a pedido dele nós o tocamos com a nossa varinha mágica. Atlas é nosso pai e esteve cá justamente no único dia em que o dragão dormiu com as cem cabeças. Colheu uma. Desapontou-se tal qual vocês agora — e então, para contentá-lo, Aretusa virou a laranja em pomo de ouro.

Emília contou que também possuía uma vara de condão, dada por Medeia em troca daquele pomo de ouro de Atlas. As Hespérides muito se admiraram daquilo e Egle achou que

Emília estava habilitada a tornar-se uma pequena fada. O característico das fadas é a posse das varinhas de condão. Emília enfunou-se toda.

— A vara dela já está só com dez viradas — disse Pedrinho para abater-lhe o orgulho. — Tinha cem quando a recebeu de Medeia. Mas a boba, no maior assanhamento, passou a manhã inteira lá no acampamento a virar isto naquilo. Gastou em bobagens quase todas as viradas da varinha...

As Hespérides sorriram.

A VOLTA

A estada deles no palácio das Hespérides foi um contínuo deslumbramento. Banquetes, passeios pelo jardim maravilhoso, danças e músicas à noite. Hércules sentia-se em tamanho enlevo que nem pensava em voltar. Bem que passaria o resto da vida ali. Quem o chamou à ordem foi Pedrinho.

— Isto não deixa de ser ótimo, mas nós temos obrigações. Euristeu lá está à sua espera e vovó anda ansiosa pelo nosso retorno. Este Décimo Primeiro Trabalho chegou praticamente ao fim. Temos de voltar...

Nesse momento, Egle, que havia chegado à janela, abriu-se numa exclamação:

— Venham ver! Venham ver!... Um centaurinho e um asno...

Hércules explicou a presença ali de mais aqueles dois estranhos personagens. Depois declarou que com grande pesar de coração tinham de partir. Aretusa veio com uma cesta de laranjas — os famosíssimos pomos de ouro. Pedrinho descascou uma em cuia e provou: laranja-lima da boa! Deu uma metade a Hércules e chupou a outra.

As despedidas foram comoventes. Emília ganhou uma porção de coisas lindas e Pedrinho lá se foi com a cesta de pomos.

A volta correu acidentada. Aqueles desertos da Líbia sempre foram assolados por animais ferozes, que viviam atacando as aldeias dos beduínos — leões, chacais, hienas. Hércules liquidou com todos. Depois tomaram uma nau para a travessia do Mediterrâneo e aportaram na ilha de Rodes para descanso. Lá aconteceu um caso esquisito. Hércules, depois de sarar do enjoo, saíra a passeio com Pedrinho, um passeio a pé pelos arredores do porto. Súbito, aparece à frente deles um carro de bois. O herói estava com fome. Desencangou a junta de bois, comeu um e sacrificou o outro a Palas, sua divina protetora. O carreiro fugiu e do alto dum morro deu de berrar contra o herói as maiores injúrias — mas tudo ficou por isso. Quando Hércules tinha um boi inteiro no estômago, agia como as sucuris — não ligava a mínima importância a provocações. E dessa aventura nasceu um costume curioso: quando mais tarde os habitantes de Rodes instituíram sacrifícios em honra de Hércules, costumavam como parte das cerimônias injuriá-lo, como o fizera o carreiro...

Prosseguindo na viagem, foi o navio impelido por um grande temporal para muito longe da sua rota — de modo que quando deram acordo estavam mais próximos do Cáucaso do que de Micenas. Tudo arte de Hera. Furiosa com o novo triunfo do herói no caso das Hespérides, a vingativa deusa encomendara a Netuno aquele temporal, o mais violento que ainda se viu. A nau que os transportava naufragou nuns arrecifes do mar Negro, mas Hércules e os picapauzinhos foram salvos por um cardume de delfins — uns delfins a serviço de Palas.

Foi o que sugeriu o sabuguinho.

— Mas como, Visconde, pode Palas ter a seu serviço delfins de Netuno? — objetou Emília. — Não é Netuno quem comanda todos os seres do mar?

— É, mas não existe governo sem oposição. Sempre que um ser marinho se descontenta com a política do governo — que é Netuno — passa para a oposição — que é Palas.

Os únicos desastres do naufrágio foram a molhadela do corpo do Visconde e a entrada de água dentro da canastrinha da Emília. Teve ela de abri-la e estender ao sol todos os objetos, depois de bem lavados em água doce.

Pedrinho também lavou o Visconde, que ficara com o corpo salgadíssimo — e dessa lavagem resultou maior encharcamento ainda. Sabugo de milho bebe água como esponja.

— Vai repetir-se aquilo que houve no começo da vida do Visconde — observou Emília. — Vai esverdear de bolor...

Pedrinho não viu nisso mal nenhum, porque sua intenção, logo que voltasse ao sítio, era entregá-lo a Tia Nastácia para uma reforma do corpo. Ela aproveitaria as perninhas, os braços e a cartola num belo sabugo novo — e eles enterrariam o sabugo velho num canteiro da horta. Era assim que a Medeia-Nastácia reformava o Visconde, sem necessidade de fervura nenhuma.

Depois de restabelecer-se de mais aquela viagem por mar, Hércules rumou na direção do Cáucaso, que é a famosa montanha plantada entre a Europa e a Ásia. Por quê? Por que em vez de seguir para Micenas se pôs Hércules a caminho do Cáucaso?

Por causa de Prometeu. Já de muito tempo andava com ideia de uma visita a esse titã de fígado devorado pelo abutre de Zeus, e que ocasião melhor que aquela em que um temporal o lançava quase aos pés do Cáucaso?

Quando Hércules lhes comunicou a grande ideia, Pedrinho e Emília abraçaram-no comovidos. Ambos sabiam a história de Prometeu, contada por Dona Benta. O Visconde a recordou.

— Prometeu era um dos titãs que se rebelaram contra Zeus, e depois de vencido recebeu uma tortura horrenda: ficar eternamente amarrado ao Elbrus, o pico mais alto do Cáucaso.

— Quantos metros? — exigiu Emília.

— Tem 5.657 metros — cantou o sabuguinho — e continuou, depois de gozar a admiração de Hércules: — Pois é. Zeus condenou-o a ficar amarrado naquele pico eternamente, e a ser eternamente bicado por um abutre...

— Sei — disse Pedrinho. — Bicado no fígado. O abutre come o fígado de Prometeu diariamente, e diariamente o fígado renasce... Os deuses sempre foram vingativos. Daí vem aquele dito: "A vingança é o manjar dos deuses" — e ninguém jamais verificou isso melhor do que esse titã. O suplício de Prometeu é de arrepiar os cabelos.

— Mas que é que ele prometeu? — perguntou Emília.

— Prometeu não prometeu coisa nenhuma; fez coisa mais

importante: deu ao homem o elemento inicial do progresso, que é o fogo.

— E onde foi ele achar fogo?

— No céu. Naquele tempo os homens cá na terra viviam na maior barbárie, exatamente como os bichos. Moravam em cavernas, comiam carne crua — uns perfeitos peludos. E isso porque não dispunham do fogo. Sem o fogo não há metais e sem metais não há civilização. O bicho-homem estava impedido de civilizar-se por falta de fogo.

— E então aparece Prometeu e promete dar fogo ao homem — xereteou Emília.

— Espere. As coisas estavam nesse ponto quando veio ao mundo o titã Prometeu, irmão de Atlas. Mostrou desde logo ser um verdadeiro gênio criador. Foi ele quem deu ao homem isso a que chamamos "civilização". Foi ele quem sugeriu a construção de naus no tempo do Dilúvio, com as quais a raça humana se salvou do afogamento geral. Foi ele quem ensinou ao homem as primeiras artes. Em suma, tanta coisa fez em benefício da humanidade que Zeus se indignou e por fim o puniu da maneira mais cruel.

— Mas então Zeus é um malvado! — berrou Emília num súbito acesso de indignação.

— Emília, Emília!... — advertiu Pedrinho. — Lembre-se de que está na Grécia com todos os deuses vivinhos lá em cima, talvez nos escutando...

Mas a ex-boneca estava revoltada demais e nessas ocasiões esquecia-se de tudo. E continuou:

— Malvado, sim. Peste!... Sustento o que digo até nas fuças dele, e ele que me venha amarrar num Cáucaso para ver o que acontece!... O titã só estava fazendo o bem, ensinando as artes. Como poderiam os homens viver na terra sem as artes — a arte de fazer panelas de barro, a arte de cozinhar, a arte de construir casas? E como poderiam arranjar-se sem o fogo? E o tal Zeus duma figa amarra o coitado no Cáucaso para que um estupor de abutre lhe fosse eternamente devorando o fígado? Malvado, sim. Casca de ferida...

Todos estavam assustadíssimos, com os olhos no céu à espera dos terríveis raios do deus supremo. Pedrinho correu para ela e tapou-lhe com a mão a boca. Mas Hércules sorria da maneira mais estranha, como que subitamente iluminado. É que ele sempre achara uma grande injustiça divina aquele suplício infligido ao titã, mas nunca tivera a coragem de o dizer, nem sequer a si mesmo. Ninguém na Grécia punha em dúvida os decretos de Zeus. Ninguém duvidava de Zeus nem da sua alta sabedoria. A adulação era geral. Todo mundo lhe fazia sacrifícios nos templos e altares caseiros. Pois era num ambiente assim, de perpétuo terror, pânico e medo à vingança de tão vingativos deuses, que Emília de Rabicó, aquela figurinha lá do sítio de Dona Benta, ex-boneca de pano feita por Tia Nastácia, arrostava o deus dos deuses, dava-lhe de "malvado", de "peste" e até de "casca de ferida" pelas ventas! E por fim lançou um grito de revolta:

— Pois vamos libertar Prometeu! Vamos matar aquele estupor de abutre e desacorrentar o pai do fogo e de todas as artes!...

Tão tremendas palavras soaram dentro de Hércules como a voz da sua própria consciência, acordada depois de longo período de mudez. Sim. Era aquele o seu pensamento secreto e nunca sussurrado nem para si mesmo. O sonho inconsciente de Hércules sempre fora libertar Prometeu. Esse sonho inconsciente acabava de fazer-se consciente graças à revolta e ao grito de guerra de Emília. E aconteceu então um fato assombroso: Hércules, o tremendo e invencível Hércules, o homem mais forte que o mundo jamais produziu, chorou... Chorou de pura emoção. E agarrando Emília e beijando-a na testa disse:

— Você é a própria voz da minha consciência, criaturinha...

PROMETEU

— A raiva de Zeus contra o titã vem de várias coisas — disse o Visconde. — Houve primeiramente a história do touro.
— Que touro?
— Prometeu havia sacrificado a Zeus um touro, mas Zeus estranhou o cheiro da fumaça. Espia e descobre tudo: o touro não era touro de verdade, sim uma armação de vime e palha... A partir desse dia Prometeu ficou marcado. Em seguida veio a história de ensinar as artes aos homens. E se depois de grandemente se aperfeiçoarem nas artes os homens virassem deuses? Zeus não gostou da brincadeira. E por fim veio o grande crime: Prometeu roubou o fogo do céu para dá-lo ao homem. Ah, aí Zeus explodiu e inventou a incrível tortura do abutre a comer um fígado vivo e renascente.
— E quando foi isso?
— Há milhares e milhares de anos...
— Quer dizer então que o pobre Prometeu está lá há milhares de anos e não há ninguém que se anime a libertá-lo? — berrou Emília, vermelha de cólera. — É preciso então que eu, uma coitadinha lá da roça, me lembre disso? Porcaria...
— Que é que é porcaria, Emília? — perguntou Pedrinho.
— A humanidade, bobão, pois não vê? Os homens que andam a regalar-se com os benefícios das artes ensinadas pelo titã, com os assados de carneiro e boi feitos no fogo que ele lhes deu, sem que ninguém se lembre de ir tirá-lo de lá — de matar aquele estupor de abutre e jogar aquelas correntes no nariz de Zeus.

Pedrinho agarrou-a de novo e tapou-lhe a boca. Ficou assim uns instantes, com os olhos no céu, à espera dos raios do Olimpo. Mas não aconteceu coisa nenhuma. Em vez de raios, quem surgiu foi Minervino.

— Viva!... Pensamos que já se havia esquecido de nós. Há tanto tempo não aparece...

— Apareci hoje para defendê-los de vários perigos próximos.

— Desceu diretamente do Olimpo?

— Sim...

— Não notou se Zeus está assim com cara de quem comeu e não gostou?

— Zeus deve estar sonhando com Europa, Leda ou qualquer das suas antigas namoradas, porque ainda não acordou esta manhã. Certos sonhos fazem-no despertar muito tarde.

Pedrinho respirou. Zeus não tinha ouvido o desabafo da Marquesa de Rabicó...

Minervino contou mil coisas. Palas estava radiante com o desfecho da aventura das Hespérides e queria agora guiá-los naquelas montanhas.

— Ela já sabe que Lelé vai libertar Prometeu? — perguntou Emília.

— Já.

— Como, se essa ideia nasceu agorinha mesmo na cabeça dele?

— Os deuses adivinham o pensamento dos mortais. Palas leu na cabeça de Hércules esse pensamento e mandou-me acompanhá-lo.

Emília contou que havia visto Palas no momento em que ela desceu para impedir a luta entre Hércules e Marte.

— Sim, Palas desceu — confirmou Minervino. — Eu acompanhei-a.

— E Marte? Como vai do ferimento no pulso? — perguntou Pedrinho. — Que coisa esquisita um herói derrotar um deus, e logo que deus, o da guerra...

— Não há o que um homem não faça quando tem Palas do seu lado. Minha deusa é a grande deusa. Quem goza de sua proteção, nada tem a recear, nem mesmo de Zeus. Palas faz dele o que quer.

Foram caminhando rumo ao Cáucaso. Os primeiros contrafortes já estavam perto. Começou a subida. Enquanto a marcha fora no plano, Lúcio não protestou muito. Limitava-se a uns suspirinhos de longe em longe. Mas na voz de "subida de morro", estrilou.

— Não aguento mais! — disse. — Gentinha, Visconde de sabugo, canastra cheia de laranjas e não sei quantos presentes, tudo em cima do meu lombo e serra acima, ah, não!... Tenham paciência. Lembrem-se de que não sou burro de nascença, dos que suportam cargas de oito arrobas. Sou gente com forma de burro. Minha força é de gente, não de burro — e tanto chorou que Emília dividiu o carregamento com Minervino, o qual se ofereceu para levar uma parte enquanto estivessem em zona montanhosa.

Já estavam em pleno Cáucaso. O pico de Elbrus aparecia ao longe. Era lá que gemia preso a grossas correntes o maior benfeitor dos homens. Emília vibrava de cólera a essa ideia.

Seus olhinhos telescópicos não se despregavam do pico semienvolto em nuvens. Súbito, depois de mais umas horas de caminhada, Emília deu um berro.

— Estou vendo! Estou vendo um homem nu de mãos atadas às costas. Está meio sentado numa pedra, com a cabeça reclinada para trás, como que também apoiada na pedra. Meu Deus! Que cara de dor ele tem!... A gente percebe que é dor de fígado comido. Mas não vejo abutre nenhum... Esperem... Vem vindo um enorme. Chegou. Vem "recomer" o mesmo fígado que comeu ontem e renasceu de noite...

Todos olhavam para o rochedo e não viam nada. Emília era mesmo telescópica. Mas não houve fantasia nenhuma naquela sua visão antes dos outros, porque quando se aproximaram um pouco mais, todos distinguiram a cena por ela descrita. Lá estava o titã preso ao rochedo, com o abutre a lhe bicar o fígado. E até os gemidos do grande mártir todos chegaram a perceber dali.

— Há milhares de anos que ele geme de dor — disse o Visconde. — Há milhares de anos que o abutre lhe rói o fígado e só agora aparece quem se proponha a libertá-lo. Não há dúvida de que a ingratidão é própria do homem...

O Viscondinho não era só ciência; às vezes também filosofava.

Para libertar Prometeu, Hércules tinha primeiramente de destruir o abutre. Que abutre era aquele? Ah, um abutre de Zeus, eterno também, pois que teria de ficar eternamente a devorar o fígado eternamente renovado de Prometeu. Ora, sendo assim, como poderia o herói matar o que era eterno? Essa observação acudiu a Pedrinho.

O mensageiro de Palas respondeu:

— Minha deusa já ponderou sobre isso. Hércules tem que atacá-lo nos olhos. Não o matará, já que é um abutre eterno, mas o cegará para sempre. E, cego que esteja, não poderá impedir a libertação do titã.

Emília não gostou da ideia de Palas.

— Fica cego e que tem isso? Fica cego e não sai dali de junto de Prometeu, continuando a comer-lhe o fígado da mesma maneira e bicando quem aproximar-se. Os cegos comem tanto como os não cegos, embora não vejam a comida.

— E os cegos acabam ficando com os outros sentidos de tal modo agudos que por fim dispensam os olhos — acrescentou o Visconde. — Acho que Emília tem razão. Cegar o abutre não adianta nada.

Minervino atrapalhou-se e começou a dizer:

— Mas Palas... — Emília interrompeu-o:

— Sim, Palas, a boa Palas, a grande Palas cochilou. Não há quem não cochile. Dona Benta diz que até Homero cochilava. Não quero que Lelé se limite a cegar o abutre. Temos de fazê-lo cair num laço — e enquanto estiver preso, vamos lá e libertamos o titã.

Hércules achou excelente a ideia de sua "dadeira" e encarregou Pedrinho de pegar o abutre. O menino pulou de contente. Isso de laços e armadilhas era com ele. Sabia pegar toda sorte de passarinhos, com peneira, com arapuca, com laçada de crina de cavalo, com visgo e até com anzol. Certa vez, quando tinha sete anos, pegou um urubu no quintal com anzol — e muito boas palmadas levou de sua mãe Tonica por causa da judiação. Ora, a diferença entre os passarinhos lá no sítio e aquele enorme abutre era só de tamanho. Logo, bastava que ele fizesse uma armadilha proporcional.

Pedrinho pensou, pensou, e por fim resolveu seguir pelo caminho mais simples e rápido: o do anzol. Mas onde anzol?

— Você não terá por acaso um anzol na sua canastrinha, Emília? — perguntou ele por perguntar — e a resposta assombrou o herói, que estava acompanhando tudo:

— Tenho!... — respondeu ela.

E tinha! Entre as muitas miudezas da sua "canastra de badulaques" havia um anzol grande que Emília "achara" no quarto de Pedrinho. O menino reconheceu-o imediatamente.

— Este é o meu anzol de pegar piabanha! Você, Emília... — mas perdoou-lhe o roubinho porque havia resultado em bem. Encastoou o anzol num cordel bem forte e...

— ... e isca? Que isca ponho aqui?

Hércules opinou que um fígado de carneiro seria ótimo, mas a "dadeira" não concordou.

— Se esse abutre anda há milhares de anos comendo fígado, juro que está "por aqui" de fígado e quer o que for, contanto que não seja fígado.

O ABUTRE

Hércules arregalou os olhos. Como era claro aquilo! Como era inteligente tudo quanto a "dadeira" dizia!

Pedrinho iscou o anzol com um rim de carneiro.

E agora? Quem ia largar o anzol iscado lá perto do abutre?

Quem mais, senão o Visconde? Pedrinho chamou-o e deu-lhe instruções:

— Você vai galgando o pico e lá em cima arrasta-se por trás do abutre e larga a isca num lugar bem visível. Nós ficamos aqui segurando a ponta do cordel.

O Visconde suspirou que nem Lúcio, mas foi. Galgou o pico e lá em cima arrastou-se por trás do abutre. Mas em vez de largar a isca, teve a bela ideia de jogá-la bem diante do bico da ave. A isca nem chegou a cair no chão. O abustre, enjoadíssimo de fígado e sequioso por variedade, sentiu o cheiro do rim e pegou-o no ar.

— Fisgado! — berrou o Visconde. — Puxem!...

Pedrinho puxou o cordel; mas com o arranco que ao sentir-se preso o abutre deu, o arrastado foi Pedrinho e não ele. E se num movimento rapidíssimo Hércules não levasse a mão ao cordel, lá iria Pedrinho pelos ares, levado pelo abutre em voo. Imagine-se (o que é imprudência de criança) que ele havia atado a ponta do cordel em torno da cintura!...

Depois que o herói segurou o cordel a situação mudou completamente. O abutre, que já ia entrando em "voo planado", capotou com o arranco, focinhou, e lá veio como um paraquedista cujo paraquedas se engasga. Hércules ia encurtando o cordel, como quem recolhe um peixe do espaço.

Ao tê-lo ao alcance da mão, agarrou-o pelos pés e subjugou-o. Bem que a monstruosa ave se debateu! Mas se nem monstros como o Leão da Neméia podiam com o herói, que esperava aquele abutre?

Emília insultou-o:

— Bem se vê que é ave de zero cérebro! Que adianta debater-se assim? Sossegue, estupor, antes que Lelé perca a paciência e esmoa essa cabeça, como fez com as cem do dragão lá no jardim.

Parece que a ameaça valeu, porque o abutre sossegou. Hércules amarrou-o pelos pés a um tronco de árvore e disse:

— Pronto! Podemos ir desencadear Prometeu.

Emília pôs as mãozinhas na cintura.

— Que cabeça, meu Deus! Pois você tem coragem, Lelé, de deixar este abutre, de bico mais cortante que alicate, preso só pelos pés? Assim que virarmos as costas, ele aplica a bicança no amarrilho, come a corda e vai voando para o rochedo e chega muito antes de nós...

Hércules abriu a boca. "É mesmo!...", exclamou com cara de bobo — e ficou olhando para Emília à espera de solução. Emília nem segurou o queixo para pensar. Tão simples aquilo...

— Pois é só cortar-lhe a ponta duma das asas, como faz Tia Nastácia com as galinhas muito voadeiras…

E foi o que fizeram. Hércules cortou a ponta duma das asas do abutre com a faca da Emília, isto é, com o moleque de Micenas virado em faca — e pronto. Estava o abutre inutilizado. Para o verificar, soltou-o. O pobre abutre de Zeus — o "estupor" — como dizia Emília, tentou voar, desequilibrou-se, pererecou e por fim rodou pelas perambeiras abaixo, a debater-se.

Bom. Estavam livres do abutre. Restava agora subir ao pico e desacorrentar o herói, o que Hércules fez num instante. Fortíssimas aquelas correntes, mas de que valia força de corrente para Hércules? Ele agarrou-as e despedaçou-as como se fossem de vidro.

Ah, ninguém descreve o suspiro de alívio do titã ao ver-se libertado! Seu primeiro movimento foi cair nos braços de Hércules em lágrimas — em lágrimas os dois. E Pedrinho, Emília e o Visconde também choraram de emoção.

— Livre, livre afinal!… — exclamou Prometeu. — Livre, depois de séculos e séculos de martírio pelo crime de haver dado o fogo aos homens…

12
HÉRCULES E CÉRBERO

Hércules já realizara onze grandes trabalhos, saindo plenamente vitorioso. Estava agora incumbido do último e o mais difícil. Tinha de descer ao sombrio reino de Hades, e trazer de lá o famoso Cérbero.

— Que é esse reino? — quis saber Pedrinho — e o mensageiro de Palas explicou:

— É o reino subterrâneo para onde vão as sombras dos mortos. À entrada está Cérbero, o horrível mastim de três cabeças e cauda de dragão — três cabeças diferentes. A missão de Cérbero é impedir que os heróis penetrem nos domínios de Hades. Só isso. Porque os heróis se atrevem às maiores loucuras — até a se baterem com os deuses, como no caso de Héracles e Ares. Os deuses, pois, têm que tomar precauções.

Emília quis saber pormenores do deus Hades. Minervino contou.

— É irmão de Zeus e Posêidon, de Hera e Deméter. Filho do velhíssimo deus Cronos, que é o Tempo. Na repartição do mundo coube-lhe o reino dos infernos subterrâneos, de onde só saiu uma vez para raptar Perséfone, filha de Deméter, com a qual se casou.

— Está aí uma coisa que não compreendo — disse Pedrinho. — Como é que a filha duma deusa do Olimpo se conforma em deixar a beleza do céu para ir morar na feiura do inferno? Maior mau gosto nunca vi...

— É que ela não foi morar lá por gosto. Hades raptou-a — e foi o rapto mais célebre do mundo.

— Conte, conte...

— Aquilo não passou de uma conspiração. Condoído da sorte de seu irmão Hades, Zeus consentiu nesse rapto. Que linda era Perséfone! Estava um dia brincando na praia com as filhas do Oceano e a colher flores num prado vizinho: rosas, belas violetas, gladíolos. Súbito, deu com um jacinto maravilhoso de brilho e aroma. Não parecia um jacinto comum...

— E aposto que não era — adivinhou Emília.

— Sim, não era. Aquilo fazia parte da conspiração.

A maravilhosa flor brotara justamente para atrair Perséfone ao ponto onde ia abrir-se o solo e da fenda irromper Hades em seu carro de corcéis infernais. Agarrada pela cintura, a pobre Perséfone foi levada aos gritos para dentro da terra...

— E Deméter, sua mãe, não fez coisa nenhuma lá no Olimpo?

— Sim. Fez um barulho medonho, até que afinal conseguiu um entendimento: Perséfone passaria metade do ano com ela no Olimpo e outra metade no inferno com Hades.

Pedrinho tentou imaginar como seria o palácio de Hades. Não conseguindo formar ideia, consultou Minervino.

— Ah, um palácio severíssimo, de colunas de prata, rodeado de altas rochas. À sua frente espraia-se a lagoa Estígia, de águas paradas. Como lá não existem ventos, nunca as agitam a menor ondulação. Nela despejam vários rios que descem como torrentes da superfície da terra. Para chegar ao palácio é preciso atravessar a lagoa. Só existe uma barca, a do velho Caronte. Mediante o pagamento de um óbolo, o sinistro barqueiro transporta a sombra dos mortos.

— Eu sei! — berrou Emília. — Daí vem o costume grego de enterrar os mortos com uma moedinha no peito. É para pagamento a Caronte. Já vimos isso em nossa primeira viagem a esta Grécia.[3]

— Sim. Todos têm que pagar o seu transporte. No reino de Hades há várias zonas. Para as mais sombrias, lá nos abismos do Tártaro, vão as sombras dos inimigos dos deuses. As sombras dos amigos dos deuses ficam nas zonas mais agradáveis, onde em vez de trevas há penumbras. São os Campos Elísios.

— E como é a corte desse deus Hades?

— Na entrada fica o temível Cérbero de três cabeças, filho do titã Tífon e da ninfa Equidana — "ninfa imortal e perpetuamente livre do envelhecimento". Cérbero deixa entrar as sombras, mas não permite que nenhuma saia. Depois

---

3. *O Minotauro*. São Paulo: Globinho, 2017.

há os três juízes que julgam os mortos e os mandam para esta ou aquela zona: Radamanto, Minos e Éaco...

Um arrepio perpassou pelo corpinho de Emília — *brr*... Viu-se lá, diante dos três severíssimos juízes, interpelada a respeito dos insultos que andou lançando contra Zeus e Hera... Minervino continuou:

— Depois de Hades e sua esposa Perséfone, vêm as divindades infernais menores. Em primeiro lugar as Queres ou as Moiras, que são gênios da morte e da vingança; perseguem todos os culpados, sejam homens ou deuses, e não descansam antes de castigá-los. As Queres são negras de dentes alvíssimos e olhos ferozes, sanguinárias e implacáveis. Atiram-se sobre os que caem nas lutas, arrancam-lhes a alma, e lá se vão com elas para o reino de Hades.

— Então andam pela Terra?

— Sim, mas invisíveis para os vivos. São as matadoras dos homens. Andam pela Terra matando gente para lhes arrancar a alma.

— Bom, então isso é o que lá no mundo moderno nós chamamos Morte — observou Pedrinho. — Aqui são verdadeiras cachorras de caça — caçadoras de almas...

— E que mais há lá? — quis saber Emília.

— Há as Harpias — continuou Minervino. — São aves com cabeça de mulher, asas e garras. Também andam pelo mundo caçando gente para abastecer de sombras o reino de

Hades. E há as Erínias, ou Eumênides, que, do mesmo modo que as Harpias, são demônios de asas com cabelos de serpentes. Também caçam almas. Voam às vezes com um archote em punho, outras vezes com um látego. A voz delas é como a dos touros enrouquecidos. Por onde passam, as plantas morrem, vítimas do seu hálito pestilento. As Erínias caçam as almas dos culpados e sobretudo as dos maus filhos.

E Minervino ainda contou muita coisa do reino de Hades, deixando-os arrepiados e com muito pouco desejo de acompanhar Hércules em sua aventura.

O grande herói estava imerso em profunda meditação. Aquele trabalho nada tinha de semelhante aos anteriores. Obrigava-o a preparar-se. Cumpria-lhe, antes de mais nada, iniciar-se nos "mistérios de Elêusis", a fim de conquistar a boa vontade de Deméter, mãe da rainha dos infernos.

— Temos que ir a Elêusis — disse ele — e para lá partiu o bandinho, do mesmo modo que havia partido para tantos outros lugares. Hércules à frente, abrindo a marcha. Depois, Pedrinho montado em Meioameio. Depois, o pobre Lúcio com o picuá e Emília montada de banda, como as amazonas de saia comprida. Os presentes ganhos das Hespérides e mais coisas tinham ficado no acampamento, debaixo da grande pedra.

Chegados a Elêusis surgiu uma complicação. Nos famosos mistérios de Deméter não podiam iniciar-se os de fora — e Hércules era ali um estrangeiro. O meio foi fazer-se adotar por Fílio, um seu amigo residente lá.

Depois outra complicação: Hércules estava manchado pelo crime da matança dos centauros. Teve de submeter-se a uma purificação. Só depois disso pôde iniciar-se nos mistérios de Elêusis e conquistar as boas graças de Deméter.

E agora? Por que porta penetrar no reino de Hades? Havia diversas. Uma, o rio Aqueronte, que em vez de despejar-se no mar despejava-se em um pantanoso lago de exalações pestilentas, perto da cidade de Éfira. Era esse lago uma das bocas do inferno. Outra boca era uma fenda no cabo Tenaro, na Lacônia. Hércules escolheu esta última.

Bom. O herói ia penetrar no Hades, mas seus companheiros? Seria absurdo levá-los também. Hércules deu as suas razões e ordenou que ficassem por ali à espera. Pedrinho respirou. Se havia uma coisa no mundo que não desejasse fazer era aquilo: penetrar no inferno. Mas com grande surpresa de todos Emília disse:

— Pois eu vou. Não posso abandonar Lelé justamente na sua aventura mais perigosa. Quem sabe se não vai precisar de mim por lá?

O herói comoveu-se com tamanha dedicação; seus olhos umedeceram-se, e mais ainda quando o sabuguinho declarou:

— E eu também. Dona Benta me recomendou que não largasse da Emília.

Hércules ainda tentou demover os dois pequenitotes de um passo tão perigoso. Não conseguiu. Quando Emília encasquetava uma ideia, era à toa: não havia no mundo o que a demovesse.

E Hércules, Emília e o Visconde desceram pela fenda que dava nos campos fronteiros à lagoa Estígia.

NO INFERNO

A primeira coisa que Emília e o Visconde viram ao pisarem naquele plaino foi uma grande quantidade de sombras de mortos. Sombra não tem medo de sombra, mas foge de quem não o é — e todas fugiram ao darem com o herói e mais as duas criaturinhas vivas. Fugiram, desapareceram ao longe. Só duas ficaram: a sombra de Meleagro e da Medusa degolada por Perseu. Meleagro era amigo, pois fora um dos companheiros de Hércules na expedição dos Argonautas, mas a Medusa era a Medusa e Hércules armou o dardo para combatê-la. Uma voz o advertiu:

— Não vês que é uma sombra, Héracles!

Voz de Minervino! Sem que eles vissem, o mensageiro de Palas também descera ao Hades. Hércules baixou a arma, desapontado. Depois seguiu rumo à barca de Caronte. Tinham de atravessar a lagoa Estígia. Surgiu uma complicação. O velho Caronte só transportava sombras, não vivos. Recusou-se a recebê-los em sua barca.

— Mas nós trazemos os óbolos — xereteou Emília.

Caronte baixou os olhos para aquele pelotinho de gente e até se assustou: e mais ainda quando deu com o sabuguinho de cartola. De cartola e falante, pois o Visconde também meteu o bedelho.

— Sou o escudeiro deste grande herói e aconselho ao velho Caronte a não nos atrapalhar. Meu amo já se desempenhou das mais temerosas incumbências do rei Euristeu, e não será um velho barqueiro quem lhe irá barrar o passo.

O espanto de Caronte não tinha limites. Hércules, que estava disposto a agir com prudência, olhou para Emília. "Que fazer, dadeira?"

Emília aplicou o faz de conta.

— Faz de conta que somos sombras — mal disse isso e já o rosto de Caronte demudou. Enfitou-os de novo com maior atenção e por fim disse:

— Perdoem-me. Pareceu-me a princípio que eram seres vivos, agora vejo que são sombras — e estendeu a mão para receber os óbolos. Hércules não se lembrara desse detalhe. Não havia trazido óbolo nenhum. Nem Emília, nem o Visconde. Quem salvou a situação foi Minervino. Tirou do bolso quatro óbolos e apresentou-os ao velho. Emília interveio:

— Esperem! São três óbolos só. O Visconde não paga, porque não é gente.

Caronte não compreendeu — mas Emília explicou tão bem a "sabuguice" do Visconde que o velho se deu por convencido.

— Vá lá, três óbolos — e recebeu-os da mão do mensageiro de Palas. Emília enfiou no bolso o quarto — para o seu museuzinho!...

A barca de Caronte atravessou a lagoa. Todos saltaram do outro lado. Começava ali a mansão de Hades. Atrás do palácio é que ficava a porta do inferno, com o cão de três cabeças de guarda. Era um pátio imenso, cheio de sombras e com vários vivos que de um modo ou de outro tinham atravessado a lagoa e lá estavam prisioneiros.

— Olhe quem está cá!... — berrou Emília apontando. Hércules olhou. Era Teseu...

Mas encadeado, como o titã no Cáucaso. Hércules dirigiu-se ao grande herói e perguntou como viera parar ali. Teseu contou a sua estranha aventura. Ele e Pírilo, seu companheiro, tinham imaginado a mais tremenda de todas as aventuras: desceram ao Hades para raptar Helena e também Perséfone, a esposa de Hades.

Emília estremeceu ao ouvir tal confissão. Que loucura! Vá que Pírilo pensasse em raptar Helena; mas o atrevimento de Teseu com sua ideia de raptar a própria esposa do deus dos infernos era dessas coisas para as quais a ex-boneca só tinha em seu vocabulário uma palavra: "batata!".

— Pois cá viemos — disse Teseu. — Enganamos Caronte, atravessamos a Estígia. Chegamos a entrar no palácio de Hades, o qual nos recebeu muito bem — mas

só na aparência. Mandou-me sentar em certo assento. Sem desconfiar de coisa nenhuma, sentei-me — e imediatamente senti minhas carnes aderidas àquele assento, debaixo do qual saíram serpentes que se enlearam em meu corpo. Mesmo assim consegui escapar. Fui, porém, agarrado e encadeado aqui a esta pedra...

Hércules não respeitava cadeias de bronze. Fez com as que prendiam o herói da Ática o mesmo que com as do titã lá no Cáucaso: despedaçou-as com um empuxão violento. Estava livre o grande Teseu.

— Obrigado, Héracles. Vamos agora libertar o meu companheiro.

Mas na voz de libertar Pírilo, tudo mudou. A terra foi sacudida de um violento terremoto. Era sinal de que os altíssimos deuses se opunham à libertação do audacioso maluco que planejara o rapto de Perséfone.

— Não convém insistir — cochichou Minervino ao ouvido do herói. — O crime de Pírilo é grande — é dos que os deuses supremos jamais perdoam — e Hércules desistiu da ideia. Lá deixou Pírilo entregue à sua infeliz sorte.

Hércules, coitado, tinha um grande coração. Os horrores que por ali viu confrangeram-no. Entre outras coisas, sombras de defuntos que estavam esperando a vez de transpor as portas e se estorciam nos horrores da sede. Tanta água ali perto e sombras morrendo de sede...

— Por que não bebem a água da lagoa? — indagou Emília — e Minervino respondeu que eram ainda mais salgadas que as do mar.

Hércules, compadecido, teve uma lembrança feliz. Degolou um dos bois do rebanho de Hades que pastava por ali e deu o sangue às sombras sequiosas. Aquele rebanho, porém, era guardado pelo pastor Menetes, o qual acudiu em defesa do boi capturado, com palavras de desafio ao herói. Hércules agarrou-o pela cintura e amassou-o, quebrando-lhe várias costelas. Nesse momento, um grito. Era Perséfone. Tinha presenciado a cena e correra a salvar o pastor. Pediu a Hércules que o largasse. Hércules atendeu.

— Deusa — disse ele —, não vim para brigar, senão para conferenciar com o vosso divino esposo.

— Acompanhe-me — respondeu Perséfone, e introduziu-o à presença do rei. Minervino, Emília e o Visconde seguiram atrás, como três sarnas.

Hades estava no trono. Um deus sombrio, soturno, cujo nome os gregos não gostavam de pronunciar. Todas as coisas a ele associadas eram terríveis e tétricas. Nada em seu reino que lembrasse as amenidades do Olimpo. Emília esfriou ao vê-lo. Teve medo. Foi uma das raras vezes em que realmente teve medo.

Hércules adiantou-se e disse:

— Divindade, aqui estou por ordem de Euristeu para levar vivo a Micenas o cão Cérbero.

Hades sorriu — e que sorriso impressionante! Era o sorriso dum deus que conhece a sua quase onipotência. Perséfone, ao seu lado, majestosamente bela, tinha os olhos na figura titânica do famoso herói. Conhecia toda a sua história e em seus músculos sentia a força de Zeus, cujo sangue corria nas veias de Hércules.

Depois daquele apavorante sorriso de Hades e duma pausa de alguns segundos — a mais sinistra pausa que se possa imaginar —, o deus dos infernos disse:

— Cumpri a ordem do vosso rei. Levai Cérbero, mas não consinto que o ataqueis com arma nenhuma.

Hades tinha a mais absoluta certeza de que corpo a corpo, sem uso de arma nenhuma, Hércules, ou qualquer outro herói, jamais conseguiria apoderar-se do guardador da porta do inferno. E se lhe deu licença para levar Cérbero, foi na convicção de que o herói acabaria nos dentes do monstro. O seu sorriso era o antegozo do fim trágico duma criatura considerada invencível.

— Ide.

Foi assim que deu por encerrada a audiência. Hércules fez uma saudação para retirar-se. Perséfone o detém.

— Quem são essas figurinhas que o acompanham? — perguntou com os olhos em Emília e no Visconde.

Hércules fez a apresentação de seu escudeiro e da sua dadeira.

— Dadeira? — repetiu Perséfone, que pela primeira vez ouvia semelhante palavra.

— Sim — respondeu Hércules respeitosamente. — Emília me fornece ideias nos momentos graves. Sua inteligência me assombra — e a pedido da deusa contou duas ou três passagens da criaturinha.

Perséfone fez um ar apiedado. "Héracles já esteve demente. Correu que sarara. Vejo agora que sua loucura é das incuráveis...", foi o pensamento da deusa.

O herói retirou-se acompanhado das "sarnas". Dirigiu-se para a porta do inferno.

— Lá está ele!... — berrou Emília.

Ele sim. Cérbero... Lá estava à porta da mansão das sombras o horrendo mastim de três cabeças. Bem certo o que diziam: três cabeças diferentes, corpo de mastim e cauda de dragão.

Cumprindo as exigências do deus, Héracles abandonou as armas que trazia, inclusive a pele do leão. Como a usasse feito escudo, lealmente considerava aquilo arma.

Mas a dadeira interpôs-se.

— Isso não, Lelé! Hades falou em armas, não falou em pele.

— Mas esta pele tem sido o meu escudo, já que é invulnerável.

— Isso sabemos nós e mais ninguém. E como ninguém sabe que essa pele é o melhor dos escudos, meu conselho é que não a ponha de lado.

Hércules, indeciso, olhou para o Visconde e para o mensageiro de Palas. Ambos foram da mesma opinião.

Três votos contra um. Hércules, que já havia largado a pele, revestiu-a novamente — e foi o que lhe valeu!...

Emília ficou de coração parado e fôlego suspenso quando o herói se dirigiu para Cérbero com o mesmo passo firme com que se dirigira para o Touro de Creta. Impavidez era ali! Coragem era ali!

Ao vê-lo avançar, Cérbero piscou três vezes com os seus seis olhos, porque nunca em vida sua acontecera semelhante coisa: um homem desarmado avançar contra ele. Mas a

vacilação foi rápida. Seus olhos espirraram fogo, seus dentes se arreganharam — e Cérbero atirou-se contra o herói com o ímpeto dos mastins que se sabem invencíveis.

O herói desviou-se do bote e agarrou-o por dois pescoços, um braço em redor de cada um. Mas o terceiro pescoço de Cérbero não teve braço que o agarrasse... e com aquela cabeça livre o canzarrão atacou. Ferrou uma dentada no ombro do herói, que o teria liquidado se não fosse a pele invulnerável. Nela se quebraram metade dos dentes da boca atacante. Que luta tremenda foi! O jeito de Hércules era um só: matar uma das cabeças agarradas para libertar um braço, e com esse braço agarrar o pescoço da cabeça atacante. O herói tinha ordem para levar a Micenas o cão vivo, mas Euristeu não falara em levá-lo com as três cabeças vivas. Num esforço gigantesco Hércules torceu um dos pescoços agarrados; depois que viu a respectiva cabeça morta, com os olhos esbugalhados e a língua pendente, desembaraçou o braço e colheu o pescoço da cabeça livre.

Estava terminada a luta. Cérbero moleou o corpo. Sua cauda de dragão aplastou-se no solo.

Minervino, que para ali viera por ordem de Palas e tudo previra, aproximou-se com uma corda ajeitada em forma de focinheira. Hércules enfiou-a num dos focinhos do mastim; depois ajeitou outra focinheira no outro focinho. O terceiro dispensava esse cuidado — era o focinho da cabeça morta.

Pronto. Só restava conduzir até Micenas aquele molambo mais morto que vivo — e lá saiu Hércules com ele às costas.

Quando Hades viu o herói passar pela frente do palácio com Cérbero às costas, quase morreu de paixão. Pulou do trono para lançar contra ele todas as fúrias infernais. Perséfone o deteve.

— Palavra de deus não volta atrás — disse a majestosa deusa. — Fui testemunha de que o autorizaste a capturar Cérbero, se o atacasse sem armas — e Héracles não usou arma nenhuma.

Hades caiu em si e voltou para o trono a remorder-se de ódio impotente. Estava preso pela sua própria palavra.

Quando Caronte viu reaparecer o herói com o cão às costas, seguido das três sarnas, teve um colapso. Caiu sem sentidos no fundo da barca. Minervino tomou-lhe o remo e fez a travessia. Minutos depois estavam todos na superfície da Terra, onde se juntaram aos companheiros.

Pedrinho arregalou os olhos no maior assombro. Depois fez bico. Ele, um heroizinho tão promissor, havia estragado a sua carreira — havia ficado na rabada! Um momento de medo o fizera permanecer na segurança da terra superficial enquanto Emília e o Visconde ousavam a imensa proeza de penetrar na mansão de Hades…

— Então, Emília? — perguntou ele muito desconchavado; e ela, toda importante:

— Pois é. Fomos lá e *salvamos* Teseu e *conversamos* com Hades e Perséfone e *liquidamos* com a prosa de Cérbero. Nossa aventura vai ser a mais célebre de todas nos anais das grandes façanhas do mundo.

— Eu, eu… — tentou Pedrinho desculpar-se.

— Você pixoteou, Pedrinho, e vai ficar de cara à banda por toda a vida. Teve ocasião de fazer uma coisa que nenhum menino moderno jamais fez nem fará e perdeu-a. Agora é chorar na cama.

Pedrinho não se conteve: chorou ali mesmo.

— E agora, Lelé? — perguntou Emília. — Vai levar esse monstro às costas até Micenas? Bobagem. Cachorro é ali na focinheira e puxado por uma corda.

Hércules viu que era mesmo. Largou Cérbero no chão. Estava vivo, mas de corpo mole como os lutadores nocautes. Minervino obteve mais corda e, improvisando duas coleiras, passou-as pelos dois pescoços. O terceiro ficou sem coleira porque pertencia à cabeça morta.

— Eu puxo-o — disse Pedrinho — e foi o seu triste consolo naquele trabalho de Hércules: puxar pela corda o monstruoso mastim derrotado...

DESAPONTAMENTO DO REI

Quando iam se aproximando de Micenas, Pedrinho voltou-se para Hércules e gritou:

— Ando com uma ideia, amigo: entrarmos na cidade todos juntos, assim em procissão...

— Por quê? — perguntou o herói lá atrás.

— Para despedida. Meu palpite é que Euristeu não vai "nos" dar nenhum outro trabalho.

Hércules sorriu.

— Você não o conhece, oficial. Ele já me impôs Doze Trabalhos e imporá outros e outros, sempre com a esperança de que um dia eu fracasse. E não tem culpa, coitado. Não passa dum instrumento de Hera.

— Não tem culpa mas bem que podia ser mais delicado, Lelé — interveio Emília. — O modo como trata você — todo importante, como quem tem o Olimpo na barriga — me deixa tinindo de raiva.

Uma ideia lhe passou pela cabecinha: vingar-se de Euristeu — e imediatamente lhe acudiu o meio.

— Uma coisa, Lelé: por que não havemos de entrar todos juntos no palácio de Euristeu? Estou com vontade de conhecer aquilo lá por dentro.

Era mentira. Não estava querendo conhecer coisa nenhuma e sim "dizer uma boa" nas fuças do "antipatia".

Hércules objetou, achou inconveniente a entrada em massa no salão de audiências do rei, mas Emília insistiu e destruiu completamente a objeção do herói com vários argumentos "batatais". Hércules cedeu.

— Pois não seja essa a dúvida. Entraremos todos juntos no palácio de Euristeu.

Chegados a Micenas, não se dirigiram ao *camping* como de costume — foram penetrando na cidade com a maior sem-cerimônia. O fato de passarem com Cérbero pelas ruas — Cérbero, Cérbero, CÉRBERO!... o tremendíssimo e terribilíssimo mastim infernal — parecia-lhes a coisa mais natural do mundo. E para maior assombro dos povos, vinha Cérbero, Cérbero, o tremebundo CÉRBERO, puxado pelo cabresto. E puxado por quem? Por um menino... Aquilo era até profanação — um verdadeiro fim da Grécia Heroica.

A multidão começou a juntar-se. Todo mundo acudia às janelas e portas para ver a passagem do cortejo.

As ruas encheram-se. Formou-se logo o clássico "acompanhamento de procissão". Centenas de criaturas sem serviço e toda a molecada formaram um magote atrás deles.

Súbito, uma voz na multidão gritou:

— É ela!... É ela!... A feiticeirinha que virou nossos filhos em coisas. Temos de agarrá-la e entregá-la à justiça.

Emília tremeu lá em cima de Lúcio, mas reagiu de pronto e voltando-se para Hércules, lá atrás, gritou com voz ressentida:

— Lelé, olhe aqui um cara de coruja me ameaçando...

Hércules fechou o sobrecenho e olhou para a janela de onde havia saído a voz. A voz engoliu em seco. Emudeceu. O olhar de Hércules parecia o olhar da Medusa. Petrificava as pessoas.

Chegaram defronte ao palácio de Euristeu e foram entrando. Os guardas, assustadíssimos com a visão de Cérbero, jogaram as armas e sumiram-se. O grupo foi varando, atravessando corredores e salas até chegar ao salão das audiências. Lá estava Euristeu no trono, com Eumolpo, o xereta, ao lado. Ao ver surgir aquele monstro de três cabeças, seguro pela corda dum menino montado em centauro, e depois um asno com uma feiticeirinha em cima, e mais um milho de cartola no picuá e lá no fim o invencível Hércules, Euristeu desmaiou. A cena fora muito imprevista e muito forte para os seus reais nervos. Eumolpo, a tremer de medo, abanava o amo, borrifava-lhe água no rosto.

O desmaio de Euristeu foi curto. Seus olhos abriram-se. Emília, então, que estava com o discurso preparado, "lascou":

— Senhor rei, aqui estamos de novo e para nunca mais. Chega de trabalhos. Não somos "servos da gleba" e Lelé é mais que um herói — é um semideus maior e melhor que muitos deuses lá do Olimpo. Tem um coração que só eu sei. Por isso não quero que ele continue executando trabalhos perigosíssimos, inventados por esse cara de coruja que está aí todo treme-treme. Não quero e não quero, ouviu? Doze Trabalhos já. Boa conta. Uma dúzia. Além disso, Dona Benta está ansiando pela nossa volta, coitada. O grande Héracles vem comunicar ao pequeno Euristeu que vai soltar neste salão o bicho encomendado e partir para longes terras. Tenho dito.

O discurso de Emília achatou Euristeu como se fosse uma sola de sapato. Viram-no olhar para Eumolpo como quem pede socorro, mas Eumolpo perdera até a voz, de medo!

Pedrinho então soltou Cérbero ali na sala e fincou a espora em Meioameio — sinal de retirada. O Asno de Ouro rodou nos pés — e Emília ainda espichou um palminho de língua para o estarrecido soberano. Hércules também girou nos calcanhares e lá se foram todos. Na sala do trono só ficaram os três: Cérbero, a olhar para aqueles dois homens com expressão de quem já não entende coisa nenhuma deste mundo, e Euristeu e Eumolpo agarrados um ao outro de medo do monstro.

Mas quando Hércules e seus companheiros alcançaram a rua, deram com um grupo de autoridades locais. A mais graduada de todas deteve o asno e disse apontando para Emília:

— Em nome da lei, está presa!

— Homessa! Por quê?

— Por crime de feitiçaria. Seu processo está concluso. Em dia deste ano, lá na margem do ribeirão, a acusada virou em objeto de uso caseiro dezenove meninos desta cidade.

Hércules, que tinha se aproximado para ver o que era, quis "espalhar" a justiça. Mas o Visconde ergueu-se lá no picuá e falou:

— Nada de violências, Hércules! Se até os deuses do Olimpo encerram suas brigas com entendimentos, como no rapto de Perséfone, por que nós, mortais, não fazermos o mesmo? Na qualidade de advogado e defensor perpétuo de Emília, proponho o arquivamento do processo em troca da "desvirada" dos meninos de Micenas.

Ninguém entendeu. Os juízes e xerifes entreolharam-se com caras de asno. O Visconde explicou:

— Sim. Do mesmo modo como a acusada virou os meninos em objetos, poderá agora virar os objetos em meninos, desse modo devolvendo-os à forma primitiva.

Os juízes e xerifes entreolharam-se de novo; e como na multidão estivessem os pais e mães dos dezenove meninos, uma grita se levantou:

— Sim, sim! Ela que desvire nossos filhos e suma-se destas plagas.

Estava lavrada pelo povo a decisão do processo. Com a restituição dos meninos, ficava o dito por não dito.

Emília enrugou a testa. Depois sorriu. Com incrível rapidez havia formulado e resolvido um problema. Qual o problema? Este: "De que modo uma varinha de condão, já só com dez viradas, pode desvirar dezenove meninos virados em objetos?". Sim, porque se ela gastara dezenove viradas para virá-los, tinha agora de gastar outras tantas para desvirá-los.

Este o problema. Agora, a solução: "Enfileirar no chão os dezenove objetos, um junto do outro como teclas dum teclado de piano, e depois, com a ponta da vara, dar uma 'escala corrida', como fazem com a unha certos tocadores de piano" — *rrrrrrrrrr...* Desse modo, com um mesmo toque da vara ela desviraria os dezenove moleques. Gastaria, pois, só uma virada.

A solução teórica do problema foi essa. Restava saber se a experiência a confirmaria.

Tudo pensou e resolveu Emília em meio segundo. Seu pensamento era um relâmpago.

Tomando então a palavra, disse:

— Senhores, prontifico-me a fazer aqui na praça deste palácio o que o Visconde de Sabugosa propôs e os pais dos meninos querem. A varinha de condão de Medeia está naquela canastra.

Pedrinho veio descer o picuá e despejá-lo do Visconde e da canastra. Emília abriu-a, tirou a vara e em seguida, entre suspiros, foi atirando os dezenove objetos obtidos com as dezenove viradas — o canivete, a tesourinha, a faca de ponta, o rolinho de esparadrapo... Ao tirar o rolinho, Emília pensou: "Já me utilizei de um pedaço. Será que o menino vai aparecer com falta de orelha ou nariz?". Depois de tirá-los todos, colocou-os no chão da rua em forma de teclado de piano, um coladinho ao outro. Restava só correr por cima deles a ponta da vara e pronto.

Mas Emília, sem certeza de que o seu processo de "escala corrida" fosse dar certo, "pensou para adiante", como fazem os jogadores de xadrez, e tomou certas disposições que no momento ninguém entendeu.

— Pedrinho — disse ela —, monte e fique firme em Meioameio. Lúcio, mantenha-se aqui bem perto de mim. Você, Visconde, monte já.

E, finalmente, voltando-se para Hércules:

— Erga-me em seus braços, Lelé. Tenho um particular a dizer no ouvido.

O herói ergueu-a. O particular de Emília era o seguinte:

— Vou dar uma varada em "escala corrida" sobre aquele teclado de objetos, mas não posso garantir que essa ideia dê bom resultado. Se der, muito bem: os meninos reaparecerão e está tudo acabado. Se não der, eu tenho de os desvirar um por um, cada qual com uma varada. Ora, só tenho na vara dez viradas. Ficam, pois, nove meninos sem desvirada — e como é? A justiça aqui me agarra, me prende e me ordena. Para evitar isso é que estou tomando estas disposições estratégicas. Corro a vara. Deu certo? Muito bem. Não deu certo? Ah, você desce a marreta neste povo, espalha os juízes e xerifes enquanto nós nos botamos no maior galope rumo ao acampamento. Lá arrumamos tudo num ápice, cheiramos o "pim" e adeus, Hélade! Se isso acontecer, é possível que não nos vejamos mais, Lelé — e quero despedir-me aqui mesmo — e deu-lhe um beijo na face. — Largue-me no chão agora.

O herói, profundamente comovido, largou-a no chão. Emília voltou para onde estavam os objetos dispostos como teclado. Tomou a vara e disse para o povo:

— Atenção! Vou correr a vara por sobre estes dezenove objetos para o reaparecimento dos dezenove meninos. O reaparecimento se realizará meio minuto depois do toque.

A espertíssima criatura sabia muito bem que tanto as viradas como as desviradas eram instantâneas, mas inventou a história do meio minuto para ganhar tempo. Se a coisa falhasse, enquanto os micenianos estivessem esperando passar meio minuto eles fincavam o pé no mundo e pronto!

Emília correu os olhos nos seus companheiros para verificar se todos estavam a postos — e só então riscou a escala — *rrrrrrrr...* cada "r" correspondendo a um objeto.

Tudo correu exatinho conforme a teoria: os dezenove objetos viraram instantaneamente em dezenove meninos!

DESAPONTAMENTO DO REI

Que festa foi! Dezenove pais e dezenove mães lançaram-se aos dezenove meninos reaparecidos e abraçaram-nos com os olhos rasos de lágrimas. Todos já haviam perdido a esperança de rever os coitadinhos.

Emília, de mãos na cintura, gozava a cena. Que triunfo o seu!

DESASNAMENTO DE LÚCIO

Tudo estava correndo muito bem. O povo de Micenas, que minutos antes só pensava no linchamento de Emília e seus companheiros, passou ao extremo oposto. Eram aplausos e mais aplausos, e festinhas e convites para uma coisa e outra. Mas Hércules e os picapaus nada aceitaram. Só queriam uma coisa: a volta para o acampamento. Lá estavam o banho do ribeirão, o Templo de Avia. Lá estavam a liberdade de movimentos e a ausência de "corpos estranhos", como dizia o Visconde. "Que é o povo? Um conglomerado ou ajuntamento de corpos estranhos entre si." E Emília costumava dizer: "Povo? Passo".

De volta ao acampamento e depois do jantar, que era o último que iam ter juntos ali na Grécia Heroica, veio à berlinda o caso de Lúcio. Que fazer? Soltá-lo seria um desastre: logo adiante o pegariam e lá ficaria ele novamente escravo, talvez de algum mau amo, desses que não têm dó de meter o chicote nos pobres animais. Lúcio pensou nisso e implorou que o não soltassem. Queria que o levassem a uma festa de Ísis. Unicamente devorando as rosas que os sacerdotes costumam depor no altar da deusa é que Lúcio poderia desasnar-se, voltando à sua forma humana.

— Quem é essa Ísis? — perguntou Emília.

O mensageiro de Palas, que misteriosamente aparecia e desaparecia, respondeu:

— É a mesma Deméter em sua primitiva forma egípcia. No começo não havia Deméter — havia Ísis, uma deusa importada do Egito. Em certos lugares há ainda hoje adoradores de Ísis que a festejam justamente nesta época do ano.

Bom. Tinham de sair pelo mundo em procura de velhos adoradores de Ísis. Emília danou:

— Maçada! Nós com tanta urgência de voltar ao Picapau Amarelo e este estupor...

Pedrinho interveio:

— Pare com os insultos, Emília! Que culpa tem Lúcio do que aconteceu? Largá-lo aqui será a maior das crueldades. Ele tem sido um ótimo companheiro, com grandes serviços prestados, sobretudo a você.

— Reconheço — disse Emília —, mas que é um estupor, isso é. Foi-nos útil, mas agora está atrapalhando.

Lúcio quase chorou de sentimento. Suas orelhas murcharam com a maior humildade. Emília condoeu-se.

— Pois vamos em busca da tal Ísis. Eu às vezes digo certas coisas só por ímpeto — não é de coração.

As orelhas de Lúcio levantaram-se de novo.

Depois do banho no ribeirão e do sono daquela noite, o mais sossegado que dormiram na Grécia, lá se foram no dia seguinte atrás dos adoradores de Ísis.

De caminho ia Hércules revelando tudo o que lhe tumultuava no coração. Confessou-se gratíssimo pelo que os picapaus haviam feito. Chegou até a declarar que pelo menos um terço de seus triunfos cabia mais a eles do que a ele.

— Sim, porque se não fosse Emília, é bem possível que o Javali do Erimanto me houvesse pegado. E no caso do boi de Creta, o verdadeiro herói foi Pedrinho.

— E o Visconde também — acrescentou Emília. — Não se esqueça da argola.

Hércules concordou.

— Sim, todos três me ajudaram muito. Todos três revelaram grande inteligência, fazendo-me compreender que se a força é uma grande coisa, a inteligência é a força das forças. Vem daí a minha ideia sobre a educação...

Quando Hércules se punha a desenvolver a sua ideia sobre a educação, os três picapauzinhos bocejavam. Tudo quanto ele dizia, certo de que eram ideias originais e pela primeira vez saídas de um cérebro, não passava de ideias emboloradas e até já aposentadas no mundo moderno. Emília fechou a discussão daquele ponto com um exemplo:

— Claro que é assim, Lelé. Pois não vê o Visconde? Nasceu sabugo, como todos os sabugos do mundo, mas com a educação recebida de Dona Benta virou o que é: um sábio de cartola.

E assim, conversando sobre cem coisas, chegaram a uma aldeia muito velha. Nas aldeias velhas há sempre homens e mulheres muito velhos, gente conservadora e apegada ao passado. Quem sabe se não existiam ali devotos de Ísis?

Pedrinho foi perguntar a um ancião de longas barbas brancas que viu sentado a uma porta.

— Bom velho, dizei-me: não haverá nesta aldeia devotos duma antiquíssima deusa egípcia de nome Ísis?

O ancião ergueu para ele os olhos embaciados e sorriu.

— Como não, menino? Há muitos devotos, e eu sou um velho sacerdote de Ísis.

Pedrinho gritou para o bando lá atrás:

— Pronto!... Demos no centro do alvo! Há adoradores de Ísis aqui e até sacerdotes. Este bom velho é um.

Todos se aproximaram do sacerdote e o atropelaram com perguntas e mais perguntas.

— E quando se realizam as festas de Ísis?

— Justamente hoje, à tarde. As rosas estão no ponto.

Ísis era festejada com rosas, de modo que sua festa anual tinha de coincidir com o apogeu das rosas. E como havia rosas naquela aldeia! Lúcio espichava os olhos para os jardinzinhos e engolia em seco.

Emília observou:

— Esta nossa última aventura até parece fita de xerife do meio para o fim: tudo dá certinho, como se houvesse combinação...

Passaram o dia ali na aldeia, rodeados daqueles pobres campônios de bocas abertas e olhos arregalados. Héracles entre eles! Um centaurinho! Um menino dos séculos futuros! Uma feiticeirinha de língua solta! Um Asno de Ouro! Um aranho de cartola!... O assombro da pobre gente não tinha fim.

Tão alegre estava Lúcio com a ideia de seu próximo desasnamento que volta e meia zurrava.

— Por que zurra, Lúcio, já que fala tão bem?

— Por despedida — respondeu ele. — Zurro para despedir-me desta pele que daqui a pouco vou abandonar.

À tardinha começaram os preparativos para a festa de Ísis. Toda gente colhia rosas e mais rosas. O velho sacerdote armou o altar. Hércules e o bandinho colocaram-se na primeira fila. Ia ter começo a cerimônia.

O velho sacerdote saiu lá duma sacristia e aproximou-se do altar com uma cesta de rosas nos braços, em atitude ofertória, como quem traz bandeja de café.

— É hora, Lúcio! — sussurrou Emília.

Lúcio precipitou-se sobre as rosas com tamanho ímpeto que lá derrubou o velho e gulosamente devorou as rosas, com cesta e tudo. Sobreveio o tumulto.

— Blasfêmia! Blasfêmia!... — e muitos fiéis se lançaram de porretes em punho contra o irreverente. Iam desancá-lo. Iam massacrá-lo. Iam linchá-lo...

Mas... que é do asno? Misteriosamente desaparecera. Procura que procura, nada! Nada de asno! Muita gente esfregou os olhos como quem diz: "Estarei sonhando?". O velho sacerdote levantou-se, tonto, e: "Que é das minhas rosas?". Nem asno, nem rosas. Em vez disso, um moço estranho a conversar com a pequena feiticeira.

— Que bonito rapaz você é, Lúcio! — dizia ela. — Vire de costas, quero ver. Vá até ali e volte... Sim, sim, um rapagão. É de Atenas?

— Não. Sou de Corinto...

Emília pôs as mãos na cintura e balançou a cabeça.

— Que mundo este nosso! Quem há de dizer que um moço de Corinto, bonito e desempenado como este, já foi o meu burro de carga...

Bom. Lúcio já não tinha mais nada a fazer ali. Sua ânsia de voltar para a casa era enorme. Rever a família, os amigos, a noiva...

— Adeus, adeus, amigos! — disse ele. — Nunca me esquecerei das nossas aventuras, nem da bondade com que me trataram. Adeus, Héracles, o grande! Adeus Pedrinho, pequeno herói moderno! Adeus centaurinho gentil! Adeus, Visconde, o mais sábio dos sabugos! Adeus, Emília — pequenina fada que se aqui ficasse revolucionaria esta Grécia inteira...

Só não se despediu da canastrinha. Emília reclamou:

— Ela também é personagem, Lúcio.

E ele, já longe:

— Adeus, canastrinha mais rica de preciosidades que todos os museus do mundo...

Lúcio, muito lépido e radiante com a reconquista de sua forma antiga, ia pulando de contente. Dava três passos e um pulinho. Três passos e um pulinho...

Hércules sorria feliz. Pela primeira vez se sentia plenamente satisfeito. Mas um pensamento melancólico lhe enrugou a testa. Emília percebeu.

— Que repentina tristeza é essa, Lelé?

Do peito do herói saiu um suspiro.

— Nossa associação está no fim — disse ele. — Daqui a pouco vocês partem e fico mais sozinho do que nunca, aqui nesta terra de monstros e deuses vingativos. Acostumei-me tanto com vocês que... — e engasgou. Era a comoção.

Emília não disse nada — mas levou aos olhos o seu lencinho...

BELEROFONTE

Depois da partida de Lúcio, deram começo aos arranjos para a viagem.

Que fazer das coisas ali do acampamento? Deixar de pé o Templo de Avia para que os moleques de Micenas viessem profaná-lo? Nunca! Deixar fincados os espeques com as esculturas dos trabalhos de Hércules? Não.

Emília veio com uma lembrança.

— Podemos demolir o templo, arrancar as estacas e fazer uma grande fogueira em honra a Palas.

— Feliz ideia! — exclamou uma voz conhecida. Emília olhou. Era Minervino, "o aparece e desaparece". Estava ali de novo.

— Vem vindo do Olimpo?

— Sim. Acabo de estar com Palas. Minha deusa mostra-se encantadíssima com você, Emília. Anda a contar histórias da "feiticeirinha" a todas as deusas do Olimpo.

— E Hera?

— Ah, Hera está cada vez mais rabugenta e furiosa. Tem feito mil queixas ao seu divino esposo, mas Zeus dá lá sua risadinha e é só. Ele conhece a esposa que tem. Os Doze Trabalhos que por meio de Euristeu ela impôs a Hércules resultaram em doze derrotas. Hera já não sabe o que inventar. E vai enfurecer-se ainda mais com essa fogueira que vocês vão acender em honra a Palas.

— Pois que se enfureça — berrou Emília. — Já "passei" essa deusa. É o mesmo que não existir. E mudando de assunto: como é o seu verdadeiro nome, Minervino? Isto de "Minervino" foi invenção minha.

— Donde veio a ideia?

— De Minerva, que vai ser o futuro nome de Palas em Roma, como explicou o Visconde. Todos estes deuses vão mudar de terra. Seu nome verdadeiro, qual é?

— Belerofonte...

Emília arregalou os olhos, no maior dos assombros.

— Belerofonte, aquele herói que nos apareceu lá no sítio montado no Pégaso?[4]

— Isso mesmo...

O espanto de Emília continuava.

— Mas a cara, o ar, os modos de Belerofonte não lembram você, Minervino...

— É que, como mensageiro de Palas, mudo de aspecto conforme as circunstâncias.

Emília duvidou. Seria Belerofonte mesmo? E para "caçá-lo" perguntou:

---

4. *O Picapau Amarelo*. São Paulo: Globinho, 2016.

— Então diga: qual o outro herói que estava lá naquele tempo? O vestido de lata?

— Dom Quixote de la Mancha, foi como vocês mo apresentaram. Tinha um escudeiro gorducho, muito comilão. Sancho Pança, creio...

Emília encantou-se. Não havia a menor dúvida: aquele Minervino era o mesmo Belerofonte de outrora, o famoso herói grego que lá surgira montado no cavalo de asas.

— E onde anda Pégaso? Sabe que Pedrinho o viu nascer do corpo degolado da Medusa? Degolado por Perseu?

— Sim. Ele me contou tudo.

Estavam ainda a rememorar passagens de Dom Quixote no sítio, quando um tropel lhes distraiu a atenção. Um cavaleiro vinha no galope. "Quem será?"

Era um dos guardas do palácio de Euristeu. Chegou, pulou do cavalo e dirigiu-se para Hércules com cara muito aflita.

— Senhor herói — disse ele precipitadamente —, vim pedir socorro. Está um horror no palácio. Sua Majestade Euristeu e o primeiro-ministro continuam estarrecidos diante da figura horrenda do Cérbero lá na sala do trono. Não podem sair de medo do monstro, e os guardas não se animam a entrar para socorrer o soberano. Vim a galope implorar que volte e tire do palácio aquela abantesma.

Hércules riu-se, com ar de dó.

— Medo de Cérbero! — exclamou. — Mas Cérbero não é mais Cérbero, o antigo e terrível guardião do reino de Hades. Não passa de sombra do que foi. Está vencido, destruído por dentro.

— Mas não se arreda de lá, senhor herói, e com os quatro olhos que lhe restam olha para o rei de um modo que arrasa o nosso soberano. E como ninguém ousa tirá-lo da sala, vim voando pedir socorro.

Hércules, sempre a sorrir, deu ordem a Pedrinho que fosse buscar Cérbero. Pedrinho saltou sobre o lombo de Meioameio, fincou o Visconde na garupa e lá partiu a galope para a cidade.

Sem o Visconde ele não se arranjava.

Chegado ao palácio, Pedrinho foi entrando. Na sala do trono viu tudo como no começo: Euristeu encolhido no trono e Eumolpo a seu lado, pálido e trêmulo. O mastim de Hades olhava-os com uns olhos sem expressão e por isso mesmo terríveis para aqueles dois poltrões. Pedrinho, que havia levado um rolo de corda, fez gesto ao Visconde para que atasse a corda a uma das coleiras de Cérbero. O sabuguinho suspirou mas cumpriu a ordem: atou a corda à coleira de Cérbero, sem que o monstro opusesse a menor resistência. Em seguida Pedrinho puxou-o para fora. Lá na rua cavalgou Meioameio e tocou para o acampamento. A multidão aglomerada nas ruas assistiu maravilhada àquela estranhíssima cena: um menino, montado num centaurinho e com uma aranha de cartola na garupa, a puxar pelo cabresto o monstro mais impressionante para a imaginação dos helenos — Cérbero, Cérbero, CÉRBERO, o terrível guardião do Reino dos Mortos!

— E agora? — exclamou Emília quando os viu chegar ao acampamento. — Que vamos fazer deste estupor? — Tudo para Emília era estupor.

Hércules achou melhor matá-lo e enterrá-lo por ali. Emília opôs-se.

— Não. Estou com uma ideia: levá-lo para o sítio de Dona Benta — e pôs-se a rir. — Estava imaginando o susto de Tia Nastácia...

Ficou assentado isso. Levariam Meioameio e Cérbero.

Muito bem. Agora, a fogueira e o sacrifício a Palas. Pedrinho demoliu o Templo de Avia e amontoou tudo. Pronta que foi a fogueira, o Visconde atafulhou capins bem secos e acendeu-a com o último fósforo da caixa de fósforos da canastrinha da Emília. Minutos depois um lindo fogaréu lançava rumo ao Olimpo rolos negros de fumaça.

Emília adiantou-se e, erguendo os olhos para o céu, disse com voz de sacerdotisa:

— Palas, divina Palas, nós te agradecemos os benefícios e a ajuda constante com que nos honraste em nossas aventuras. Tu és a deusa mais bela e boazinha de todas. Não andas a perseguir os grandes heróis, como uma tal que eu conheço. Peço-te que apareças um dia lá em casa para regalo e glória de Dona Benta e Narizinho. O teu mensageiro Belerofonte sabe onde é; já nos deu a honra de sua presença nos dias em que também lá esteve Dom Quixote. Está ali um bem precisado de tua gloriosa ajuda, grande Palas! É um herói o contrário de Héracles: em vez de dar, apanha sempre. Mas com tua ajuda, grande deusa, dará cabo até do mágico Freston que tanto o persegue. Tenho dito.

Todos aplaudiram o seu discursinho, e Belerofonte deu-lhe um beijo na testa — por conta de Palas.

DESPEDIDAS

Tudo já estava pronto para a volta. Emília abriu mais uma vez a canastrinha para dar balanço na colheita. Não faltava nada. Fechou-a de novo com a chavinha que trazia pendente dum cordel ao pescoço.

— Por mim podemos partir.

A bagagem de Pedrinho era pequena: só as esculturas comemorativas.

O Visconde nunca andou com bagagens. Apenas trazia uma coisa consigo, a velha cartola — e lá estava com ela na cabeça, mais amarrotada do que nunca. O peso da pata do dragão das Hespérides tinha-a deixado que nem lata de monturo.

Pedrinho mediu as pitadas do pó de pirlimpimpim e deu uma para cada um. Depois calculou a de Meioameio e a forte dose a esfregar nos focinhos de Cérbero. Mas antes de aspirarem o pó tinham de despedir-se do herói.

Ah, como foram comoventes as despedidas!

— Hércules — disse Pedrinho —, vamos partir, mas levamos no coração a imagem do nosso grande amigo e bondoso companheiro de tantas aventuras. Aprendemos a conhecer o maior coração que ainda existiu nesta Hélade, do herói que é a verdadeira justiça sob forma humana... — e Pedrinho engasgou. Estava emocionado demais.

Emília tomou a palavra.

— Lelé, se eu fosse dizer tudo quanto sinto, ficava aqui a falar durante dez séculos. Você foi a primeira criatura que realmente me encheu as medidas. Conheci lá no sítio inúmeros heróis da Fábula: Dom Quixote, Belerofonte, Peter Pan, o Príncipe Codadade, Aladim, os anões de Branca de Neve. Nenhum se compara a você, Lelé, porque além da maior força você tem o maior dos corações. Pedrinho engasgou no discurso e eu já estou começando a me engasgar. Você, Lelé... — e não podendo conter as lágrimas, Emília rompeu em choro e atirou-se aos braços do herói. Hércules recebeu-a, também com os olhos rasos d'água. Ele, o grande herói nacional grego que jamais chorara, estava chorando...

O Visconde passou a mão disfarçadamente pelos olhos e tomou a palavra.

— Hércules! — disse ele. — Permita que eu também levante minha débil e fraca voz para uma saudação de despedida. Neste grande momento eu queria ter a eloquência de Demóstenes ou Cícero para bem dizer tudo quanto me passa pela mente. Mas a emoção embarga-me a voz. Não posso continuar, como Pedrinho e Emília não o puderam...

E o Visconde também engasgou.

Belerofonte abriu a boca para falar, mas não saiu nada. Engasgadíssimo também. Houve uma longa pausa de silêncio — a pausa do engasgo geral.

Quando serenaram, Hércules tomou a palavra e disse:

— Meus amigos: não sei falar. Não recebi a educação...

Emília olhou para Pedrinho.

— ... que é o que transforma as criaturas. Minha educação foi só física, como muito bem diz o meu escudeiro. Criaram-me ao ar livre, ensinaram-me a desenvolver unicamente os músculos e a agilidade. Quanto ao resto, fiquei como nasci: um terreno baldio, como diz a Emília, onde o mato cresceu sem disciplina. Ela acha que uma criatura sem educação é como um terreno onde só há mato. A educação é que transforma esse terreno em canteiro de cultura das artes e ciências úteis e belas. Muito aprendi com vocês. Minhas conversas com Emília, com o Visconde e Pedrinho foram verdadeiras lições de que jamais me esquecerei. Sempre convivi entre brutos — reis cruéis, deuses vingativos, heróis do meu molde, gente "ineducada", como diz o Visconde. Fui encontrar "produtos da educação" em vocês. No meu oficial Pedrinho vi um modelo de herói dum novo tipo. Apreciei muito as suas qualidades, e sobretudo a sua prudência. Por que não desceu conosco aos infernos? Por prudência — e hoje eu percebo que a prudência deve ser uma das mais belas qualidades do que vocês chamam "herói moderno".

Pedrinho baixou os olhos. Hércules prosseguiu:

— Emília me enlevou pela sua presença de espírito, pela vivacidade e prontidão da inteligência, pelo engenho de sair-se bem de todos os apuros. E que ideias felizes! A de cortar a ponta de uma das asas do abutre de Prometeu foi "batatal", como ela diz. Tão simples o expediente — e nem que eu pensasse cem anos me ocorreria. Certas coisas da "dadeira" estão acima do meu entendimento. O "faz de conta", por exemplo. Penso e penso nisso e não entendo. Vi, senti, presenciei os maravilhosos efeitos desse "recurso supremo", mas confesso que não entendi. Emília explicou-mo com a sua admirável clareza — mas não entendi.

Emília riu-se para Pedrinho. Hércules continuou:

— E que direi do meu escudeirinho? Há nele uma alma generosíssima de herói sob as singelas exterioridades dum grande sábio. É o tipo do "herói resignado". Como é modesto e humilde! Não o vi gabar-se nem uma só vez. Executa as incumbências mais perigosas sem um só protesto...

— Isso não! — berrou Emília. — Bem que ele suspira.

— Sim, suspira apenas. Haverá nada mais eloquente que a humildade do suspiro? Em situações em que o comum das criaturas se debate, protesta, grita, ele suspira com toda a discrição. Tenho em meus ouvidos todos os seus suspirinhos: quando recebeu ordem de levar o anzol iscado ao abutre de Prometeu, quando teve de pegar a argola do laço na aventura do Touro de Creta, quando foi deitar ópio na água do dragão de cem cabeças... Foi o único do nosso grupo que sofreu desastre, pois quebrou a perna — e quem o viu lamuriar-se, queixar-se?

— Ele não sente dor — disse Emília. — É sabugo...

— Nós é que não sentimos a dor dos outros — respondeu Hércules. — Se o Visconde é um ser vivo, claro que tem de sentir dor. Quando, na chegada, Pedrinho me propôs o Visconde para escudeiro, ri-me, como era natural. Julguei que fosse brincadeira. Hoje, duvido que qualquer outro escudeiro me ajudasse tanto. Posso até afirmar que um ou dois dos meus trabalhos chegaram a feliz termo graças à sua discreta e oportuna atuação.

O Visconde, de cabeça baixa, ouvia modestamente os louvores do herói. Hércules ainda disse muita coisa elogiosa sobre seus companheiros; depois ia voltando ao assunto educação.

Mas Emília interrompeu-o:

— Pare aí, Lelé. Já conhecemos as suas ideias sobre o assunto. A educação é que faz as criaturas, não é isso? Já sabemos.

Hércules parou. Pedrinho veio apertar-lhe a mão. O herói abraçou-o. Depois veio o Visconde com a mãozinha espichada. Hércules abraçou-o duas vezes. Depois veio Emília com os dois braços abertos. Atirou-se-lhe ao pescoço, abraçou-o e beijou-o furiosamente. Parecia um sabiá bicando laranja.

Havia chegado a hora da partida. Pedrinho deu as últimas instruções. Depois mandou que o Visconde esfregasse o pirlimpimpim nos focinhos de Cérbero, que lá estava de cabeças pendidas, amarrado a um tronco. O Visconde suspirou discretamente e foi cumprir a ordem. Hércules riu-se, ponderando lá consigo: "A prudência dos heroizinhos modernos…".

O Visconde esfregou o pó nos dois focinhos de Cérbero sem que o pobre cão desse por isso. Soou um *fiun* grosso, como de bordão de viola — e Cérbero desapareceu…

— Agora nós! — gritou Pedrinho. — Adeus, Hércules, grande amigo!

— Adeus, Lelé! — berrou Emília.

— Adeus, zênite da mitologia grega! — saudou cientificamente o Visconde.

Hércules respondeu numa só palavra, dirigida a todos:

— Adeus!...

Pedrinho contou: Um... dois... e Três! Quatro *fiuns* soaram ao mesmo tempo e os quatro companheiros de Hércules sumiram-se como por encanto.

O herói ainda ficou ali por longo tempo, sentado a uma pedra, junto à fogueira do sacrifício a Palas. E como até Belerofonte houvesse desaparecido, não teve com quem desabafar. Depois levantou-se e lá seguiu de cabeça baixa para a cidade de Corinto. Ia em procura de Lúcio para conversar sobre os picapauzinhos. Era um meio de matar as saudades...

Lobato, Sandra e Eliana, netas do amigo da vida inteira Godofredo Rangel, e Celeste, amiguinha delas. Belo Horizonte, em 1946.

SOBRE O NOSSO AUTOR

Luciana Sandroni

Leitores, se vocês pensam que a vida do Monteiro Lobato foi tranquila, no aconchego do seu escritório escrevendo as aventuras que se passaram no Sítio do Picapau Amarelo, estão redondamente enganados. A vida do pai da literatura infantil no Brasil foi tão atribulada que parece inacreditável que ele ainda tivesse tempo para inventar *Reinações de Narizinho*, *Viagem ao céu*, *Caçadas de Pedrinho*, *O Saci* e tantos outros livros que encantaram e encantam gerações.

Lobato teve várias profissões: foi promotor de justiça, fazendeiro, escritor, editor, empresário, tradutor, jornalista polêmico, participou da campanha do petróleo, ufa! O danado não parava quieto.

Vamos então fazer uma rápida viagem no tempo e conhecer um pouco da vida do célebre escritor?

José Renato Monteiro Lobato nasceu em Taubaté, São Paulo, no dia **18 de abril de 1882**. Apesar do nome pomposo, era chamado pela família de Juca. Filho de José Bento Marcondes Lobato e Olympia Augusta Monteiro Lobato.

Passou a infância brincando na fazenda do pai, com as irmãs Esther e Judite. As meninas se divertiam com bonecas de pano e Juca amava as pescarias no ribeirão, além de montar no seu cavalo Piquira. Ele também tinha uma espingardinha para atirar em... passarinho! Pois é, coisas de antigamente! Os três irmãos também subiam em árvores e comiam frutas no pé de laranja, de manga, de jabuticaba... Já dá para notar onde Lobato se inspirou para criar suas histórias, não dá?

Em **1893**, aos onze anos — pasmem — Lobato resolveu mudar de nome! Quis ter o nome do pai: José Bento. Enjoou de José Renato? Qual nada! O menino ficou é de olho na bengala do pai, com as iniciais gravadas em ouro: JBML. Coisas de Emília, ou melhor, coisas de Juca. Passou a se chamar **José Bento Monteiro Lobato**.

 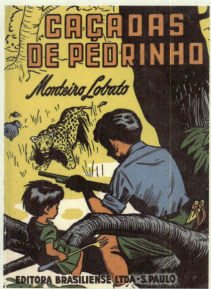

Nesta página e na seguinte, capas elaboradas por Augustus, em 1948.

No final de 1895, Juca foi para a capital, São Paulo, prestar exames para o Instituto Ciências e Letras, curso preparatório para ingressar na faculdade de Direito. Só que — imaginem — foi reprovado em português! No final de 1896, prestou novos exames e foi aprovado. Em 1897, mudou-se para São Paulo — ainda uma cidade tranquila, sem poluição, sem carros... Nunca mais tomar banho no ribeirão ou comer fruta no pé.

Em 1898, Lobato perdeu o pai e, no ano seguinte, a mãe. Uma tristeza. O rapaz tinha dezesseis anos e o avô ficou responsável por ele e suas irmãs. Juca tentou escapar do curso de Direito para fazer Belas Artes — desde criança desenhava e pintava —, mas a pressão do avô para que ele se tornasse um advogado, um juiz, foi mais forte, e o jovem acabou ingressando na Faculdade de Direito de São Paulo, no Largo de São Francisco, em 1900.

Século novo, vida nova: na faculdade, Lobato fez grandes amigos e participou de um clube literário e de um jornal. Cursava Direito, mas não queria saber das leis. Seu interesse era a literatura, o teatro e a

filosofia. Lobato e seus amigos criaram um grupo para ler e discutir literatura, e moravam todos juntos, numa república estudantil em um chalé batizado de Minarete. Nesta época os rapazes foram convidados para criarem um jornal de oposição ao governo em Pindamonhangaba, cidade do interior paulista. Todos se mudaram para lá? Qual nada! Escreviam à distância... O nome do jornal era o mesmo do chalé: *Minarete*.

Em 1904, formado, o doutor Monteiro Lobato regressou para Taubaté. Sem nada para fazer, o rapaz foi jogar xadrez — ele adorava xadrez! — com seu velho professor Quirino. E lá na casa do ex-professor se reencontrou com Maria da Pureza Natividade, filha do mestre; e os dois se apaixonaram. Além de namorar, o rapaz trabalhou na promotoria de Taubaté, escreveu artigos para jornais e iniciou uma longa correspondência com seu amigo da faculdade, Godofredo Rangel. Mais tarde, ela foi publicada em dois volumes com o título *A barca de Gleyre*.

Em 1907, Lobato se tornou promotor em Areias, cidadezinha no interior de São Paulo, na região do Vale do Paraíba. Ele e Purezinha se casaram em 1908 e, no ano seguinte, nasceu a primeira filha, Marta. Em Areias, se sentiu entediado com a vagareza da cidade. No tempo livre, Lobato pintava, escrevia contos e artigos para jornais. Os contos do livro *Cidades mortas*, que seria publicado mais de uma década depois, foram feitos nessa época.

Em 1911, seu avô morreu e Lobato herdou a fazenda São José do Buquira. O escritor — imaginem vocês — se animou e resolveu ser fazendeiro. Acreditava que poderia enriquecer plantando para depois viver de literatura. No mesmo ano toda família, agora com mais um filho, Edgar, se mudou para a fazenda. Ele investiu tempo e dinheiro, porém, com as terras cansadas do café pelo costume antigo das queimadas — e a **Primeira Guerra de 1914** —, a fazenda não produziu o que ele imaginara e deu prejuízo.

Insatisfeito, escreveu o artigo "Velha praga", publicado no jornal *O Estado de S. Paulo*, contra o hábito do caipira pôr fogo no mato. Esse texto fez um sucesso enorme e seu protagonista, o Jeca Tatu, ganhou fama — ou melhor, má fama. Lobato escreveu também outro artigo, "Urupês", com a mesma crítica violenta ao caboclo. Foi convidado para

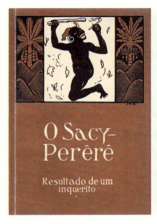  

Capas das primeiras edições de *Saci Pererê: Resultado de um inquérito* (1918), que, apesar de ser uma espécie de compilação, é considerado por muitos o primeiro livro de Lobato; *Cidades mortas* (1919) e *A barca de Gleyre* (1944).

dar conferências e ficou bastante conhecido em São Paulo. Animado com o sucesso, decidiu vender a fazenda. E em 1917, a família Monteiro Lobato foi de mala e cuia para São Paulo — agora com mais dois filhotes, Guilherme e Ruth.

Na capital, envolveu-se numa nova polêmica. Que mania! Lobato escreveu o artigo "Paranoia ou mistificação" — crítica à exposição da pintora Anita Malfatti, em 1917 —, exposição essa que deflagrou o **movimento modernista de 1922**. O escritor não aprovava aquele modo de pintar tão livre, inovador. Na verdade, Lobato já era um modernista ao priorizar a cultura popular e na sua busca por uma linguagem brasileira, coloquial nos seus textos, mas não se entendeu com os modernistas na época.

Seu interesse pelas histórias orais era tão grande que, em 1918, realizou uma pesquisa sobre ninguém mais, ninguém menos que o Saci Pererê! A enquete saiu no jornal vespertino do *O Estado de S. Paulo*. Lobato convidou os leitores a darem depoimentos, contarem histórias sobre o saci. Mais tarde esses depoimentos saíram no seu livro de estreia: *O Saci Pererê: Resultado de um inquérito*.

SOBRE O NOSSO AUTOR 315

Em 1918, Lobato deu mais uma reviravolta na sua vida: comprou a famosa *Revista do Brasil*. Nessa época, iniciou a sua carreira de editor e criou a editora Monteiro Lobato & cia., que renovou o mercado editorial no Brasil publicando seus próprios contos e de jovens autores.

Seu segundo livro foi *Urupês* — mesmo título do artigo —, que foi, já na época, um grande sucesso. Lobato percebeu que havia raras livrarias no país e teve a ideia de mandar uma carta para todo tipo de comerciante: "Quer vender uma coisa chamada livro? [...] Todos topararam e nós passamos de quarenta vendedores, que eram as livrarias, para mil e duzentos pontos de venda, fosse livraria ou açougue" — comentou ele numa entrevista.

Também em 1918, Lobato retomou o tema do Jeca Tatu, só que desta vez para se desculpar. O escritor percebeu que fora muito cruel com o caipira acusando-o de preguiçoso, molengão; compreendeu que o homem da roça era vítima e sofria com a fome, a falta de saneamento básico no interior. Lobato, então, participou das campanhas sanitaristas de Belisário Pena e Artur Neiva.

Mas é em 1921 que Lobato dá um grande passo para ser lembrado por todos os leitores brasileiros, com o lançamento de *A menina do narizinho arrebitado*. O sucesso foi imediato e Lobato, que além de um escritor brilhante era um ótimo negociante, vendeu 50 mil exemplares para serem distribuídos nas escolas. O escritor se empolgou muito com as vendas, mas nem imaginou que aquela era a semente de um "universo paralelo", que seus personagens, Dona Benta, Tia Nastácia, Emília, Narizinho, Pedrinho, Visconde, iriam se tornar míticos, eternos.

O escritor continuou editando livros, publicando seus contos e as aventuras dessa turma tão querida. Mas, no meio do caminho... Houve a revolução paulista de 1924, que fez São Paulo parar: houve racionamento de energia elétrica na cidade e as máquinas da gráfica não puderam mais trabalhar. A situação econômica também piorou e a editora faliu. Porém, no ano seguinte, Lobato e seu sócio, Octales Marcondes Ferreira, iniciaram uma nova empreitada: a Companhia Editora Nacional.

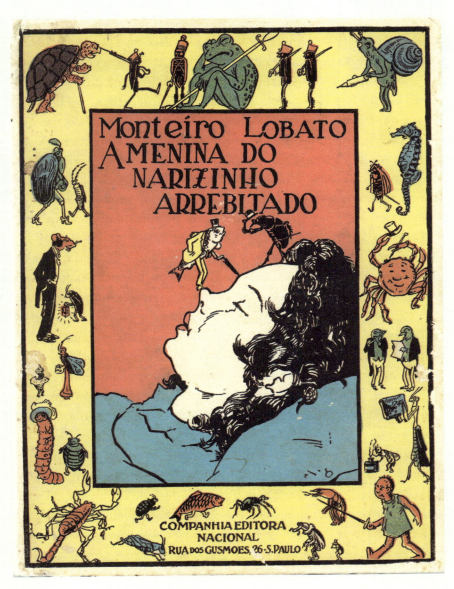

Capa de Voltolino para a quinta edição de
A menina do narizinho arrebitado, 1928.

Em 1927, Lobato iniciou outra aventura: foi convidado para ser adido comercial brasileiro em Nova York! Foram todos de mala e cuia para a *Big Apple*. O escritor ficou empolgadíssimo com tudo que viu, tudo era modemíssimo! Nesse período, colocou na cabeça que o Brasil só iria enriquecer se explorasse ferro e petróleo, mas perdeu todo seu dinheiro na bolsa de valores norte-americana, durante a crise de 1929...

Retornando ao Brasil, sem dinheiro no bolso, Lobato vendeu sua parte da editora e voltou a viver dos seus contos, artigos, traduções e livros infantis. Em 1931 ele lança *As Reinações de Narizinho*, em que reúne diversas histórias para crianças que escreveu durante a década de 1920. A partir daí, ele não para e lança mais de vinte livros infantis até o fim da vida. Mas será que agora ele irá ficar sossegado no seu escritório escrevendo? Qual nada! O danado iniciou uma grande campanha para explorar petróleo no Brasil e, em 1931, fundou a Companhia de Petróleo do Brasil.

Em 1946, insatisfeito com a política no Brasil, decidiu morar na Argentina, pois a turma da Dona Benta fazia muito sucesso por lá. Porém, sentiu falta dos amigos e no ano seguinte regressou.

Nos seus últimos anos de vida, Lobato finalmente ficou no seu escritório escrevendo seus livros, dando entrevistas e respondendo às muitas cartas das crianças, que queriam fazer parte das aventuras do sítio:

"Bom dia, senhor Monteiro Lobato. Sabe que eu ganhei o seu livro *O Saci*? Já tenho outro, mas o *Saci* é o mais engraçado. Eu me ri a valer quando o Saci puxou o cabelo da Yara. Que pena que a gente nasce gente e não Saci!"

Lobato teve vários problemas de saúde e morreu em 1948, aos 66 anos — ainda a tempo de compreender como era popular e amado pelas crianças, o que encerrava o projeto de toda uma vida. Missão bem cumprida, se pensarmos na frase que ele escreveu, anos antes, ao amigo Godofredo Rangel: "Ainda acabo fazendo livros onde as nossas crianças possam morar".

SOBRE A NOSSA ILUSTRADORA

Cris Eich nasceu em Mogi das Cruzes, cidade do interior de São Paulo. Seus pais eram professores e, em todo início de ano, recebiam pacotes de livros, que eram disputados por ela e pelos irmãos. Nessas remessas, uma categoria era a que mais chamava a atenção deles: os livros ilustrados. Aos dezoito anos mudou-se para a capital, onde frequentou ateliês de gravura, cerâmica e aquarela, sua técnica predileta. Fez cursos de pintura, desenho arquitetônico e história da arte. Hoje ilustra livros infantis de diversos autores, tem mais de sessenta títulos ilustrados e dois livros-imagem de sua autoria. Com as ilustrações que faz, Cris pôde unir duas grandes paixões de sua vida: a literatura e a arte.

Este livro, composto na fonte Fairfield,
foi impresso em papel pólen soft 80g/m², na BMF.
São Paulo, Brasil, julho de 2020.